我们小时候

༄། །ང་ཚོ་ཆུང་དུས།(བོད་རྒྱ་ཤན་སྦྱར།)

ཇིང་ཁྲ།

པི་ཧྥེ་ཡུས་ཀྱིས་བརྩམས།

青海人民出版社

དཀར་ཆག

ཁྲུག་མ། 1

ཀྲུ་སྲན། 12

རྩྭ་ཡི་སྤྱིལ་བུ། 23

ཁྲིམ་ཆས་ལག་སྒྲོན། 35

ཆུ་ཐོག་ནས་བསྐྱོད་པ། 43

འོ་སེ་ཤིང་། 52

ལྷ་དགུ་པའི་སྤྲིན་དཀར། 63

འབུ་སླ་མ་མ་ཆེ་དམར་པོ། 70

གྲོ་ཞིང་། 77

འབྲས་ཞིང་། 83

རང་འཐག 95

བྲིས་པར་གཙར་བ། 101

རྫིང་བུ། 109

ཁྲུག་མ།

ནར་སོན་ཇེས། ངས་ཨ་རིའི་གློག་བརྙན་ནང་དུ་ཨ་རིའི་དམག་མི་མཐོང་བས། དེ་སྨུར་ཨ་རིའི་དམག་མིའི་དམག་ལྭ་ལ་དགའ་པོ་བྱུང་། ང་ལ་ཆེས་ཡིད་སྨོན་འཚོར་དུ་འཇུག་པ་ནི་དམག་ལྭའི་ཐོག་གི་ཁྲུག་མ་ཡིན། ཁྲུག་མ་མང་པོ་ཡོད་དེ། ཕྲག་མགོ་དང་ཕུར་ཁ། བརླ་ཐོག ༧་ཐོག་བཅས་ཚང་མར་ཁྲུག་མ་ཡོད་པ་ཡིན། ཁ་གྲངས་མང་ཞིང་རྣམ་པ་སྣ་ཚོགས་ཡིན་པའི་ཁྲུག་མ་ཡིས་ང་ལ་ཡིད་སྨོན་འཚོར་དུ་བཅུག་ཅིང་། ངའི་ལྭ་བར་ཁྲུག་མ་འདི་འདྲ་མང་པོ་ཞིག་མེད་པའི་རྒྱུ་མཚན་ཅི་ཡིན་ནམ། ལྭ་བ་ཡོངས་སུ་ཁྲབ་པའི་ཁྲུག་མ་ནི་སྤྱོད་འཕྲུས་ཅན་གྱི་རྒྱལ་ཁ་ཡིན་ལ། བསམ་པའི་བཀོད་ཤུགས་ཀྱི་རྒྱལ་ཁའང་ཡིན། མཐར་གཏུག་ན་དཔལ་འབྱོར་སྟོབས་ཤུགས་ཀྱི་རྒྱལ་ཁ་ཡིན།

གསར་བུ་ཞིག་ཡིན་ན་གོན་པ་ལ་དེ་འདྲའི་མཐོང་ཆེན་མི་བྱེད་མོད། འོན་ཀྱང་ང་ཚོས་མཐོང་ཆེན་བྱེད་པ་ནི་ལྭ་བའི་ཐོག་གི་ཁྲུག་མ་ཡིན། སློ་ཕམ་པ་ཞིག་ལ་ང་ཚོ་དབུལ་ཕོངས་ཀྱི་དུས་རབས་སུ་སྐྱེས་ཤིང་། དབུལ་ཕོངས་བྱུང་ནས་ཚད་རིམ་ངེས་ཅན་ཞིག་ལ་སླེབ་ན། ཡ་མཚར་བའི་བགོ་བཤའི་ལམ་ལུགས་ཤིག་སྟེ་བགོས་འཚོང་ལམ་ལུགས་བྱུང་བ་རེད། བགོས་འཚོང་ལམ་ལུགས་ཀྱི་ཚོད་འཛིན་འོག ལྭ་བ་གོན་པ་དང་ལྭ་བ་འཚེམ་བཟོ་

བྱེད་པ་ནི་རང་སྣང་གང་དྲན་ཞིག་མིན་པར། མི་གཅིག་གིས་ལོ་གཅིག་གི་ནང་རས་ག་ཚོད་བེད་སྤྱོད་གཏོང་རྒྱུ་ནི། རྒྱལ་ཁབ་ལ་ཚད་གཞི་ནན་མོ་ཡོད་པ་ཡིན། ཚད་གཞི་དེ་ནི“རས་ཡིག”ཡིན་ཏེ། རས་ཡིག་མེད་ན་ཁྱོད་ཀྱིས་རས་ལག་མཐིལ་ཙམ་ཞིག་ཀྱང་ཉོ་མི་ཐུབ།

ངས་བལྟས་ན། དབུལ་ཕོངས་ཀྱི་མདུན་དུ་མི་ལ་གསར་གཏོད་ཀྱི་ནུས་པ་ཡོད་པ་ཡིན། ངའི་བྱིས་པའི་དུས་རབས་སུ། ཁྱིམ་ཚང་རེའི་ཁྱིམ་བདག་མ་ནི་གྲོན་ཆུང་གི་སྒྲུགས་ནས་སྐྱེས་སྐྱོབས་ཀྱི་ཤེས་རབ་མ་ཞིག་ཡིན། ང་ཚོའི་ལྭ་བ་རྒྱུན་ལྡན་ལས་ཚད་གཞི་གཅིག་གིས་ཆུང་བར་བཟོས་ཏེ། ལྭ་བ་གསར་བ་གོན་པ་ན་སྒེའུ་ཞིག་དང་འདྲ། ཕུར་ཁ་དོག་པ་བཤད་མ་དགོས་ལ། རྐང་ཤག་ཀྱང་དོག་པ་སྟེ། འདི་ལྟ་བུའི་སྐྲག་སྐྲག་འདར་འདར་གྱི་གྲོན་ཆུང་གི་གནས་བབ་འོག་ཏུ། ང་ཚོའི་ལྭ་བའི་ཐོག་ཏུ་ཁྱུག་མ་མང་པོ་བཟོ་བར་རེ་བ་བྱེད་མི་ཕོད་ལ། དེ་ནི་སྟོང་སེམས་ཤིག་ཡིན། རས་གྲོན་ཆུང་བྱེད་ཆེད། ང་ཚོའི་སྟོད་ལྭ་ཐོག་ཏུ་ཁྱུག་མ་མེད་ཅིང་། རྐང་སྣམ་ཐོག་ཏུའང་ཁྱུག་མ་གཅིག་མ་གཏོགས་མེད།

འོན་ཀྱང་ང་ཚོར་ཁྱུག་མ་དགོས་ལ། རྩེད་འཛོ་བྱེད་རྒྱུར་དགའ། རྩེད་འཛོ་ལ་དགའ་བའི་བྱིས་པ་ཚོར་རྩེད་ཆས་མང་བ་སྟེ། འཁྲིག་མདའ་དང་འཁྲིག་མདའི་རྡེའུ། རྒྱལ་སྐྱུག་བྱེད་ཀྱི་ཏམ་སྒོར། རྒྱལ་སྐྱུག་བྱེད་ཀྱི་ཁམ་བུ་དཀར་པོ། ཀ་རའི་ཤོག་ཐུམ། ཐ་མག་ཕྱི་ཐུམ་གྱིས་ལྟེབ་པའི་ཟུར་གསུམ་མ། རྩེད་ཆས་འཕང་ལོ་བཅས་ཡོད། བྱིས་པའི་དུས་དང་ན་ཆུང་གི་དུས་སུ། ང་ཚོའི་གུ་དོག་པོའི་ཁྱུག་མ་ནི་རྩག་རྩིག་ཚོང་ཁང་ཞིག་དང་འདྲ་བར། ནམ་ཡིན་ཡང་འབར་རེ་འབུར་རེ་ཞིག་ཡིན་ཞིང་། གང་འདོད་ཀྱིས་བླངས

ཚེ་ལྟ་བས་མི་ངོམ་པ་ཞིག་ཡིན་མོད། འོན་ཀྱང་དོན་དངོས་སུ་གད་སྙིགས་ཡིན།

ང་མཚོན་ནས་བཤད་ན། ཆེས་གལ་ཆེ་བའི་ལག་ཆ་ནི་འཁྱིག་མདའ་ཡིན། ངས་ཁྱད་བཤད་སྤྲོ་ཙམ་ཡང་བཤད་མི་འདོད་དེ། ང་ཚོའི་སྡེ་བར་ངའི་འཁྱིག་མདའ་ནི་ཆེས་སྤུས་ལེགས་ཅན་ཞིག་ཡིན། འཁྱིག་མདའ་མང་ཆེ་བ་ཤླང་ཀོ་ཡིས་ཚན་སྒྲིག་བྱས་པ་ཡིན་ཞིང་། ངའི་འཁྱིག་མདའ་ནི་དེ་འདྲ་ཞིག་མིན་ཏེ། དེའི་གཤིས་ནུས་ཀྱི་ཐད་ནས་ཟླ་ལྷག་ཅིག་ཡིན་པས། སྔ་མོ་ནས་དུས་རབས་ཀྱི་སྔོན་དུ་ཚུད་ཡོད། འདི་ལྟར་བཤད་ཀྱང་ཚོག་སྟེ། མི་གཞན་པས་ཁྲི་རྐོད་ཟ་བ་དང་བོའུ་རིང་ཁུར་དུས། ང་ཡིས་མི་སྨྱོགས་ཕའི་ཅི་ཕའོ་དང་ཐན་ཁེ། མི་མདའ་སྦག་སྦག་བཀོལ་བཞིན་ཡོད་པ་ལྟ་བུའོ།།

ད་ལྟ། ང་ཡིས་རང་གི་ཁུག་མའི་བདག་པོ་སྟེ་འཁྱིག་མདའ་འོས་སྦྱོར་བྱེད།

ངའི་ཨ་མ་དང་སྡེ་བའི་ནང་གི་རྐང་རྗེན་སྨན་པ་གཉིས་གྲོགས་པོ་བཟང་པོ་ཡིན། རྐང་རྗེན་སྨན་པའི་སར་རིན་པོ་ཆེ་ཞིག་ཡོད། དེ་ནི་གནམ་ཁབ་འཛེར་བྱེད་ཀྱི་གཏིག་སྦྲུག་སྟེ། ཕོག་སྟོང་དང་སེར་པོ་ཞིག་ཡིན། ངས་གཏིག་སྦྲུག་དེར་ལྡེམ་གཤིས་ལེགས་པོ་ཡོད་པ་དང་ཚད་མི་སླ་བ་ཤེས་པ་མ་གཏོགས། ད་ལྟའི་བར་དུ་ད་དུང་གཏིག་སྦྲུག་ནི་ཅི་ཞིག་གིས་ལས་པ་མི་ཤེས། བསམ་བློ་ཞིག་ཐོངས་དང་། གལ་ཏེ་གཏིག་སྦྲུག་གིས་འཁྱིག་མདའ་ཞིག་ལས་ན། དེའི་འཕེན་ཐག་ནི་ཅི་འདྲའི་རྒྱང་རིང་ཞིག་ཡིན་རྒྱུ་རེད། ངས་གཏིག་སྦྲུག་བརྐུ་རྒྱུ་དྲན་བྱུང་། དེ་ནི་དྲན་པ་ཙམ་ཡིན། ཡིན་ནའང་ང་ནི་བསམ་བློ་གཏོང་ཤེས་པ་ཞིག་ཡིན་ཏེ། བརྐུས་ནས་ལས་ཟུང་གསང་མི་

ཐུབ། འཁྱིག་མདའ་ཕྱི་རུ་བླངས་མ་ཐག་ལྷང་ལ་བུད་པ་མ་ཡིན་ནམ།

ངས་ཨ་མ་ལ་རོགས་ཞུ་བྱས་ནས“སློང”རྒྱུ་ལས་ཐབས་མེད།

ཀང་རྗེན་སྨན་པ་དེ་སེམས་ཉེས་འགལ་དུ་གྱུར། ཁོར་མཚོན་ནས་བཤད་ན། གཏིག་སྲུག་ཀྱང་དཀོན་པོ་ཞིག་ཡིན། ངས་བརྗེད་སོང་བ་མིན་ན་ང་ཚོ་སྡེ་བའི“མཉམ་ལས་སྨན་བཅོས”སུ་བསྡོམས་པས་གཏིག་སྲུག་གསུམ་ལས་མེད་པ་འདྲ། དེ་ལྟར་ན་གཏིག་སྲུག་ནི་ཡང་ནས་བསྐྱར་དུ་བཀོལ་དགོས་ཤིང་། བཀོལ་རྗེས་དུག་སེལ་བྱས་ནས་རྗེས་མར་བཀོལ་རྒྱུར་གྲ་སྒྲིག་བྱེད་དགོས་པ་རེད། “དུག་སེལ”ནི་ཇི་འདྲ་ཞིག་ཡིན་ཞེ་ན། ཆང་བཙུད་སྒྲོན་མེ་ཞིག་བཀར་ནས་གཏིག་སྲུག་དེ་ཆུ་དྭངས་མོའི་ནང་དུ་འཛོག་པ་དང་། བྱ་ཤའི་ཁུ་བ་གདུ་བ་དང་སྲན་ཐུད་གདུ་བ་ནང་བཞིན་ལྷོག་ལྷོག་ཏུ་བཙོ་དགོས་པ་དེ་ཡིན། དོན་དམ་པར་གཏིག་སྲུག་ནི་བཙོ་མི་རུང་། བཙོ་ཐེངས་མང་ན་དེའི་ཕྱི་ཤུན་བགྲེས་པོའི་སྐྱི་མོ་ནང་བཞིན་གཉེར་མ་ཆགས་ཤིང་སེར་ཁ་གས་ནས་ཆད་སླ་བར་འགྱུར། ལྷེམ་གཤིས་མེད་པ་ཕར་ཞོག་ད་དུང་སེར་གས་མང་པོ་འབྱུང་བ་ཡིན། སེར་གས་དེ་དག་ལ་མཐོང་ཆུང་བྱེད་མི་རུང་སྟེ། དེས་སྲོག་རྩར་གནོད་པ་ཡིན། ཤེད་ཀྱིས་འཐེན་ཚེ་སེར་གས་དེ་དག་མག་གསར་གྱི་ཁ་ཚན་ནང་བཞིན། ཇི་ལྟར་གདང་ན་དེ་ལྟར་ཆེ་བར་གྱུར་ནས མཛུག་མཐར་ཚོད་འཛིན་མེད་པར་ཐག་སྒྲ་དང་བཅས་ཏེ་ཆད་འགྲོ། དེའི་ཕྱིར། ང་ལ་དགོས་པའི་གཏིག་སྲུག་ནི་བཀོལ་མ་སྤྱོང་བའི་གཏིག་སྲུག་གསར་བ་ཡིན། ཀང་རྗེན་སྨན་པ་ཡིན་རུང་ཐབས་མེད། ཨ་མའི་གྲོགས་མཆོག་ཅིག་ཡིན་པའི་ཆ་ནས། ངའི་ཨ་མ་ལ་ཁ་ཆད་བཅད་པ་སྟེ། “ཐེངས་རྗེས་མར་ཀུང་ཧྲེ་རུ་འགྲོ་དུས་ངས་ཚོད་ལྟ་ཞིག

བྱེད”ཅེས་ཟེར།

ང་ད་ལྟའི་བར་དུ་རེ་སྐུག་ལ་ཤིན་ཏུ་སྐྲག ངའི་བྱིས་པའི་དུས་དང་ན་ཆུང་གི་དུས་སུ“རེ་སྐུག”གིས་ང་ལ་མནར་གཅོད་ཚད་མེད་ཅིག་བཏང་སོང་། དུས་དེ་ནི་ཅི་ཞིག་ལའང་རེ་སྐུག་བྱེད་དགོས་པའི་དུས་རབས་ཤིག་ཡིན། ལོ་སར་བར་རེ་སྐུག་བྱེད་དགོས་པ་དང་ཤ་བཟའ་བར་རེ་སྐུག་བྱེད་དགོས། ཐོག་མེད་གློག་བརྙན་ལ་བལྟ་བར་རེ་སྐུག་བྱེད་དགོས་ལ། གཉེན་ཉེ་ཚང་དུ་འགྲོ་བར་རེ་སྐུག་བྱེད་དགོས་ཤིང་མི་ཁྲི་ཕྲག་གི་ཚོགས་འདུ་འཚོགས་པར་ཡང་རེ་སྐུག་བྱེད་དགོས། ངའི་བྱིས་པའི་དུས་ནི་རེ་སྐུག་གི་ཁྲོད་ལས་འདའ་བ་ཡིན་ལ། ངའི་ན་ཆུང་གི་དུས་ཀྱང་རེ་སྐུག་གི་ཁྲོད་ལས་སྐྱེལ་བ་ཡིན། ངའི་བྱིས་པའི་དུས་དང་ན་ཆུང་གི་དུས་ནི་ཇི་འདྲའི་རིང་བ་ལ་ཨང་། ཡོད་ཚད་རེ་སྐུག་གི་ཆེད་དུ་ཡིན་ཏེ། མང་ཆེ་ཤོས་ཤིག་ལ་དོན་དམ་པར་ཁྱོད་ཀྱིས་རེ་སྐུག་བྱས་ཀྱང་ཐོབ་བྱ་མེད་པར་འགྱུར། རེ་ཐག་ཡང་དང་ཡང་དུ་ཆད་པ་ཡིས་ང་ལ་འགྲན་ཟླ་བྲལ་བའི་བཟོད་བསྲན་ཞིག་ཐོབ་ཏུ་བཅུག ངས་སྔ་མོ་ནས་བསམ་ཤེས་པ་ནི་ང་ཡི་རེ་སྐུག་དང་རེ་ཐག་ཆད་པ་དང་འབྲེལ་བ་ཡོད་ངེས། རེ་སྐུག་བྱེད་པའི་བརྒྱུད་རིམ་དུ། ཁྱོད་ཀྱི་ནང་སེམས་ཀྱི་འགྱུར་བ་རིམ་བཞིན་ཇེ་མང་དུ་འགྲོ། ཉིན་རེར་ཁྱོད་ནི་དོན་སྟོང་ཞིག་ཡིན་རུང་། འོན་ཀྱང་ཉིན་རེར་ཁྱོད་ཉིད་དོན་སྟོང་དུ་མི་ལུས།

དུས་ནམ་ཞིག་གི་ཉིན་ལ། ཨ་མ་ཁྱིམ་དུ་ལོག་བྱུང་། མོ་སྣོའི་ན་ཐེམ་ལས་བརྒལ་མ་ཐག་ངོ་ཚ་རྟོགས་དཀའ་བའི་འཛུམ་ཞིག་ལངས་འདུག མོས་ཅི་ལ་ཡང་མི་བལྟ་བར་བཀག་ནས་སྡོད་པ་ཡིན་པས། ཤིན་ཏུ་དཔོག་དཀའ་བར་འདུག དོན་དངོས་སུ། རྟོགས་དཀའ་བའི་འཛུམ་མདངས་དེ་ལ་

དམིགས་ཡུལ་ཡོད་པ་ཞིག་ཡིན་ཏེ། ང་གཅིག་པུ་ལས་སུས་ཀྱང་མི་ཤེས། དེ་ནི་ང་དང་བརྒྱ་འཛིང་སྟོང་སྦྲེལ་གྱི་འབྲེལ་བ་ཞིག་ཡོད་པ་ཡིན། ང་རང་ཨ་མའི་དཔོག་དཀའི་འཛུམ་མདངས་ལ་ཤིན་ཏུ་དྭངས་པར་གྱུར། དེ་རྒྱུང་རིང་གི་ཁ་ཆད་དང་འབྲེལ་བ་ཡོད་ལ། རྩ་ཐོར་དུ་འགྲོ་ལ་ཉེ་བའི་རེ་སྨུག་དང་འབྲེལ་བ་ཡོད་པ་ཡིན། ཨ་མའི་དཔོག་དཀའི་འཛུམ་མདངས་མཐོང་ཐེངས་རེ་རེར། ངའི་སྙིང་ཚུང་སྒོ་ང་འདྲ་བས་བཟོད་བསྲན་བྲལ། དེ་ནི་སེམས་འགྱུལ་ཐེབས་ནས་མིག་ཆུ་ཤོར་བ་ཞིག་ཡིན། འཚོ་བ་དཀའ་ངལ་བྱུང་ནས་ཚོད་ཇི་འདྲ་ཞིག་ཏུ་སླེབ་རུང་། བཟོད་བསྲན་ལ་དེའི་དྲིན་ལན་ཡོད་སྲིད། བྲེལ་འཚུབ་དང་རེ་ཐག་ཆད་པ་ནི་ཡོད་མི་རུང་བ་ཞིག་ཡིན།

ཨ་མས་ང་ལ་གཏིག་སྨུག་རིང་པོ་ཞིག་བྱིན། ངས་དེ་དུམ་བུ་གཉིས་སུ་བཅད་ནས་འཁྱིག་མདའ་ལས་པས། ང་ལ་གཤིས་ནུས་ཁྱད་དུ་འཕགས་ཤིང་དུས་རབས་ལས་བརྒལ་བའི་འཁྱིག་མདའ་ཞིག་ཡོད་པར་གྱུར། ངས་ཤིང་བཟོ་ཞིག་ལ་དར་ཤིང་ཉིས་ཚབ་ཅིག་གིས་འཁྱིག་མདའ་ལས་སུ་བཅུག་རྗེས། ང་ནི་དཔའ་རྫོམ་པ་ཞིག་དང་དཔུང་སྟོན་པ་ཞིག་ཡིན། དར་ཤིང་གི་མཉེན་གཤིས་ལས་སྐབས་འདིར་དེའི་རིན་ཐང་མཚོན་པར་བྱས་འདུག ངས་གཟུར་མིག་ལ་ལེན་དུས་ངའི་ལག་པས་ཤེད་འདོན་སྲིད་པ་དང་། གཞོགས་གཉིས་ཀ་ནས་ཤེད་བཏོན་པ་ཡིན་པས། དཀྱིལ་དུ་སྦུབ་ཀ་ཆུང་ངུ་ཞིག་ལས་མེད། འདི་ནི་ཕལ་ཆེར་དམིགས་འབེན་ལ་ཁེལ་བའི་གསང་བ་ཡོད་ཚད་ཡིན་སྲིད། དབྱར་ཁ་ཞིག་ལ། ས་གཞིས་ངའི་འཁྱིག་མདའ་ལ་མདེའུ་སྦྱིན་པ་ཡིན་ཏེ། བགྲང་ལས་འདས་པའི་ལན་སྟོང་གི་འབྲས་བུ་ཡལ་གའི་ཐོག་ཏུ་ཁྱུར་གྱིས་ལྷེ་ཞིང་། དེ་དག་གི་ཆེ་ཆུང་ཚད་དང་རན་ལ་ཟླུམ་

ཞིང་འཇམ་པ་དང་། སྤོ་ལྷོང་ལྷོང་དང་ཆུ་མོད་པོ་ཡོད་པས་ལྷིད་ཏིག་ཏིག་ཅིག་ཡིན། གཏིག་ཐུག་འཐེན་ནས་སྣེ་ཚད་ལ་ཐོན་དུས། ལན་སྟོང་གི་འབྲས་བུས་གཏིག་ཐུག་འུར་སྒྲའི་ཧྲོག་པའི་ལྡེམ་ཤུགས་ཀྱི་རྒྱུན་བསྐྱངས་ཏེ། ལག་པས་བཏང་མ་ཐག་ཀླུང་དང་བསྟོས་ནས་འཕུར་འགྲོ་བ་ཡིན།

ནར་སོན་རྗེས་ངས་ལུས་རྩལ་གྱི་ལས་རིགས་མང་པོ་ལས་སྦྱོང་། ལུས་རྩལ་ལས་རིགས་རེ་རེར་ངས་གཞི་རྩའི་ནུས་རྩལ་གྱི་སྦྱོང་བརྡར་ལ་དོ་སྣང་བྱས་པ་ཡིན། འདི་ནི་ངའི་ཕ་མ་དང་འབྲེལ་བ་ཡོད། ཕོ་ཚོ་ནི་གྲོང་གསེབ་ཀྱི་དགེ་རྒན་ཡིན་ཞིང་། ཕོ་ཚོས་ང་ལ་སྐུལ་འདེབས་ཆེས་ཆེ་བ་ནི་གཞི་རྩའི་ནུས་རྩལ་ལ་མཐོང་ཆེན་བྱེད་རྒྱུ་དེ་ཡིན། གཞི་རྩའི་ནུས་རྩལ་ལ་མཐོང་ཆེན་བྱེད་པ་དེ་ནམ་ཡིན་ཡང་ཡང་དག་པ་ཞིག་ཡིན། ང་ནི་ལྷན་སྐྱེས་སུ་རྩལ་འཕྲིད་པ་ཞིག་ཡིན་ལ། རང་ཉིད་ཀྱི་སྦྱོང་བརྡར་ལ་ཟུར་ཁྲིད་བྱེད་ཤེས་པ་ཞིག་ཡིན་སྲིད། ངས་ཕ་མའི་ས་སྨྱུག་བཀྱུས་ནས་དུམ་དུ་ཆུང་ངུ་རེ་རེར་བཅགས་པ་དང་། རྗེའུ་ལས་རྗེས། སྒོ་སམ་གྱི་ངོས་སུ་སྒོར་ཐིག་ཅིག་བྲིས། ངས་རང་ལ་ཐེངས་རེ་རེར་སྒོར་ཐིག་གི་ནང་དུ་ཁེལ་དགོས་པའི་གླང་བྱ་བཀོད། དཀར་ནག་གསལ་པོ་ཡིན་པས་འདི་ལ་བརྟག་བཤེར་བྱེད་བདེ། སྒོར་ཐིག་དེ་རིམ་བཞིན་ཇེ་ཆུང་དུ་བྲིས་ཤིང་། བག་ལེབ་ལྷ་བུའི་ཆེ་ཆུང་དུ་སླེབ་སྐབས། ང་ཚོ་སྡེ་བའི་རི་བྱེའུ་ཡི་ལས་དབང་ངན་པར་གྱུར་པ་རེད། ངས་ལབ་བརྒྱབ་པ་མིན་ཏེ་ཤིན་ཏུ་གཙིགས།

1984ལོར། ཨ་རུའི་ལོ་ཧྲན་ཅི་རུ་ཨོ་ལིན་པིག་ལུས་རྩལ་འགྲན་ཚོགས་སྐབས་ཉེར་བཞི་པ་འཚོགས་རྒྱུའི་གཏམ་བཟང་བསྒྲགས་ཡོང་། ཞུས་ཏེ་ཕྱིན་ཟེར་བའི་ཨན་ཏའེ་པ་ཞིག་གིས་ཀྲུང་གོའི་ཨོ་རྩལ་འགྲན་ཚོགས་ལོ་

རྒྱུས་ཐོག་གི་ཨང་དང་པོ་ཐོག་མ་བླངས། རུས་ཞུས་ཡིན་པའི་ཚོང་པ་དེ་ནི་འགྲིག་མདའ་པ་ཞིག་ཡིན། ཁོའི་རྨད་དུ་བྱུང་བའི་གཟུར་མིག་གི་ནུས་པ་དེས་རི་བྱིའུ་ཡི་བེམ་པོ་བརྩེགས་ནས་བསགས་པ་ཡིན། ལོ་དེར་ང་ལོ་ཉི་ཤུ་ཡིན་ལ། སློབ་ཆེན་གྱི་ལོ་རིམ་དང་པོའི་དབྱར་གནང་གི་སྒང་ཡིན། དབྱར་གནང་དེའི་སྐབས་སུ། "འགྲིག་མདའ"ཞེས་མིག་ལ་མི་ཐོགས་པའི་རྩེད་ཆས་ཤིག་གནད་འགག་གི་མིང་ཞིག་ཏུ་གྱུར། ང་རང་ཕྱོད་འཛུགས་སུ་བསྟོད་ཅིང་། ང་ལ་སྦྱོང་ཚོར་གསལ་པོ་ཞིག་བྱུང་བ་ནི། ལོ་རྒྱུས་དུས་རིམ་ཞིག་མཇུག་རྫོགས་ལ། ལོ་རྒྱུས་དུས་རིམ་གཞན་ཞིག་གི་མགོ་བརྩམས་པ་སྟེ། ལོ་རྒྱུས་དུས་རིམ་དེ་གཉིས་ཀྱི་བར་དུ། དུས་རབས་འབྱེད་པའི་དངོས་པོ་ཞིག་བྱུང་བ་ནི་འགྲིག་མདའ་ཡིན། ངའི་བཤད་ཚུལ་འདི་ལ་སྤྱི་ཚོགས་རིག་པའི་ཁས་ལེན་མི་ཐོབ་རུང་། འོན་ཀྱང་ང་རང་གི་ལོ་རྒྱུས་སུ་དོན་དེ་ངོ་མ་ཞིག་ཡིན། ངའི་ལོ་རྒྱུས་ནི་འགྲིག་མདའ་ལས་མགོ་བརྩམས་ཤིང་། ད་ལྟ་ལོ་རྒྱུས་དུས་རིམ་དེར་སྤྱི་སྡོམ་འཇོག་མཁན་ནི་དབུགས་བརྟེན་ལག་མདའ་ཞིག་ཡིན། ལོ་རྒྱུས་གསར་པ་ཞིག་གི་མགོ་བརྩམས་སོང་།

ང་རང་འགྲིག་མདའ་འཕེན་རྒྱུར་ཤིན་ཏུ་དགའ་མོད། ཡིན་ནའང་གནད་དོན་ཞིག་བྱུང་བ་རེད། ངའི་ལྭ་བར་ཁུག་མ་གཅིག་ལས་མེད་དེ། ཀང་སྣམ་གྱི་གཡོན་གཞོགས་སུ་ཡོད། ངས་ལན་འབྲས་ཁུག་མ་གང་དེ་འཕེན་རན་མེད་པ་ཤེས་པ་མ་ཟད། གཡོན་གཞོགས་ཀྱི་ཁུག་མ་ལག་མི་བདེ། ང་ནི་དཔའ་ངར་ཆེ་བའི་འཐབ་མོ་བ་ཞིག་ཡིན་མོད། འོན་ཀྱང་ཐབས་ཇུགས་ཀྱི་རྒྱབ་འདེགས་དང་ཐབས་ཇུགས་ཀྱི་མཁོ་སྤྲོད་ཀྱི་གེགས་རྒྱ་ཐེབས་པ་རེད། ངས་རང་གི་ལྭ་བའི་ཐོག་ཏུ་ཁུག་མ་འགའ་ཞིག་འཚེམ་ཐུབ་ན་ཅི་

ང་རང་འགྲིག་མདའ་འཕེན་རྒྱུར་ཤིན་ཏུ་དགའ།

མ་རུང་སྣམ། གལ་ཏེ་དེ་ལྟར་བྱུང་ཐུབ་ཚེ་ང་རང་དམག་ལ་ཆས་དུས། ངས་རང་གི་ཁུག་མ་ཡོད་ཚད་དུ་མདེའུ་གང་བརྫངས་ནས། ལུས་པོ་དེ་འབའ་རེ་འབུར་རེ་ཞིག་ཏུ་བཏང་ཛེས། མགོ་ཡི་སྐྲ་བྱིལ་བྱིལ་བྱེད་ཅིང་། སྤྲིན་ནག་མཁའ་རུ་འཁྲུག ངས་འཇོམ་དམུལ་དམུལ་གྱིས་མགོ་བོ་དགྱེས་ནས་བལྟས། རི་བྱིའུ་མཁའ་དབྱིངས་སུ་འཕུར་སྐྱོད་བྱེད་པ་དང་། གནམ་སའི་བར་དུ་ང་ཡིས་དལ་གྱིས་དཔུང་བ་ཡར་བཀུགས། འདི་ནི་ཚད་ལྡན་གཞོན་ནུ་ཞིག་གི་དཔའ་བོའི་རྨི་ལམ་ཡིན་ལ། ཚད་ལྡན་གྱི་དམར་ཆགས་ཀྲུང་གོའི་གཞོན་ནུ་ཞིག་གི་རྨི་ལམ་ཡིན་ནོ། ། སྙན་ངག་པའི་སྙན་ངག་ལྟ་བུ་དང་སྒྱུ་མ་མཁན་གྱི་སྒྱུ་འཕྲུལ་ལྟ་བུ་ཞིག་ཡིན། དབུལ་ཕོངས་སུ་གྱུར་པའི་རྐྱེན་གྱིས་ང་ཡི་གཞོན་ནུ་དཔའ་བོའི་རྨི་ལམ་དེ་སྟོང་བར་གྱུར་ཞིང་། གཞོན་ནུ་དཔའ་བོའི་ལུས་སུ་ལྷན་པས་བཀང་མོད། ཁུག་མ་གཅིག་མ་གཏོགས་མེད། ཀྱི་ཧུད། སྤྲང་པོ་གཞོན་ནུ་ཞིག་དང་ཁྱད་པར་མེད་དོ། །

རྒྱ་སྲན།

རྒྱ་སྲན་ནི་གཙོ་བོར་ཀྲུང་གོའི་སྔོ་ཕྱོགས་སུ་འདེབས་གསོ་བྱེད་པ་ཡིན། སྔོ་ཕྱོགས་ཡིན་རུང་རྒྱ་སྲན་དེ་གཙོ་ཟས་མིན། དེའི་སྤྱོད་སྒོ་ཆེས་ཆེ་བ་ནི་འདག་ཁུ་བཟོ་རྒྱུ་དེ་ཡིན། བྱང་ཕྱོགས་པའི་བཤད་པའི“སྲན་འདག”ཅེས་པ་ནི་རྒྱུན་པར་སྲན་ཆེན་འདག་ཁུ་ལ་ཟེར་མོད། འོན་ཀྱང་ང་ཡི་ཕ་ཡུལ་གྱི་ས་ཆ་རུ“སྲན་འདག”ནི་རྒྱ་སྲན་འདག་ཁུ་ལ་ཟེར་ཏེ། རོ་ཙུང་མངར།

རྒྱ་སྲན་གྱི་སྤྱོད་སྒོ་གཞན་ཞིག་ནི་ཕྱེ་ཐག་ལས་རྒྱུ་དེ་ཡིན། རྒྱ་སྲན་ཕྱེ་ཐག་ལ་དགའ་མཁན་མང་པོ་མེད། རྒྱ་སྲན་ཕྱེ་ཐག་ནི་ཙུང་སྲ་མོ་ཡིན་ལ་ཚད་སླ། སྔོས་བཅས་ཀྱིས་བཤད་ན་ཞོག་ཤོག་ཕྱེ་ཐག་ནི་ཚང་མས་དགའ་བསུ་བྱེད་ཅིང་། མཉེན་གཤིས་བཟང་ལ་རིང་པོ་ཞིག་ཏུ་འཐེན་ཐུབ། དེའི་རིང་ཚད་ལ་མཐོང་ཆུང་བྱེད་མི་འོས་པ་དང་། བཟའ་བའི་ཚོར་བ་ཤིན་ཏུ་གལ་ཆེ། ཞོག་ཤོག་ཕྱེ་ཐག་གི་སྣེ་གཅིག་ཁྱོད་ཀྱི་ཁ་ནང་དུ་བཟུང་ནས་འཇིབ་ན། ཁ་ནང་དུ་བཀང་ཐུབ་ཅིང་། ཁམས་དྭངས་ལ་ཡིད་ཚིམ་པ་ཞིག་ཡིན།

རྒྱ་སྲན་ནི་འདེབས་གསོའི་ཐད་ནས་རྒྱ་བསྐྱེད་མི་ཐུབ་པས་དེ་གཙོ་ཟས་སུ་མི་བྱེད་པ་ཡིན། ཞིང་པས་རྒྱ་ཁྱབ་ཏུ་རྒྱ་སྲན་འདེབས་གསོ་མི་བྱེད་པར། གྲོ་དང་ནས། ཆུ་འབྲས་སོགས་ཀྱི“འབྲུ་རིགས”བཏབ་ན། ད་

གཟོད་སྔོ་གོས་འཛོམས་པོའི་ངང་ནས་ཞིང་ཁ་རུ་ངལ་རྩོལ་བྱེད་ཐུབ། རྒྱ་སྲན་ནི་གང་དུ་བཏབ་ཡོད་ཅེ་ན། རྣང་མ་དང་ཡང་ན་ཆུ་འགྲམ་གྱི་ཞིང་ས་དུམ་བུ་རུ་འདེབས་པ་ཡིན།

ལན་ཆགས་སླེབ་བྱུང་། ཐོན་ཚད་དམའ་བའི་རྐྱེན་གྱིས་གོ་ལྡོག་སྟེ། རྒྱ་སྲན་རྩ་ཆེན་དུ་གྱུར། རྒྱ་སྲན་ནི་ཕལ་ཆེར་རྒྱུས་སྦྲོས་དངོས་རྫས་ཤིག་ཏུ་གྱུར། མི་རྣམས་ཀྱིས་དེས་ཚོད་མ་རྗོད་པ་ཡིན། མིང་གྲགས་ཆེ་བའི"སྲན་རིལ་དགྲ་བཅོམ་པ"ནི་ཚོད་མ་ཡག་ཤོས་ཤིག་ཡིན། ཅིའི་ཕྱིར"སྲན་རིལ་དགྲ་བཅོམ་པ"ཟེར་བ་ཡིན་ཞེ་ན། ངས་ཀྱང་མི་ཤེས། གང་ལྟར་བྱིས་པ་ཚོས་རྒྱ་སྲན་ཚོས་མ་ཁབ་སྐུད་ཀྱིས་ཕྲེང་བ་རུ་བརྒྱུས་ནས་སྐེ་རུ་འདོགས་པ་རེད། འདི་ནི་རྒྱ་སྲན་དེ་སིལ་སྲུས་སུ་བྱེད་པར་སྟབས་བདེ་བ་ཡིན། རྒྱ་སྲན་ཟས་ཅིག་ཐོག་ཏུ་བཤམས་པའི་དུས་ཚིགས་སུ། ང་ཚོའི་སློབ་ཁང་དུ་སྦྲི་སྣང་ལྡན་པ་ཞིག་ཡིན། སློབ་མ་བུ་ཚང་མ་ཆེན་གོང་མའི་སྲིད་གཞུང་གི་ཞི་དྲག་སློན་པོ་དང་འདྲ་བར་སྣང་ལ། དགྲ་བཅོམ་པ་ཡང་ཡོད་མོད། འོན་ཀྱང་གྲོང་གསེབ་པ་ཚོས་དགོན་པའི་ནང་གི་འཛིམ་སྐུ་དགྲ་བཅོམ་པ་མཐོང་བ་མ་གཏོགས། གོང་མའི་སྲིད་གཞུང་གི་སློན་ཆེན་མཐོང་མྱོང་མེད། རྐྱེན་དེའི་དབང་གིས་ང་ཚོ་གྲོང་གསེབ་པ་ཚོས་རྒྱ་སྲན་ལ"སྲན་མ་དགྲ་བཅོམ་པ"ཟེར་བ་ཡིན།

ང་ཚོར་མཚོན་ནས་བཤད་ན། རྒྱ་སྲན་གྱི་བཟའ་ཚུལ་ཆེས་ལེགས་པ་ཞིག་ནི་བརྗོས་ནས་ཟ་བ་དེ་ཡིན། བརྗོས་ཚེ་ཞིམ་ཞིང་ཐག་དེར་དེར་བྱེད། དེའི་ཞན་ཆ་ཕོ་ན་ནི་སྲ་མཁྲེགས་ཆེ་བ་དེ་ཡིན། ཡིན་ནའང་བྱིས་པ་ཚོའི་སོ་དེ་ལས་སྲ་མཁྲེགས་ཡིན་ཏེ། རྡོ་རྗེ་ཕ་ལམ་ཡོད་པས་ན་དཀར་ཆས་བཟོ་

བར་སྐྲག་དོན་མེད་ཅེས་པ་ལྟར་རོ།། ང་ལ་རང་རློམ་ཆེ་སྟེ་ལོ་ལྔ་བཅུ་ལ་ཉེ་རུང་། ད་དུང་བླ་མེད་སྟོབས་ཤུགས་ལྡན་པའི་སོ་བཟང་ཞིག་ཡོད་པ་ཡིན། དེའང་ཆུང་དུས་ནས་ཤིན་ཏུ་ཉམས་སད་ཐག་པའི་ལོ་ཆུང་རྩལ་སྦྱོང་བའི་རྐྱེན་གྱིས་ཡིན་སྲིད། ཡིན་ཡང་ངའི་སྐད་ཆ་འདི་ལ་ཁུངས་ལུང་མེད་པ་ཞིག་ཡིན། ངས་བྱིས་རྩལ་སྦྱོང་བའི་གོ་སྐབས་མི་མང་སྟེ། ལོ་སར་གྱི་སྐབས་སུ་སྦྱོང་བ་ཙམ་ཡིན། ལོ་སར་གྱི་དུས་སུ་ཤིན་ཏུ་སྐྱིད་དེ། ཉིན་རེར་རྒྱ་སྲན་བརྔོས་མ་ཟ་རྒྱུ་ཡོད་ལ། ཅི་ཙམ་བཟའ་ཐུབ་ན་དེ་ཙམ་བཟས་ཆོག ཁ་སྐོམ་ཚེ་ཆུ་འགྲམ་དུ་ཆུ་འཐུང་དུ་སོང་བ་ཡིན་ལ། ཆུ་འཐུང་རྗེས་སུ་མཐུད་ནས་བཟའ་བ་ཡིན།

ངས་རང་ཉིད་དང་རྒྱ་སྲན་སྐོར་གྱི་གཏམ་རྒྱུད་འབྲི་དགོས་ཏེ། དེ་ནི་ངའི་ཚེ་གང་པོར་བརྗེད་དུ་མེད་པའི་གཏམ་རྒྱུད་ཅིག་ཡིན།

ང་སྐྱེས་སའི་སྡེ་བ་དེའི་མིང་ལ"དབྱང་ཅ"ཟེར། ང་སྐྱེས་པའི་ལོ་སྟེ 1964ལོར། ཨ་ཕའི་གནས་ཚུལ་ལ་བཟང་འགྱུར་ཆེན་པོ་བྱུང་སྟེ། ཁོས་ངའི་ཨ་མ་ཡོད་སའི་སློབ་ཆུང་དུ་གཞན་ཚབ་དཔེ་ཁྲིད་གནང་ཆོག དེར་གནད་དོན་ཞིག་ཀྱང་ཡོད་དེ། བཟའ་ཟླ་གཉིས་ཀས་སློབ་ཁྲིད་བྱེད་དགོས་པས། གུང་ཇ་གཡོས་སྦྱོར་བྱེད་རྒྱུ་དེ་གནད་དོན་ཆེན་པོ་ཞིག་ཏུ་གྱུར། ཕ་མས་མི་ཞིག་གདན་དྲངས་ནས་གུང་ཇ་གཡོས་སྦྱོར་བྱེད་ཞོར་དུ་བྱིས་པ་གཉེར་དུ་འཇུག་རྒྱུའི་ཐག་བཅད།

རྨོ་མོ་ནི་འདི་ལྟར་ངའི་རྨོ་མོ་རུ་གྱུར། ང་དང་རྨོ་མོ་མཉམ་དུ་སྡོད་པའི་དུས་ཡུན་ནི་ཕ་མ་དང་མཉམ་དུ་སྡོད་པའི་དུས་ཡུན་ལས་རིང་།

1969ལོར། ང་ལོ་ལྔ་ལ་སོན། ཕ་མའི་བྱ་བའི་ལས་གནས་སྤར་ནས

“ལུའུ་ཕང”ཟེར་བའི་སྡེ་བ་ཞིག་ཏུ་སོང་། རྒྱ་མོ་ང་ཚོ་དང་མཉམ་དུ་མ་སོང་། དེ་དུས་ད་གཟོད་རྒྱ་མོ་ནི་ངའི་རྒྱ་མོ་ངོ་མ་མིན་པ་རྟོགས།

མིག་རྗེབ་དབང་ཞིག་ལ1975ལོར་སླེབ། ལོ་དེར་ང་ལོ་བཅུ་གཅིག་ཡིན། ངའི་ཕ་མ་ས་ཐག་རིང“ཀྲུང་པོ”ཟེར་བའི་གྲོང་རྡལ་ཞིག་ཏུ་ལས་གནས་སྤོར་དགོས། དུས་ད་ལྟ། སྐྱུར་བགྲོད་གཞུང་ལམ་དེད་ནས་སོང་ན། ཀྲུང་པོ་གྲོང་རྡལ་ནས་དབྱང་ཅ་སྡེ་བའི་བར་དུ་རླངས་འཁོར་ཞིག་སྐར་མ་བཅུ་ལྷག་ལས་མི་དགོས། ཡིན་ནའང་ང་ཚོ་ཞིན་ཧྭ་ནི་ཆུ་པོ་དྲ་བ་ལྟར་ཁྱབ་པའི་ས་ཁུལ་ཞིག་ཡིན་ཕྱིར། འགྲུལ་སྐྱོལ་གྱི་གཟིངས་ཡིན་རུང་གཡས་དཀྱིལ་གཡོན་དཀྱིལ་བྱེད་དགོས་པས། ཉིན་གཅིག་གི་དུས་ཚོད་དགོས་པ་རེད། ང་ཚོ་བཟའ་མི་གང་པོས་ང་ཚོ“ཤིན་ཏུ་ཐག་རིང་ས”ཞིག་ལ་འགྲོ་དགོས་པ་ཤེས་ཡོད། འགྲོ་ལ་ཉེ་དུས། ང་རང་རྒྱ་མོ་ཚང་ལ་སོང་། རྒྱ་མོས་ངས་ཤེས་ཡོད་ཟེར། རྒྱ་མོས་ང་མཐོང་འཕྲལ་ཤིན་ཏུ་དགའ་ནས། ད་ལག་ཆགས་འདུག་ལ་བསམ་ཡང་ཤེས་ཡོད་ཟེར། དུས་དེར་རྒྱ་མོ་མོ་ཕྱིང་དུ་ལུས་ནས་ཙང་འགོར་མེད། རྒྱ་པོའི་གཤིན་པོའི་འདྲ་པར་གྱང་ངོས་སུ་བཀལ་ཡོད། རྒྱ་མོས་ད་དུང་དགའ་དགའ་སྤྲོ་སྤྲོའི་ངང་ནས་གཤིན་པོའི་འདྲ་པར་ལ་གཏད་ནས། སྐད་ཆ་མང་པོ་ཞིག་ལབ་བྱུང་། རྒྱ་མོ་ཇི་ལྟར་དགའ་སྤྲོ་སྐྱེས་རུང་ངས་ཐོག་མཐའ་བར་གསུམ་དུ། མོའི་ནང་སེམས་ཀྱི་ལྡེད་ཏིག་སེ་དེ་རྟོགས་ཐུབ་ལ། མོའི་འཛུམ་མདངས་དེ་ཤིན་ཏུ་སྐྱི་ལ་ཤུགས་ཟད་པ་ཞིག་ཡིན་པ་རྟོགས། དེ་ནི་བཤད་མི་ཤེས་ལ་མགོ་གནོན་པ་ཞིག་རེད། རྒྱ་མོས་མཇུག་མཐར་རྒྱ་པོ་གླེང་བྱུང་ལ། མོ་རང་འཁྱུད་སེམས་སྐྱེས་པ་ཞིག་འདུག་ཁོ་མོ་འཆི་རྒྱུར་མི་སྐྲག་ཅིང“སུ་ཞིག་མི་འཆི་བ་ཡིན”ཟེར་སོད། འོན་ཀྱང་

རྫོ་མོས་རང་ལ་བཟོད་གསོལ་བྱེད་མི་ཐུབ་སྟེ། མོས་རྫོ་བོའི་ཚེ་མཇུག་ཏུ་འང་རྫོ་བོ་ལ"ཁ་སྐྱིད"རྒྱུག་ཏུ་འཇུག་མ་ཐུབ། རྫོ་མོས"ཁྲིམ་ཚང་དབུལ་ཕོངས་ཡིན་པས་རྐྱེན་གྱིས་རེད"ཟེར།

ངས་ཐེངས་དང་པོར་འཆི་བ་ཡིས་གསོན་པོར་བཟོས་པའི་སྡུག་བསྔལ་ནི་ཉིན་དེ་ཁོ་ན་ཡིན་པ་ཤེས། མི་རྟག་བརྟན་དུ་འཆི་རྒྱུ་མེད་པ་ཞིག་ཡིན་ཏེ། གཉེན་མིའི་མུ་མཐའ་བྲལ་བའི་སྡུག་བསྔལ་གྱི་ཁྲོད་ནས་དཔའ་ངར་ཞུམ་མེད་ཀྱིས་གསོན་ཡོད། རྫོ་མོས་རྫོ་བོར་ཞི་འཕྲང་བ་ནི་སྟར་བཞིན་ཁ་སྟོ་ཡིན། ཁ་འབྲལ་དགོས་པའི་རྐྱེན་གྱིས། རྫོ་མོས་དམིགས་བསལ་གྱིས་ང་ལ་མཛད་སྒོ་ཞིག་སྤེལ། མོས་ང་ལ་སླ་ངའི་ནང་ནས་འཚིག་རོ་ཁ་ཤས་འབྲད་དུ་བཅུག་ཅིང་། རྫོ་བོའི་གཤིན་པོའི་འདྲ་པར་གྱི་མདུན་དུ་འཇོག་ཏུ་བཅུག་པ་རེད། འདི་ནི་ང་ལ་དྲིན་ལན་འཇལ་དུ་འཇུག་པ་ཡིན་ལ། ངས་རྫོ་བོར་ཁ་ཟས་དྲངས་པ་མཚོན། རྫོ་མོས་འཚིག་རོ་ལ་བལྟས་ནས་དགོད་ཞོར་དུ། "ཤི་འདྲེ་ཁྱོད་ཀྱིས་བཤད་ཨེ་ཐུབ"ཟེར།

ངའི་སྲིང་མོ་སྟེ་རྫོ་མོའི་ཚ་མོ་སྐབས་དེར་སྐྱེས་པ་རེད། ང་དང་རྫོ་མོ་གཉིས་ཀྱིས་ཁ་བརྡ་བྱེད་དུས། སྲིང་མོ་ནི་མོའི་འགུལ་སྙིའི་ནང་དུ་གཉིད་འདུག སྲིང་མོས་རྗེས་ནས་བཤད་རྒྱུར། མོས་དོན་དེ་ཤེས་ཡོད། རྫོ་མོས་ང་ལ་བཤད་པ་ཡིན་ཟེར།

ས་སྲོས་ཀྱི་དུས་སུ། རྫོ་མོས་ང་རང་སྤྲ་མོ་ནས་ཡུལ་ལ་ལོག་ཏུ་བཅུག མོས་ཐེ་ཚོམ་བྱེད་པ་དང་། སེམས་སུ་མོས་དངོས་པོ་ཅི་ཞིག་འཁྱེར་ནས་འགྲོ་དགོས་སྙམ། ད་ལྟ་ཕྱིར་འདྲང་ཞིག་བརྒྱབ་ན། སྐབས་དེར་རྫོ་མོ་ལ་ངོ་མ་དཀའ་ལས་བརྒྱབ་འདུག་སྟེ། ཤིན་ཏུ་དབུལ། མོའི་ཁྲིམ་ནི་དངོས་

ཇོ་མོས་སྟོད་གོས་ངའི་སྐེ་ཏུ་བསྐོན་པ་དང་། ཕུ་ཐུང་གཉིས་ནི་ཀ་བ་གཉིས་དང་འདྲ་བར་ངའི་བྲང་ཁར་བསྣར་འདུག ཇོ་མོས་ངའི་མགོ་ལ་བྱིལ་བྱིལ་མང་པོ་བྱས་ནས། “སྙིང་རྗེ་པོ། ད་ཁྱོད་སོང”ཞེར།

གནས་ཁྱིམ་སྟོང་དབུལ་ནག་ཅིག་རེད། མོའི་དང་ཐོག་གི་དམིགས་ཡུལ་ནི་བྱ་སྒོང་ཡིན། མོས་རྫ་མའི་ནང་ནས་བྱ་སྒོང་ཕྱིར་བླངས་མོད། འོན་ཀྱང་ཁྱེར་མི་བདེ་བ་དང་། ལམ་བར་ནས་ཆག་འགྲོ་བ་བསམ་ནས། བྱ་སྒོང་དེ་དག་ཕྱིར་བཞག ཕྱིས་སུ་རྨོ་མོས་ཤིང་ཉིས་ཚབ་ཅིག་ཁྱེར་ཡོང་ནས། ཁང་པའི་གདུང་མའི་སྟེང་ནས་གཟེབ་དྲ་ཞིག་མར་བླངས་ཤིང་། དེའི་ནང་དུ་རྒྱ་སྲན་བཞག་ཡོད། རྨོ་མོས་ང་མེ་འབུད་དུ་མངགས་པས་ང་སོང་ནས་མེ་བུས་པ་ཡིན། ངས་བུད་ཤིང་སྣོན་ཞོར་དུ་སྦུད་པ་འཐེན་པ་དང་། རྨོ་མོའི་མཇུག་མཐའི་བསམ་བློ་ནི་རྒྱ་སྲན་བརྔོས་ནས་ང་ལ་ཁྱེར་དུ་འཇུག་རྒྱུ་ཡིན་པ་ཤེས། ལོ་འགའི་རྗེས་སུ། ང་སྤྱང་པོ་ཞིག་ཏུ་གྱུར་པས། རྒྱ་སྲན་དེ་དག་ནི་རྨོ་མོས་ཁེར་རེ་ཁེར་རེ་བྱས་ནས་བདམས་པ་ཡིན་ལ། ཕྱི་ལོའི་ས་བོན་དུ་གྲ་སྒྲིག་བྱས་པ་ཡིན་པ་རྟོགས་པ་སྟེ། ཕྱི་ལོའི་ས་བོན་ཡིན་ན་ད་གཟོད་གདུང་མའི་སྟེང་དུ་འཛོག་པ་རེད། རྒྱ་སྲན་བརྔོས་ཟིན། མོས་ཚ་ངར་ངར་བྱེད་པའི་རྒྱ་སྲན་འཁྱབ་མའི་ནང་དུ་བླུགས་ནས། ཡུན་རིང་ཞིག་ལ་འཁྱབ་པ་རེད། དེ་ནི་དོན་དངོས་སུ་འཁྱགས་སུ་འཇུག་ཆེད་ཡིན། རྗེས་སུ། རྨོ་མོས་ང་ལ་སྟོད་གོས་ཕུད་དུ་བཅུག་པ་དང་། ཁབ་སྐུད་ཀྱིས་ཕུར་ཁ་བཙེམ་པ་སྟེ། ཕུར་ཁ་གཉིས་ཀ་བཙེམས་ན་ཁུག་མ་ཆེན་པོ་གཉིས་ཡིན། རྨོ་མོས་སྟོད་གོས་ངའི་སྐེ་རུ་བསྐོན་པ་དང་། ཕུ་ཐུང་གཉིས་ནི་ཀ་བ་གཉིས་དང་འདྲ་བར་ངའི་བྲང་ཁར་བསྒར་འདུག རྨོ་མོས་ངའི་མགོ་ལ་བྱིལ་བྱིལ་མང་པོ་བྱས་ནས། "སྙིང་རྗེ་པོ། ད་ཁྱོད་སོང་"ཟེར།

ངའི་མི་ཚེ་གང་པོར་རྒྱ་སྲན་འདི་འདྲ་མང་པོ་ང་གཅིག་པུར་དབང་བ་ནི་ཐེངས་དང་པོ་ཡིན། བསམ་བློ་ཞིག་ཐོངས་དང་། ང་ལམ་ཧྲིལ་པོར་ཇེ་

འདྲའི་དགའ་སྤྲོ་ཞིག་སྐྱེས་ཡོད་རྒྱུ་རེད། ངས་ལམ་ཙེལ་པོར་འགྲོ་ཞོར་དང་ཟ་ཞོར་བྱས། བཟང་ཆ་ཞིག་ལ་ང་འགྲོ་སའི་ལམ་བུ་ནི་སྐྱོར་རའི་ལམ་ཡིན་ལ། སྐྱོར་ལམ་གྱི་གཞོགས་གཅིག་སུ་ཚུ་པོ་ཡོད། དེས་ངའི་སྐྱོམ་པ་སེལ་ཐུབ། དབྱང་ཅ་སྡེ་བ་ངའི་རྒྱབ་ཕྱོགས་སུ་རིང་དུ་བསྐྱུར་ལ། རྫོ་མོའང་ངའི་རྒྱབ་ཕྱོགས་ནས་རིང་དུ་བསྐྱུར། དེའི་རྗེས་ཀྱི་ལོ་ཟླའི་ནང་དུ། རྒྱུན་མི་ཆད་པར་སྣང་བརྙན་དེ་ཡིད་ལ་དྲན་བྱུང་། སྐབས་མི་ལེགས་པ་ནི། ང་རང་ནར་སོན་ནས་ལོ་ཚོད་ངེས་ཅན་ཞིག་ལ་སླེབ་རྗེས། ངས་དྲན་ཐེངས་རེར་སེམས་མི་སྐྱིད་པ་རེ་ཡོང་། ལོ་དེར་ང་ལོ་བཅུ་གཅིག་ལས་མེད་དོན་ཅི་ཡིན་ནམ། ཉུབ་དཔེ་ལས་གོང་མས་ན་གཞོན་ཚོར་བཟོད་གསོལ་བྱེད་ངེས་ཡིན་ཟེར། སྐད་ཆ་དེ་འཁྲིག་པར་སྣང་། བཟོད་གསོལ་བྱེད་དཀའ་བ་གཅིག་ནི་ན་གཞོན་དུ་གྱུར་པའི་མི་དེ་ཡིན་ལ། ནར་སོན་རྗེས་ཀྱི་རང་ཉིད་ཡིན་ནོ།།

1986ལོར། ངས་དབྱང་ཀྲུའུ་ནས་སློབ་ཆེན་འགྲིམས་བཞིན་ཡོད། ཉིན་ཞིག་ལ། ཨ་ཕའི་འཕྲིན་ཡིག་ཅིག་འབྱོར་ནས། ངའི་ཨ་ནེ་སྟེ་རྫོ་མོའི་ཚ་མོ་གཅིག་པུ་དེས་ཞིང་སྨན་འཐུང་ནས་ཤི་སོང་ཟེར། ང་དབྱང་ཀྲུའུ་ནས་ཕྱིར་དབྱང་ཅ་སྡེ་བར་ཕྱིན། སྐབས་དེར་ང་རང་ལོ་ཉེར་གཉིས་ལ་སོན་པའི་ཕོ་གསར་ཞིག་ཡིན། ང་རང་ལོ་ངོ་བཅུ་གཅིག་གི་རིང་ལ་ངའི་རྫོ་མོར་ལྟ་རུ་ཡོང་མ་མྱོང་། དོན་ངོ་མར་བཤད་ན་ངས་རྫོ་མོ་བརྗེད་འདུག མཚན་མོ་མང་པོ་ཞིག་ལ་ངས་རྨི་ལམ་རྨིས་རུང་། ནམ་ལངས་པ་ན་བརྗེད་ཡོད། དོན་འདི་ངས་དྲན་ཐེངས་རེར་ང་ལ་ཞེ་གནོང་ཐེངས་རེ་ཡོད། ལོ་བཅུ་གཅིག་གི་རྗེས་སུ། ང་སླར་ཡང་རྫོ་མོའི་མདུན་དུ་ལངས་དུས། མོས་དེ་མ་ཐག་ང་རང་ངོ་ཤེས་འདུག ངས་རྫོ་མོ་དེ་འདྲའི་གཟུགས་ཐུང་ཞིག་ཡིན་པ་

བསམ་མ་སྒྱོང་། གཟུགས་པོ་ཐུང་རུང་ཨུ་ཚུགས་ཀྱིས་ངའི་མགོ་ལ་བྱིལ་བྱིལ་བྱེད་དེ། ངས་མགོ་བོ་སྒུར་སྒུར་བྱས་ན་ད་གཟོད་མོས་བྱིལ་བྱིལ་བྱེད་ཐུབ། ཇོ་མོ་ནི་ངའི་བསམ་ཚོད་ལྟར་གྱི་སྐྱོ་གདུང་ཞིག་མེད་པ་འདྲ། འདིས་ང་ལ་བློ་བདེ་བ་ཞིག་བྱས། མོས“ལྟས་ངན་མ་འདི་གསོན་ན་མི་འདོད་པ་རེད”ཅེས་འཁང་ར་ཁ་ཤགས་བཤད་པ་ལས་སྐྱོན་མི་འདུག

དོན་དངོས་སུ། ཇོ་མོའང་ཅུང་མ་འགོར་བར་ཤི་སོང་བ་རེད། མོས་བཟོད་བསྲན་མ་ཐུབ་པས་ཡིན་རྒྱུ་རེད། མོའི་སྐྱོ་སེམས་ནི་བསམ་བློ་བཏང་མ་ཐག་ཤེས་ཐུབ་པ་ཞིག་ཡིན། འོན་ཀྱང་ཇོ་མོ་ཡིས་ནང་སེམས་ཀྱི་སྡུག་བསྔལ་དང་སྐྱོ་སྣང་དེ་ཕྱི་རུ་མི་འབུད་དེ། ལྷག་པར་དུ་གཉེན་ཉེའི་མདུན་དུ་དེ་འདྲ་ཞིག་ཡིན། ངས་ཉེ་དུ་གཞན་ཞིག་གི་ཁ་ནས་ངའི་ཇོ་མོ་ལ་རྒྱུས་ལོན་ཐོབ། ཕོ་ཚོས་དུས་དང་རྣམ་པ་ཀུན་ཏུ་གཉེན་ཉེའི་སྡུག་བསྔལ་ཁུར་ན་འདོད་མོད། འོན་ཀྱང་ཕོ་ཚོས་ནམ་ཡང་རང་ཉིད་ཀྱི་གཉེན་ཉེ་ལ་ཕོ་ཚོའི་སྡུག་བསྔལ་ཁུར་དུ་འཇུག་མི་འདོད།

1989ལོར། ངའི་སྲིང་མོ་ནན་ཅན་དུ་སློབ་གཉེར་བྱེད་དུ་འོང་། ང་མོར་བལྟ་རུ་ཕྱིན་པ་དང་། སྲིང་མོས“ཕུ་བོ་ལགས། ཁྱེད་ཀྱི་སྐྲ་ཤིན་ཏུ་སྙི”ཟེར། ངས“ཁྱོད་ཀྱིས་ཇི་ལྟར་ཤེས་པ་ཡིན”ཞེས་དྲིས་པར། སྲིང་མོས“ཇོ་མོ་ཡིས་ང་ལ་བཤད་པ་ཡིན། ཇོ་མོས་རྒྱུན་པར་ཁྱོད་སྙིང་གིན་འདུག ཤི་རག་བར་དུ་སྙིང་གིན་འདུག”ཟེར།

སྲིང་མོའི་སྐད་ཆ་དེས་ང་ལ་བཟོད་དཀའ་བ་ཞིག་བཟོས། ངས་ཤེས་པ་ནང་བཞིན་ཏེ། ངས་ཇོ་མོ་དྲན་པ་ནི་ཇོ་མོས་ང་དྲན་པ་ལས་ཤིན་ཏུ་ཉུང་། འདི་ནི་ང་དང་ཇོ་མོའི་བར་གྱི་འབྲེལ་བ་ཡིན།

ཡིན་ནའང་། མང་ཉུང་གང་ཡིན་རུང་། ངས་རྗོ་མོ་དྲན་ཐེངས་རེ་ནི་
རྒྱ་སྲན་དེ་དག་ལས་མགོ་བརྩམས་པ་ཡིན་ལ། ཡང་མིན་ན་རྒྱ་སྲན་དེ་དག་
ཟས་ཚར་བ་ལས་དྲན་པ་ཡིན་ཏེ། དེ་ལྟར་རྒྱ་སྲན་ནི་ངའི་ཟས་མཆོག་ཅིག་
ཏུ་གྱུར།

ངའི“རྗོ་མོ་ངོ་མ”ནི་སུ་ཡིན་ནམ། ངས་མི་ཤེས་ལ་ཤེས་ཡང་མི་སྲིད་
དེ། ཨ་ཕས་ཀྱང་ཤེས་པའི་ངེས་པ་མེད། འདི་ནི་ང་ལ་མཚོན་ན་གལ་ཆེན་
ཞིག་མིན། ངས་རང་ཉིད་དང་རྗོ་མོའི་བར་དུ་ཤ་ཁྲག་གི་འབྲེལ་བ་ཞིག་
ཡོད་ན་ཅི་མ་རུང་སྙམ་པ་དང་། ངའི་ཨ་ཕ་ནི་མོའི་བུ་ངོ་མ་ཞིག་ཡིན་པའི་
རེ་བ་བཅངས་པ་ཡིན།

ཙྩྭ་ཡི་སྤྲིལ་བུ།

ཚོའོ་ལྷུན་ཞོན་ལ་དཔེ་ཆ《ཙྩྭ་ཡི་སྤྲིལ་བུ》ཞེས་པ་ཞིག་ཡོད། ངས་ཀྱང་དཔེ་ཆ་ཞིག་བྲིས་ན་འདོད་ཅིང་། ནང་དོན་ཅི་ཞིག་ཡིན་ནམ་ང་། དཔེ་མིང་ལ《ཙྩྭ་ཡི་སྤྲིལ་བུ》ཟེར་དགོས་སྙམ།

དགེ་རྒན་ཚོའོ་ལྷུན་ཞོན་ནི་སུའུ་པེ་ཡན་ཁྲིན་གྱི་མི་ཡིན། ཁོའི་ཕ་ཡུལ་དང་ངའི་ཕ་ཡུལ་གྱི་བར་དུ་ཆུ་བོ་འགའ་ཞིག་ལས་མེད། ཁོས《ཙྩྭ་ཡི་སྤྲིལ་བུ》བྲིས་པར་ཡ་མཚན་རྒྱུ་ཅི་ཡང་མེད་ལ། འཛིག་རྟེན་འདི་རུ《ཙྩྭ་ཡི་སྤྲིལ་བུ》ཡི་དཔེ་ཆ་ཞིག་ཡོད་པར་ཡང་ཡ་མཚན་རྒྱུ་མེད། ཚོའོ་ལྷུན་ཞོན་ནི་ངའི་དགེ་གྲོགས་རྒན་པ་ཞིག་ཡིན། དེའི་ཕྱིར《ཙྩྭ་ཡི་སྤྲིལ་བུ》ནི་ཁོའི་ཡིན་པ་ལས་ངས་མིན། འདི་ནི་ལས་དབང་ཞིག་རེད།

མེའོ་ཡུས་དང་ཁ་བྲལ་རྗེས། ངའི་བྱིས་པའི་དུས་དང་ན་གཞོན་གྱི་དུས་ནི་ཕལ་ཆེར་ཙྩྭ་ཡི་སྤྲིལ་བུ་ལས་འདའ་བ་ཡིན་ཏེ། ངས་ཞུ་གཏམ་ཞིག་བཤད་པའི་ཁས་འཆས་གནང་རོགས་ཞུ། ཙྩྭ་ཡི་སྤྲིལ་བུ་གང་རུང་ཞིག་ལས་ཀྱང་བརྩམས་སྒྲུང་པ་སྐྲེས་ཆོག་མོད། འོན་ཀྱང་། བརྩམས་སྒྲུང་པ་ཆེས་ལས་བཟང་ཞིག་ནི་ཙྩྭ་ཡི་སྤྲིལ་བུ་ལས་བྱུང་བ་རེད།

ཙྩྭ་ཡི་སྤྲིལ་བུ་ནི་ས་གཞི་ཆེན་པོ་དང་ཐག་ཆེས་ཉེ་བའི་ཁྱིམ་གཞི་ཡིན།

དེ་ནི་མིས་བརྩིགས་པ་ཡིན་ལ། དེ་དང་ཆབས་ཅིག་ཏུ་ས་འོག་ནས་སྐྱེས་པ་ཞིག་ཀྱང་ཡིན།

རྩྭ་ཡི་སྤྱིལ་བུ་ཆེས་དཔེ་མཚོན་ཅན་ནི་འདི་འདྲ་ཞིག་ཡིན་ཏེ། ས་ཕག་གི་གྱང་དང་སྒེའུ་ཁུང་མེད་ལ། རླད་དུ་སོག་མ་བཏིང་ཡོད། དེའི་བཟོ་སྐྲུན་རྒྱུ་ཆ་ལ་རིགས་གསུམ་ལས་མེད་དེ། འདམ་བག་དང་རྩྭ། ཤིང་ཆ་བཅས་ཏེ། ཡི་གེ་མ་བྱུང་གོང་གི་ལོ་རྒྱུས་སུ་སྤྱིར་བཏང་དུ་གདོད་མ་ཞིག་ཡིན།

གྱང་བརྩིགས་པའི་ཆེས་འདོད་མཐུན་གྱི་རྒྱུ་ཆ་ནི་སྒོ་མོག་ཡིན་མོད། འོན་ཀྱང་སྒོ་མོག་ནི་སྔོར་མོ་བྱིན་ནས་ཉོ་དགོས། སྔོར་མོ་མེད་ན་ཇི་ལྟར་བྱ་ཞེ་ན། ཐབས་ཤེས་ཡོད་དེ། ས་ཕག་བཟོ་དགོས།

ས་ཕག་བཟོ་བའི་གོ་རིམ་དང་པོ་ནི་ཆུའི་ནང་ནས་འདམ་ཧུག་ལེན་དགོས། གྲམ་པའི་འདམ་བག་ནི་གྲམ་ཆུས་དེམ་ཧུག་བྱས་པ་ཡིན་པས། ཤིན་ཏུ་གཙང་། ཆུའི་ནང་དུ་ཡུན་རིང་ལ་སྦྲངས་པ་ཡིན་པས་འབྱར་གཤིས་ཅུང་ཡོད། རྨང་གཞི་ལ་མཚོན་ན་འབར་གཤིས་ནི་ཧ་ཅང་གལ་ཆེ་བའི་རྒྱུ་རྐྱེན་ཞིག་ཡིན། གོ་རིམ་གཉིས་པ་ནི་གྲུ་གཟིངས་ཀྱིས་འདམ་བག་དེ་དག་ས་ཛོང་གཞན་ཞིག་ཏུ་སྐྱེལ་ནས་བསྐལ་དགོས། འདི་ནི་འདམ་བག་གི་འབྱར་གཤིས་མཐོར་འདེགས་བྱེད་པར་ཕན་པ་ཆེ། སྐབས་འདིར་གོ་རིམ་གསུམ་པར་སླེབ་པ་ཡིན་ཏེ། འདམ་བག་གི་ནང་དུ་རྩྭ་དང་ཡང་ན་སོག་མ་ཁ་ཤས་བསྲེས་དགོས། རྩྭ་དང་སོག་མ་འདི་དག་ལ་མཐོང་ཆུང་བྱེད་མི་རིགས་ཏེ། འདམ་བག་གི་ནང་དུ་དེ་དག་ནི་ཨར་འདམ་ནང་གི“ལྕགས་རྩིབས”དང་འདྲ། འདམ་བག་ལ་དེ་དག་གི་འདེགས་སྐྱོར་ཐེབས་པས། ས་ཕག་གི་སྲ་བརྟན་རང་བཞིན་དང་ལྡིད་ཐེག་རང་བཞིན་ཚང་མ་མཐོར་འདེགས་སུ་

གཏོང་ཐུབ་པ་ཡིན།

བརྫིས་ཟིན་པའི་འདམ་བག་མ་ཀོང་ནང་དུ་ལྷུག་པ་དང་། དེ་ནས་ཁ་ཕྱེ་ན་ས་ཕག་གཅིག་བཟོས་ཟིན་པ་ཡིན། ཤིན་ཏུ་སླ།

ཡིན་ནའང་། ལས་སླ་མོ་ཡིན་ན་ལག་རྩལ་མི་དགོས་པར་གཏན་ནས་འདོད་མི་རུང་། དོན་དངོས་སུ། དངོས་པོ་ཞིག་ཡིན་ཕྱིན་སྤུས་ཚད་ཐད་ཀྱི་ཁྱད་པར་ཡོད་ངེས། ས་ཕག་གི་སྤུས་ཚད་ནི་ཁྱོད་ཀྱི་བཟོད་སེམས་ལ་རག་ལས། ཁྱོད་ལ་བཟོས་སེམས་ཇི་ལྟར་ཡོད་ན་ས་ཕག་གི་སྤུས་ཚད་དེ་ལྟར་བཟང་། དེ་ལས་ལྡོག་ན་ས་ཕག་སོབ་སོབ་ཏུ་གྱུར་ནས་སྲ་མོ་མིན། ཅི་ཞིག་ལ་བཟོད་སེམས་ཡོད་དགོས་ཤེ་ན། ཁྱོད་ཀྱིས་ས་ཕག་སོ་མ་དེ་ཉི་མར་ལྡེ་མི་རུང་། ཉི་མར་ལྡེ་ན་སེར་ག་གས་འགྲོ་བ་ཡིན། རབ་ཡིན་ན་རྩྭ་གདན་གྱིས་ས་ཕག་བཀབ་ནས། རླུང་རྒྱག་པ་དང་དུས་ཚོད་འགོར་དུ་འཇུག་དགོས་པ་ལས། ཉི་འོད་ཀྱིས་ས་ཕག་ཕོག་གི་བརླན་གཤེར་སྐམ་དུ་འཇུག་པ་མིན། འདི་ལ"བསིལ་སྐམ"ཟེར།

ས་ཕག་གི་གྱང་བརྩིགས་རྗེས་ད་དུང་ལས་རིམ་ཞིག་ཡོད་དེ། འཇིམ་ཐུག་བྱེད་དགོས། དེ་ནི་ས་ཕག་ལ་སྲུང་སྐྱོབ་བྱེད་པ་ཡིན། འཇིམ་ཐུག་བྱེད་པའི་འདམ་བག་ནི་ཧ་ཅང་གི་ཞིབ་པུ་ཞིག་ཡིན། ལག་པས་འཇིམ་བག་གྱང་ངོར་ཐུགས་པས་ད་དུང་མི་ཆོག འཇིམ་བག་ནི་ཆུ་ལ་སྐྲག་པ་ཡིན་པས། ཆར་ཆུ་བབས་ན་འཇིམ་བག་གི་ནང་དུ་ཆུ་སིམ་ནས་འཇིམ་བག་སླ་རུ་འགྲོ་ངེས། ཆེས་གོ་ཆོད་པའི་ཐབས་ནི་སོག་མའི་གདན་ལས་ནས། གྱང་ངོས་སུ་འཛེར་མས་གདབ་ན། ཆར་ཆུས་ས་ཕག་སྦང་མི་ཐུབ།

ས་ཕག་གི་གྱང་བརྩིགས་པའི་ཁང་པ་ལ་ཁྱད་ཆོས་གཉིས་ཡོད་དེ།

གཅིག་ནི་ཙུང་དམའ། ས་ཕག་གི་ཐེག་ཚད་ལ་ཚད་ཡོད་པས། ཆེས་མཐོ་ཞིང་ཆེས་ཆེ་ན་ཤིན་ཏུ་ཉེན་ཁ་ཆེ། གཉིས་ནི་སྐེའུ་ཁུང་མེད་དེ། འདི་ལ་གོ་བ་ལོན་སླ། སྐེའུ་ཁུང་གི་ཀླད་ཀྱི་ས་ཕག་ལ་འདེགས་སྐྱོར་མེད། འདི་ནི་ལག་རྩལ་གྱི་ཐད་ནས་འགྲུབ་དཀའ་བ་ཞིག་ཡིན་ནོ། །

རྩ་ཡི་སྒྲིལ་བུལ་གྱི་རྩ་ནི་རབ་ཡིན་ན་འཇག་མ་ཡིན་དགོས། རྒྱུ་མཚན་ནི་འཇག་མ་སྲ་ཞིང་རུལ་མི་སླ་བའི་ཕྱིར་རོ། །དེའི་འཕྲོར་ནི་སོག་མ་ཡིན། སོག་མ་ཞླུམ་པོ་དང་ཁོག་སྟོང་པ་ཡིན་པས། འདི་ནི་ཆར་ཆུ་འབབ་པའི་ཉེན་མོར་ཆུ་བཞུར་བར་ཤིན་ཏུ་ཕན་པ་ཡིན།

གསར་བཞེངས་བྱས་པའི་རྩ་ཡི་སྒྲིལ་བུ་ནི་ཤིན་ཏུ་ཡག རྒྱུ་མཚན་ནི་སོག་མ་གསེར་མདོག་ཡིན་པས། གསར་བཞེངས་བྱས་པའི་རྩ་ཡི་སྒྲིལ་བུ་དེར་གསེར་འོད་ལམ་ལམ་བྱེད་ཅིང་། ཉི་འོད་འཕྲོས་ཚེ་འོད་ཟེར་སྟོང་ལྡན་ཞིག་ཡིན་ཞེས་བཤད་ཆོག་མོད། འོན་ཀྱང་ལོ་ཕྱེད་ཅིག་མི་འགོར་བར་ཁང་ཀླད་ནག་ཤིག་གེར་འགྲོ་སྲིད་པས། བལྟས་ཚོད་ཀྱི་ཤིན་ཏུ་རྙིང་འདུག ཁང་གསར་དང་བག་གསར་གཉིས་རྒྱུན་དུ་འབྲེལ་ཆགས་པ་ཞིག་ཡིན་ཏེ། ཁང་གསར་རྙིང་བའི་དུས་སུ་བག་གསར་ཡང་ཕལ་ཆེར་ཨ་མར་གྱུར་ཡོད།

ཡིན་ན་ཡང་རྩ་སྒྲིལ་གསར་བ་ཇེ་འདྲའི་ཡག་རུང་། ང་ནི་རྩ་སྒྲིལ་རྙིང་པར་དགའ་བ་ཡིན། རྒྱུ་མཚན་ནི་རང་བྱུང་ལྷད་མེད་ཅིག་ཡིན་ཏེ། རྙིང་འདུག་པའི་རྩ་སྒྲིལ་རེ་རེ་ཚང་མ་ངོ་མཚར་ཆེ་ཞིང་། ཤ་རུས་པའི་གཏིང་ནས་ཁེར་རྐྱང་གི་སྐྱེ་ཁམས་ལྷུམ་ར་ཞིག་ཡིན་ཕྱིར། སྒྲིག་ཆགས་ཀྱང་མེད་དུ་མི་རུང་།

ཁུག་ཏ། ཁུག་ཏ་ནི་ཡོད་འོས་པ་ཞིག་ཡིན། གྲོང་གསེབ་པ་ཚོར་

འགྱུར་བ་མེད་པའི་ངག་རྒྱུན་ཞིག་ཡོད་དེ། ཁྱུག་རྟ་ཡིས་འགྱོར་བ་འཕེལ་བའི་རླུང་རྟ་ཁྱེར་འོང་ཟེར། སྐད་ཆ་འདིར་ང་ཡིད་མི་ཆེས། གྲོང་གསེབ་ཏུ་ཁྱིམ་ཚང་རེ་རེའི་གདུང་མའི་ཐོག་ཏུ་ཁྱུག་རྟའི་ཚང་ཡོད་མོད། འོན་ཀྱང་ངས"འགྱོར་བ་འཕེལ་བའི་རླུང་རྟ"ཞིག་ཡོད་པའི་མི་མཐོང་མ་མྱོང་། ངས་ངག་རྒྱུན་དེ་ནི་གྲོང་གསེབ་པ་ཚོའི་བྱམས་སྙིང་རྗེ་ཞིག་ཏུ་བརྩི་འདོད་དེ། ཁྱོད་ལ་ཆར་རླུང་གཡོལ་སའི་ཁང་པ་ཞིག་ཡོད་པས་ན། ཁྱུག་རྟ་ཁྱིད་ཚང་དུ་འཕུར་ཡོང་ནས་ཁྱོད་ཀྱི་བསོད་ནམས་ལ་ཕྲན་ཙམ་རེག་ན། དེ་ཡང་འོས་ཤིང་འཚམ་པ་ཞིག་ཡིན་པར་སྙམ།

ཁང་བྱིའུ། ཁྱུག་རྟ་དང་བསྡུར་ན། ཁང་བྱིའུ་ནི་ཐ་མ་ཞིག་ཡིན། ཁྱུག་རྟས་གྱོན་པ་ནི"ཁྱུག་རྟའི་མཇུག་གོས"ཡིན་ལ། ཁང་བྱིའུ་ཡིས་གྱོན་པ་ནི"གསོ་རས"ཡིན། དེ་བས་གཅིག་འདྲ་ཡོང་མི་སྲིད། ཁང་བྱིའུ་ནི་ཁྱུག་རྟ་ལྟ་བུའི་ཡག་པོ་ཞིག་མིན་པ་རང་གིས་ཀྱང་ཤེས་ཡོད། དེའི་ཕྱིར། ཁང་པ་ཤིན་ཏུ་མི་ཆེ་ན་ཁང་བྱིའུ་དེའི་ནང་དུ་མི་འཕུར་བར། རང་འགུལ་གྱིས་ཁང་པའི་ཕྱི་སྟེ་མདའ་གཡབ་ནས་ཚང་བཅའ་བ་རེད།

ཕ་ཝང་། ཕ་ཝང་གནས་གང་ཞིག་ནས་སྐྱུང་ཡོད་པ་ཐོག་མཐའ་བར་གསུམ་དུ་གསང་བ་ཞིག་ཡིན་ཏེ། སུས་ཀྱང་མི་ཤེས། དེ་ནི་འདབ་ཆགས་སྣ་ཚོགས་དང་མི་འདྲ་བར་མཚན་མོར་རྒྱུ་བ་ཡིན། ཟླ་བ་ཉ་གང་གི་མཚན་མོར། ཕ་ཝང་ཚོ་སྐྱོག་སྐྱོག་སུད་སུད་ཅིག་ཡིན་ལ། ནམ་མཁའ་ནས་ཡ་མཚན་གྱི་གཞུ་ཐིག་ཅིག་ལྟར་འཕུར་སྐྱོད་བྱེད། མི་རྒན་པ་ཚོས་བཤད་པ་ལྟར་ན། གལ་ཏེ་ཁྱོད་ཀྱིས་ལྷམ་ཕུད་ནས་ནམ་མཁར་གཡུག་ན། ཕ་ཝང་ཁྱོད་ཀྱི་ལྷམ་ནང་དུ་འཛུལ་ཡོང་ཟེར། ང་ཚོས་ལྷམ་ཕུད་ནས་ནམ་མཁར་

གཡུག་པ་དང་། དྲི་ངན་འཐུལ་བའི་ལྷམ་དེ་ཆོན་ཁྲའི་ཨོག་སྟག་ལྟར་ནམ་མཁར་འཕུར། ངས་བཤད་བསམ་པ་ནི་ང་ཚོ་ལ་ལེགས་འགྲུབ་ཐེངས་གཅིག་ཀྱང་བྱུང་མ་མྱོང་མོད། འོན་ཀྱང་། སྨྲ་སེམས་དང་ཕམ་ཁའི་བར་དུ་འབྲེལ་བ་མེད། མི་རབས་ནས་མི་རབས་ཀྱི་བྱིས་པ་ཚོས་ཉིན་རེ་ནས་ཉིན་རེར་རོལ་རྩེད་འདི་རྩེ་བཞིན་ཡོད་དེ། ལྷམ་ནམ་མཁར་འཕངས་ནས་སར་ལྷུང་། དངོས་པོ་ཅིག་ཞིག་གིས་གནའ་བོའི་རོལ་རྩེད་འདིའི་རྒྱུན་བསྐྱངས་པ་ཡིན་ནམ་ཞེ་ན། དེ་ནི་གློ་ཡུལ་ལས་འདས་པ་ཞིག་གོ།

སྤྲང་མ། སྤྲང་མ་ལའང་ཚང་ཡོད། འདི་མི་མང་ཤོས་ཤིག་གིས་མི་ཤེས། སྤྲང་མས་ཕྲ་ཞིང་སྐྱེ་བའི་མཆུ་ཧྲ་ཡིས་ཀྱང་ངོས་སུ་ཁྱུང་བུ་ཞིག་བརྐོས་རྗེས། ནང་དུ་འཛུལ་ནས་ཁ་ཕྱིར་འཁོར་ཏེ་སྡོད་པ་ཡིན། གལ་ཏེ་ཁྱོད་ལ་སྤྲོ་བ་ཡོད་ན་ཁུང་ཁ་ནས་ནང་དུ་བལྟས་ཚོག སྤྲང་མའི་མིག་ཆུང་ངུས་ཁྱོད་ལ་བལྟ་ཞིང་མིག་ཆུང་ངུ་དེ་ལས་སྐྲག་སྣང་ཁ་ཤས་ཀྱང་ཤར་འདུག ངའི་ན་ཆུང་གི་དུས་སུ། སྤྲང་མ་འཛིན་པ་ནི་སྣང་བ་ཤིན་ཏུ་སྐྱིད་པོ་ཞིག་ཡིན། ཁྱོད་ཀྱིས་ཤེལ་དམ་ཞིག་བཟུང་ནས། ཤེལ་དམ་གྱི་ཁ་སྤྲང་མའི་ཁུང་བུ་ལ་གཏད་དེ། རྩྭ་ཐུར་ཞིག་གིས་ཁུང་བུའི་ནང་དུ་སློག་ན། སྤྲང་མ་འཕུར་ཡོང་བ་དང་དེ་མ་ཐག་ཤེལ་དམ་གྱི་ནང་དུ་ལྷུང་བ་རེད།

སྟོམ། ང་ཚོས་ནམ་ཡིན་ཡང་སྟོམ་ལ“ཤིས་ཤིས་སྟོམ”ཟེར། རྒྱུ་མཚན་ནི“ཤིས”ཟུང་ཞིག་ཡོད་པས། སྟོམ་ནི་ང་ཚོའི་མིག་ལམ་དུ་བཀྲ་ཤིས་པ་ཞིག་ཡིན། རྩ་སྤྱིལ་རེའི་ནང་དུ་ཤིས་ཤིས་སྟོམ་མང་པོ་ཡོད་པ་དང་། མི་རྣམས་ཀྱིས་དེ་ལ་རེག་རེག་མི་བྱེད། གལ་ཏེ་ཁྱོད་ཀྱི་ལས་བཟང་བ་དང་བཟོད་བསྲན་ལེགས་པོ་ཞིག་ཡོད་ན། ཁྱོད་ཀྱིས་ཤིས་ཤིས་སྟོམ་གྱིས་རྒྱུ་

འཛིན་པའི་གོ་རིམ་ཡོངས་རྫོགས་མཐོང་ཐུབ། དེ་ནི་ཁ་ཁྱུ་སེམས་པོ་ཞིག་ཡིན་རུང་སྙིང་འགྲུལ་བླ་འདར་ཞིག་ཀྱང་ཡིན། སེ་སྐྱུད་ནི་སྐྱུག་པ་ནང་བཞིན་ཤེས་ཤེས་ཀྱི་བཤད་ལམ་ནས་ཕྱུང་བ་ཡིན། དེ་ནི་སྐྱེས་སྟོབས་ཀྱི་ཤེས་རབ་ལྡན་པ་ཞིག་ཡིན་ལ། ཆེས་རླབས་ཆེ་བའི་སྤྱོད་ལམ་གྱི་སྒྱུ་རྩལ་པ་ཞིག་ཡིན། ཤེས་ཤེས་སྟོམ་ལས་གཞན། གནམ་འོག་ཏུ་རང་གི་བཤད་ལམ་ལ་བརྟེན་ནས་རང་ཁ་རང་གསོ་བྱེད་ཐུབ་པའི་དངོས་པོ་ཞིག་མེད་དོ།།

འཛིང་འབུ། སྟོན་མཇུག་ཏུ་སླེབ་པ་ན། རྩྭ་སྤྱིལ་གྱི་གྲུ་ཟུར་དུ་འཛིང་འབུ་མང་པོ་ཡོད་ལ། འཁྱིལ་འཐག་བྱ་སྨོའང་ཡོད་པ་ཡིན། བྱིས་པ་ཚོར་མཚོན་ན། འཛིང་འབུའི་གྲག་སྐད་ལ་དེ་བས་འགྲུག་ཤུགས་ལྡན་པ་ཡིན། ང་ཚོའི་རྣ་བར་ཆེད་ལས་ཀྱི་བྱང་ཚད་མཐོན་པོ་ཡོད་པས་སྐད་ལ་ཉན་ཤེས། འཛིང་སྒྲ་ཇི་ལྟ་བུས་འཐབ་ཤུགས་ཇི་འདྲ་ཞིག་མཚོན་པ་ང་ཚོས་ཐོས་མ་ཐག་ཤེས་ཐུབ་མོད། འོན་ཀྱང་འཛིང་འབུ་ནི་ཤིན་ཏུ་སྒྱུང་གྲུང་ལྡན་ཞིང་། ཁྱོད་དེའི་ཉེ་སར་བཅར་ན་གྲག་འགྲུལ་མེད་པར་སྡོད་པ་ཡིན་པས། ཁྱོད་རང་དེ་གར་འགྲུལ་མེད་དུ་ཅོག་པུར་བསྡད་ནས་སྒྲུག་དགོས། ཡུན་རིང་ཞིག་འགོར་ན་དེས་ཁྱོད་རང་བུད་སོང་བར་འདོད་ནས། སླར་ཡང་སྒྲ་དབྱངས་ལེན་སྐབས། ང་ཚོའི་རྣ་བ་ནིGPSཞིག་དང་འདྲ་བར་དེའི་གནས་ས་གཏན་ཁེལ་བྱེད་ཐུབ།

ཞིང་འབུ། ཞིང་འབུ་དང་འཛིང་འབུ་གཉིས་ཤིན་ཏུ་རིགས་འདྲ་ཡིན། དེའི་གྲག་སྐད་ནི་འཛིང་འབུ་ལས་ཀྱང་གསེང་ལ། ལུས་པོ་ཡང་འཛིང་འབུ་ལས་ཆེ། མི་འདྲ་ས་ནི་འཛིང་འབུའི་ཇ་གཤོག་གཉིས་ཚབ་ཡིན་ལ། ཞང་འབུའི་ཇ་གཤོག་གསུམ་ཚབ་ཡིན། མི་མང་ཤོས་ཀྱིས་ཞིང་འབུ་དང་འཛིང་

འབྱུའི་དབྱེ་བ་མི་ཤེས་པར། ཞིང་འབྲུ་དེ་འཛིང་འབྲུ་སྟོབས་ཆེན་ཞིག་ཏུ་ངོས་བཟུང་ནས་ངོ་ཚ་སྐྱོས་པ་རེད།

འདབ་ཆགས་དང་སྲིན་འབུའི་རིགས་ལས་གཞན། རྩྭ་སྤྱིལ་ནི་དོན་དངོས་སུ་རྩི་ཤིང་གི་ཞིང་ཁམས་ཤིག་ཡིན་ཏེ། ལྷག་པར་དུ་གསར་མ་རྙིང་གི་རྩྭ་སྤྱིལ་དེ་འདྲ་ཞིག་ཡིན། ཁྱོད་ཀྱིས་བྱ་འདབས་ལས་བྱུང་བའི་ལྕམ་ཤིང་གི་སྔོ་མོ་ཉུ་མོག་ཙེ་སྐྱེས་འདུག་པ་དང་། ཁང་སྣད་དམ་ཡང་ན་ས་ཕག་གི་ཀྱང་ངོས་སུ་གྲོ་མྱུག་ཁ་ཁེར་སྐྱེས་ནས་སྐེ་མ་ཐོགས་ཡོད་པ་མཐོང་ཐུབ། ལོག་དཀར་མེ་ཏོག་ཀྱང་ཡོད་པ་ཡིན། ལོག་དཀར་མེ་ཏོག་གིས་ཁེར་རྐྱང་དུ་ཡིན་ཁྱུལ་བྱེད་ཅིང་། གསེར་མདོག་གི་མེ་ཏོག་བཞད་འདུག

ཆེས་སྒྲོ་འདོགས་ཆེ་བ་ནི་རྩྭ་སྤྱིལ་སྣད་དུ་སྐྱེས་པའི་རྩི་ཤིང་སྟེ་ཤིང་སྡོང་དེ་ཡིན། དེ་དག་སྤྱིར་བཏང་དུ་ཆེར་སྐྱེས་མི་ཐུབ་མོད། འོན་ཀྱང་ཁྱོད་ཀྱིས་འབལ་ཡང་མི་ཉན། དེ་བལ་ན་ས་མང་པོ་ཞིག་བཀོག་ཡོང་། རྩྭ་སྤྱིལ་ལ་མཚོན་ན་དེ་ནི་གོད་ཆག་རང་བཞིན་ཞིག་ཡིན། རབ་ཡིན་ན་གཅོད་དགོས། སྐྱ་ཐོ་ཐོ་དང་སློ་ཡུལ་ལས་འདས་པའི་ཤིང་སྡོང་ནི་སློ་ཡུལ་ལས་འདས་པ་ཞིག་ཡིན་ཏེ། ང་ཚོའི་མགོ་ཐོག་ནས་སྐྱེས་འདུག་པ་རེད།

རྩྭ་སྤྱིལ་གྱིས་དབུལ་ཕོངས་མཚོན་ཞེས་པ་དེ་ནོར་མེད། ཡིན་ནའང་དུས་ཚིགས་བཞི་པོར་འཁྲིགས་ནས་ཡོད། རྩྭ་སྤྱིལ་དེར་སྐྱེས་སྟོབས་ཀྱི་དཔལ་འབར་ཞིང་། རྩྭ་སྤྱིལ་ལ་རྩྭ་སྤྱིལ་གྱི་དབྱར་རྒྱས་སྟོན་བསྡུ་ཡོད་དེ། དེ་ནི་ལྷ་ཡུལ་ལྷ་བུ་ཞིག་ཡིན་ཞེས་བཤད་ནའང་ནོར་མེད་པ་འདྲ།

འོན་ཀྱང་ངས་ནན་བཤད་བྱེད་འདོད་པ་ཞིག་ནི། ཤུལ་སྐྱུར་བྱས་པའི་རྩྭ་སྤྱིལ་རེ་རེ་ནི་དམྱལ་བའི་ཁམས་ཤིག་ཡིན། དེ་དག་ལ་ཁང་སྣད་མེད་

དུས་ཚིགས་བཞི་པོར་འགྲོགས་ནས་ཡོད། རྫུ་སྤྲུལ་དེར་སྐྱེས་སྟོབས་ཀྱི་དཔལ་འབར་ཞིང་། རྫུ་སྤྲུལ་ལ་རྫུ་སྤྲུལ་གྱི་དབྱར་རྒྱས་སྟོན་བསྒྱུ་ཡོད་དེ། དེ་ནི་ལྷ་ཡུལ་ལྟ་བུ་ཞིག་ཡིན་ཞེས་བཤད་ནའང་ནོར་མེད་པ་འདྲ།

ཅིང་ཞིག་ཏུལ་དུ་སོང་བའི་ས་ཕག་གི་གྲུང་ལས་ལྷག་མེད། གྲུང་རོ་ནི་འཇིགས་སུ་རུང་བ་ཞིག་ཡིན་ལ། དེ་དག་ནི་ཁྱིམ་གྱི་ཉམས་རྒྱུད་དང་ཚེ་སྲོག་གི་ཤི་འཇིག་ལ་འབྲེལ་བ་དམ་པོ་ཡོད། མ་གཞིར་ཚོམས་ར་དང་ཡང་ན་ཉལ་ས་ཡིན་མོད། འོན་ཀྱང་རྩ་ལྷུམ་སྐྱེས་པ་ན། རྩ་ལྷུམ་དེ་དག་སྨྱོས་པ་ལྟར་སྟུག་པོར་རྒྱས་ཡོང་བ་རེད། སྟུག་པོ་དང་ཚང་ཚིང་ནི་འཇིགས་སུ་རུང་བ་ཞིག་ཡིན་ལ། དེ་ནི་ཅིག་གུ་དང་སྦྲུལ། སྲིན་མོང་བཅས་ཀྱི་ཁྱུངས་སུ་འགྱུར་སྲིད་ལ། ངག་རྒྱུན་དུ་བཤད་པའི་འདྲེ་དང་སྲིན་པོ། རྐང་རྗེན་དྲང་སྲོང་བཅས་ཀྱི་འཚོགས་སའང་ཡིན། ཁ་དོག་ཁྱད་མཚར་གྱི་སྣོམ་ནི་རྩ་ལྷུམ་གྱི་གསེབ་ནས་གོག་འགྲོ་བྱེད་པ་དང་། ལྷུང་འཚུབ་མ་གཡུགས་ན་དེ་ནི་ཤིན་ཏུ་ལྷས་ངན་པ་ཞིག་ཏུ་བརྗེ། ངས་བལྟས་ན་ཕུ་སུང་ལེན་གྱི་བྱུང་བའང་ཁུངས་ལུང་མེད་པ་ཞིག་མིན་པར་འདོད། སྐུ་ཞབས་ཕུ་ལགས་ཀྱིས་ཞ་འདྲེའི་གཞིས་ཀ་མང་པོ་དང་ཁང་ཆག་མང་པོ་ཞིག་མཐོང་མྱོང་ལ། ཁང་ཆག་གི་ཟུར་ག་གང་ཞིག་ཏུ་དེའི་ནང་གི་ཞ་འདྲེ་མེད་པ་སྲིད་དམ། དུས་ཟིང་གི་ཁྲོད་དུ་དུས་མིན་གྱི་འཆི་བ་ནི་རྒྱུན་དུ་འབྱུང་སྲིད་པ་དང་། སྡུག་བསྔལ་གྱིས་འཆི་བ་ཡང་རྒྱུན་དུ་ཡོད་པ་ཡིན། རྣམ་ཤེས་དེ་འདྲ་མང་པོ་ཞིག་རང་དགར་སྤྱོད་མི་སྲིད་པས། ཞ་མོའི་མཇུག་མ་དོན་མེད་དུ་མཛེས་ཀྱང་ཚུལ་མི་ལྡན་པ་ཞིག་ག་ལ་ཡིན། དེ་ནི་ནག་མེད་ཉེས་འགེལ་བྱས་ནས་ཤི་བའི་རྣམ་ཤེས་ཀྱི་གཡོ་འགྱུལ་ཡིན།

རྩ་སྤྱིལ་ནི་འདི་འདྲ་ཞིག་ཡིན་ཏེ། གསར་པ་ཇི་འདྲ་ཡག་ན། རྙིང་རྗེས་དེ་འདྲའི་སྐྱོ་སྣང་ཆེ་བ་ཞིག་ཡིན། གསར་པ་ནས་རྙིང་པའི་བར་ནི་དོན་དངོས་ཀྱི་ཡོད་ཚད་ཡིན་ལ། བསམ་ཡན་གྱི་སྣེ་མོ་ཞིག་ཀྱང་ཡིན།

ཟླ་སྦྲིལ་ལས་ནར་སོན་པའི་རྣམ་ཤེས་ནི་རྒྱུ་འགུལ་ཅན་ཞིག་ཡིན་ཏེ། ཐོག་མཐའ་བར་གསུམ་དུ་རྒྱུན་རིང་གི་ཕྱོགས་སུ་འཕྲོམ་པ་ཡིན།

ཁྲིམ་ཆས་ལག་སྒྲོན།

ང་ལ་སློབ་བུར་དུ་འདུ་ཤེས་ཤིག་སྐྱེས་པ་ནི། འདི་ལྟ་བུའི་ཚིག་ཚོགས་སུ "ཁྲིམ་ཆས"གླེང་བ་ནི་ངོ་མ་གླེན་པ་ཞིག་རེད་འདོད། ངས་ངེད་ཚང་ནི་ཇི་འདྲའི་དབུལ་པོ་ཞིག་ཡིན་པ་མི་ཤེས་མོད། འོན་ཀྱང་ངེད་ཚང་རྒྱུན་པར་ཁྲིམ་གཞི་སྤྱོར་དགོས། ཁྲིམ་གཞི་སྤྱར་བ་ན་ངེད་ཚང་གི་དབུལ་ཚང་ལྷང་ལ་བུད་ཡོང་།

ཆེས་ཐོག་མར་ངེད་ཚང་གི་གསང་བ་རྟོགས་མཁན་ནི་ཞིང་པ་ཞིག་ཡིན། ཁོ་གྲུ་ཁར་ཡོད། ངེད་ཚང་གི་བཟའ་མི་ལྔ་པོ་གྲུ་ཐོག་ལས་བབས་རྗེས། ཞིང་པ་དེས་ཆུ་ནང་གི་གྲུ་ལ་བལྟས་འདུག་པ་དང་། གདོང་དུ་རྟོགས་དཀའ་བའི་འཛུམ་ཞིག་ལངས་ནས། "འདི་བ་ཚང་ལ་ཅ་ལག་གཅིག་ཀྱང་མེད་པ་ཅི་ཡིན་ནམ"ཞེས་བཤད།

ངེད་ཚང་ལ་ངོ་མ"དངོས་པོ་ཅི་ཡང་མེད"པ་ཡིན། གལ་ཏེ་ཡིན་གཅིག་མིན་གཉིས་སུ་ཁྲིམ་ཆས་བཤད་དགོས་ཚེ། དོན་དམ་པར་མལ་ཁྲིའི་འདེགས་སྒྲོམ་དུ་མ་ལས་མེད། ཕ་མ་གཉིས་ཀ་དགེ་རྒན་ཡིན་པས། ཉལ་ཁང་གཞུང་གི་ཁང་པ་ཡིན་པ་དང་། ཅོག་ཙེ་དང་རྐུབ་བཀྱག་ཚང་མ་ཡང་གཞུང་གི་ཅ་ལག་ཡིན། ལྷག་མ་ལ་སྒམ་དུ་མ་ལས་ཅང་ལུས་མེད། རེད་ཡ། ད་དུང་ལྕགས་ཐབ་ཅིག་དང་སླ་ང་། གྲུས་གཞོང་། ངོ་གཞོང་། གཡིས་

དེམ། ཚྭ་སྣོད། དཀར་ཡོལ་འགའ་དང་ཐུར་མ་འགའ་བཅས་སོ།། ངེད་ཚང་གི་ཙ་ལག་འདི་དག་ཡིན། འཁྱེར་མེད་གྲལ་རིམ་སྲིད་དབང་སྐྱེར་འཛིན་གྱི་སྟོབས་ཤུགས་ལ་དངོས་གནས་བྱེད་ནུས་རླབས་ཆེན་ཐོན་ཡོད། དེས"བརྒྱ་ཆའི་གོ་ལྔའི་ཡན་ཆད"ཀྱི་མི་ཚང་མ་འཁྱེར་མེད་གྲལ་རིམ་ཡིན་དུ་བཙུག་པ་རེད།

ངས་ད་ལྟ་བཤད་དགོས་པ་ནི་ལག་སྒྲོན་ཡིན། གཟབ་ནན་གྱིས་བཤད་ན། ལག་སྒྲོན་ནི་ཁྱིམ་ཆས་ཤིག་མིན་མོད། འོན་ཀྱང་ངས་ནན་བཤད་བྱེད་འདོད་པ་ནི། ལག་སྒྲོན་ནི་ངེད་ཚང་ལ་མཚོན་ན་དོན་དམ་པར་ཆེས་གལ་ཆེ་བའི་ཁྱིམ་ཆས་ཤིག་ཏུ་བརྩི་དགོས། ངས་དང་དུང་ནན་བཤད་བྱེད་དགོས་པ་ཞིག་ནི། ལག་སྒྲོན་གྱི་གནད་དོན་འདིའི་ཐད་དུ། ངའི་ཨ་ཕ་ནི་གཏོང་ཕོད་ཅན་དང་མཁྲེགས་འཛིན་ཅན་ཞིག་ཡིན་པས། གཅིག་ཆག་ན་སླར་ཡང་གཅིག་ཉོ་བ་ཡིན་ཏེ། ཨ་ཕའི་མིག་ཤེད་ཞན་པས་མཚན་མོར་ལག་སྒྲོན་དང་འབྲལ་མི་ཐུབ་པའི་རྐྱེན་གྱིས་ཡིན། ངའི་བྱིས་པའི་དུས་དང་ན་ཆུང་གི་དུས་སུ། ལག་སྒྲོན་དང་ཁ་བྲལ་མ་མྱོང་ལ། བརྗམས་སྒྲུང་མི་ཉུང་བ་ཞིག་གི་ནང་དུ་ལག་སྒྲོན་བྲིས་མྱོང་སྟེ། དེས་ངའི་བྱིས་པའི་དུས་དང་ན་ཆུང་གི་དུས་གཞན་དང་མི་འདྲ་བ་ཞིག་ཏུ་བསྒྱུར་བ་རེད།

ལག་སྒྲོན་གྱི་ཆེས་ཡིད་དབང་འགུག་ས་ནི་དེའི་འོད་ཞགས་ཡིན། རྒྱུན་ཤེས་ལྟར་ན་འོད་དང་ཚ་བ་དམ་པོར་འབྲེལ་ཡོད་དེ། དེ་དག་ནི་དོན་གཅིག་ཡིན། ཡིན་ནའང་། ལག་སྒྲོན་གྱི་ཆེས་དཔེ་ཟླ་མེད་སའང་འདི་ཡིན། དེས་འོད་དང་ཚ་བ་གཉིས་སོ་སོར་ཕྲལ་ནས་ལག་སྒྲོན་ལ་ཚ་བ་མེད་པར་བཟོས་ཡོད། འདི་ནི་ཆེས་རླབས་ཆེ་བའི་དོན་ཞིག་ཡིན་ཏེ། འོད་ནི་ལག་ཏུ་

བཟུང་ནས་རྩེད་ཆོག་པ་ཞིག་ཏུ་བསྒྱུར། ངས་ལག་སྒྲོན་དེ་ལག་མཐིལ་དུ་གཏད་ནས་འགེར་རྒྱུར་དགའ། ལག་མཐིལ་དུ་གཏད་ནས་བཀར་ཚེ་མཛུབ་མོ་ཚང་མ་ཕྱེད་གསལ་དུ་འགྱུར་ཞིང་། དམར་ལམ་ལམ་ཞིག་ཡིན། ཐོག་དང་པོར་སྣང་ཚུལ་འདི་མཐོང་དུས། ཁྲག་དམར་མཐོང་བ་བཞིན་དུ་སྐྲག་སྣང་ཆེན་པོ་ཞིག་སྐྱེས། ཡིན་ནའང་ན་ཟུག་ཅི་ཡང་མེད།

ལག་སྒྲོན་གྱི་འོད་ནི་འོད་དང་ཚ་བ་བྲལ་གྱིས་བྱས་པའི་འོད་ཅིག་ཡིན་པ་མ་ཟད། དེར་ད་དུང་ཁྱད་ཆོས་ཤིག་ཡོད་དེ། གཅིག་ཧུབ་ཅན་ཡིན། ལག་སྒྲོན་མ་རིག་པའི་ཡར་སྔོན་དུ། ངའི་མཐོང་བ་ནི་རང་བྱུང་གི་འོད་ཡིན་ལ། དེ་དག་ནི་ཐོར་འཕྲོ་ཅན་ཡིན་ཏེ། ཉི་འོད་དེ་འདྲ་ཡིན་ལ་སྒྲོན་འོད་ཀྱང་དེ་འདྲ་ཡིན་པ་དང་། ཐབ་ཀའི་མེ་འོད་ཀྱང་དེ་འདྲ་ཡིན། ལག་སྒྲོན་གྱིས་ད་གཟོད་འོད་ལ་རྩ་འཛུགས་ཡོད་དུ་བཅུག་པ་སྟེ། འོད་དཀྱུག་ཅིག་ཏུ་གྲུབ་པ་མིན་ན། འོད་དུང་ཅིག་ཏུ་འགྲུབ་པར་བྱེད། ལག་སྒྲོན་གྱི་འོད་དེ་དཀྱུག་པ་ཞིག་ཏུ་གྲུབ་རྗེས། དེ་ནི་དྲང་མོ་མདའ་ལྟར་གྱུར་ནས་སྐྱེ་བའི་ཚུར་སྣེ་ནས་ཕར་སྣེ་རུ་བཀར་ཐུབ། ལག་སྒྲོན་གྱི་ཁ་གཏན་ཚེ་སྐྱེ་བ་ནི་མིག་རྗེབ་དབང་ཙམ་དུ་དང་མའི་ཁུ་སིམ་མུན་ནག་ཏུ་འགྱུར་སྲིད།

ང་བསམ་ཚོད་ལ་དགའ་བ་ནི་ལག་སྒྲོན་གྱིས་བཟོས་པ་ཡིན། སྨུག་ནུམ་གྱི་མཚན་མོར། ལག་སྒྲོན་བཀར་ནས་ནམ་མཁར་བལྟ་བ་ནི་ང་རང་ཆེས་དགའ་བའི་དོན་ཞིག་ཡིན། སྐབས་འདིའི་འོད་ནི་དཀྱུག་པ་ཞིག་མིན་པར། ཀ་བ་ཞིག་དང་མཚུངས། འོད་ཀྱི་ཀ་བ་ནི་ས་གནོན་གནམ་ཐེག་ཅིག་ཡིན་པ་དང་། མུན་ནག་གི་མཚན་མོར་ཡམ་མེ་ཡོམ་མེ་བྱས་ན། ཁྱོད་ཀྱིས་ཅི་ཡང་མི་མཐོང་ཞིང་། དེ་ལས་ལྡོག་སྟེ་ནམ་མཁའི་སྐར་མ་གཅིག་ཀྱང་

མཐོང་མི་ཐུབ་པར་འགྱུར་སོད། འོན་ཀྱང་ན་ཆུང་གི་བསམ་བློ་ནི་དེ་ལས་རྒྱ་ཆེ་བར་བསྐྱེད།

ལག་སྟོན་གྱིས་མཁའ་བཤེར་བྱེད་རྒྱུ་ནི་རེ་བས་ཕྱུག་པའི་དོན་དག་ཅིག་ཡིན་སོད། འོན་ཀྱང་ཁྱོད་ལ་ཐོབ་པ་ནི་སྟོང་ཟད་ཅིག་ཡིན་ངེས། ཁྱོད་ཀྱིས་ཅི་ཡང་བཙལ་ནས་མི་རྙེད་ལ། འོད་ལའང་ཚོད་འཛིན་ཐེབས་ཡོད། གནད་དེ་ཤེས་པ་ནི་བློ་ཕམ་ཡིད་ཆད་དུ་གཏོང་བའི་ལས་ཞིག་རེད།

ང་ལ་དེ་མུར་མི་རྒན་པ་ཚོའི་བསླབ་བྱ་གནང་བ་སྟེ། ལག་སྟོན་གྱིས་ནམ་མཁར་འགེར་མི་རུང་ཟེར། ངས་ཅིའི་ཕྱིར་ཞེས་དྲིས་པ་ན། དྲིས་ལན་གྱིས་ང་རང་སྐྲག་ཏུ་བཅུག་པ་སྟེ། གློག་ཟད་གྲོན་དུ་འགྲོ་སྲིད་ཟེར།

གནད་དོན་འདིར་གསལ་བཤད་བྱེད་ཆེད། ང་ལ་བསླབ་བྱ་གནང་མཁན་གྱིས་ས་སྨྱུག་ཅིག་གིས་དཔེ་བཞག་པ་སྟེ། ཁོས་ཁྱོད་ཀྱིས་ས་སྨྱུག་གིས་ཐང་དུ་དྲང་ཐིག་བྲིས་ན། ས་སྨྱུག་དེ་འདྲ་མི་ཟད་སོད། འོན་ཀྱང་ས་སྨྱུག་གིས“ང་ཚོ་སྐྱེ་བ་ནས་པེ་ཅིང”གི་བར་དུ་ཐིག་བྲིས་ན། ས་སྨྱུག་འཕྲལ་དུ་ཟད་ཚར་བ་མ་ཡིན་ནམ་ཞེས་ཟེར།

ངས་དེའི་དོན་རྟོགས་སོང་། ང་ཚོ་སྐྱེ་བ་ནས་པེ་ཅིང་གི་བར་ཟེར་བ་ནི་རྒྱལ་ས་པེ་ཅིང་མིན་པར་ཧ་ཅང་ཐག་རིང་ཞིག་ལ་གོ་དགོས། དཔེར་ན་སྐྱེས་པ་ཞིག་གི་ཆུང་མ“པེ་ཅིང”ན་ཡོད་ཅེས་བཤད་ཚེ། དོན་ལ་སྐྱེས་པ་དེ་མི་རྒྱང་ཡིན་པ་ཤེས་པ་ལྟ་བུ། “པེ་ཅིང་ན་ཡོད”ཅེས་པ་དེ“ཟླ་བའི་གོ་ལའི་ཐོག་ན་ཡོད”ཅེས་པ་དང་ཁྱད་པར་མེད། “པེ་ཅིང”ནི་ང་ཚོའི་བསམ་ཤུགས་ཀྱི་ཆེས་མུ་མཐའ་ཡིན་ལ། “པེ་ཅིང”དུ་སླེབ་པ་ན་བསམ་ཤུགས་ཀྱང་ཁ་ཕྱིར་འཁོར་དགོས་པས་སོ། །

སྨག་རུམ་གྱི་མཚན་མོར། ལག་སྒྲོན་བཀར་ནས་ནམ་མཁར་བལྟ་བ་ནི་ང་རང་ཆེས་དགའ་བའི་དོན་ཞིག་ཡིན། སྐབས་འདིའི་འོད་ནི་དབྱུག་པ་ཞིག་མིན་པར། ཀ་བ་ཞིག་དང་མཚུངས།

ཀྱེ་མ། ངའི་ལག་སྒྲོན་གྱི་འོད་ཚང་མ“པེ་ཅིང”ལ་ཕྱིན་སོང་། ཁོ་ཚོས་གནམ་བདེ་ཐང་ཆེན་གྱི་མཁའ་དབྱིངས་སུ་འོད་ཆེམ་ཆེམ་དུ་འཕྲོ་བཞིན་ཡོད། ངས་མཐོང་མི་ཐུབ་རུང་འདི་འདྲའི་ཟད་གྲོན་ཆེན་པོ་ཞིག་ལག་སྒྲོན་ཆུང་ དུ་ཞིག་གིས་ག་ལ་ཐེག་ནུས། ང་ལ་འགྱོད་སེམས་ཆེན་པོ་སྐྱེས། ཤེས་འདོད་ཀྱི་འདུན་པ་ཤིན་ཏུ་དྲག་པའི་བྱིས་པ་ཞིག་ལ་མཚོན་ན། ངས“ཤེས་བྱ་ནི་སྟོབས་ཤུགས་ཡིན”ཞེས་བཤད་མི་ཐོད་མོད། འོན་ཀྱང་ཤེས་རྒྱ་ཆེ་ན་དེ་ནི་བཟང་ཆ་ཞིག་ཡིན་པ་ཤེས་ཡོད། གླུན་སྙོངས་ཀྱི་དུས་རབས་སུ། ང་རང་གླུན་སྙོངས་སུ་བསྐྱོད་པའི་ཚུལ་གྱིས་གླུན་སྙོངས་དང་ཁ་བྲལ་བ་ཡིན།

གླུན་སྙོངས་ནི་ཅི་འདྲ་ཞིག་ཡིན་ནམ་ཞེ་ན། གླུན་སྙོངས་ནི་དམིགས་བསལ་གྱི་ཤེས་བྱ་ཞིག་ཡིན་པ་དང་། གླུན་སྙོངས་ཀྱིས་སྐབས་དེར་རེ་ཐག་ཆད་དུ་འཇུག་མོད། འོན་ཀྱང་དེའི་རྗེས་སུ་དགོད་བྲོ་བར་བྱེད་པའི་ཤེས་བྱ་ཞིག་ཡིན། དེའི་ཕྱིར། ཧེ་གེར་གྱིས་མིའི་རིགས་ཀྱིས“འཛུམ་མདངས་བསྟན་ནས”རང་ཉིད་ཀྱི་འདས་སོང་ལ་ཁ་བྲལ་བ་རེད་ཅེས་བཤད། དེར་བརྟེན་དུས་མང་ཆེ་ཤོས་ཀྱི་སྐབས་སུ། ང་རང་ཨེ་དབྱིན་སི་ཐན་ལ་ཡིད་ཆེས་བྱེད། ཨེ་དབྱིན་སི་ཐན་གྱིས་བཤད་རྒྱུར། གླུན་སྙོངས་ལས་རྒྱལ་མི་ཐུབ་ཟེར།

དེ་ནས་བཟུང་ངས་ལག་སྒྲོན་བཀར་ནས་ནམ་མཁར་བལྟ་མི་ཐོད་པར་གྱུར། “བདེན་དོན”ཤེས་པ་མ་ཟད“གནས་ཚུལ་ངོ་མ”ཁོང་དུ་ཆུད་པའི་མཚན་མོ་དེར་ང་རང་བཟོ་ལྟ་ཤོར་ནས་ཡུལ་དུ་ལོག ང་འཁྲུག་ཡོད་པས་ཁ་གྲག་མ་ཐུབ། ངས་རང་གིས་བསླུབས་ནོར་བའི་དོན་དེ་ཨ་ཕར་བཤད་མ་ཐོད། གལ་ཏེ་ངས་ཨ་ཕར་བཤད་ཡོད་རྒྱུ་ན། ཨ་ཕས་ငེས་པར་དུ་ང་ལ་

གསལ་པོར་བཤད་ངེས་ཡིན། ངའི་དཔའ་ཞུམ་སོང་། ད་ལྟ་ཕྱིར་འདང་ཞིག་བརྒྱབ་ན། དཔའ་ཞུམ་པ་ནི་དོན་དམ་པར་བླུན་རྨོངས་ཀྱི་འབྱུང་རྐྱེན་གཙོ་བོ་ཡིན། ཛྲུ་ཨར་ཐེ་ཡིས་ཀློ་འབྱེད་བྱེད་སྒོ་ལ་སྦྱི་སྦྱོམ་བྱེད་པའི་སྐབས་སུ། ཀློ་འབྱེད་ནི"དཔའ་ངར་ཞུམ་མེད་ཀྱིས་རང་གི་རྗེས་དཔག་བེད་སྤྱོད་བྱེད་རྒྱུ་དེ་ཡིན"ཞེས་བཤད། རེད་ཡ། དཔའ་ངར་ཞུམ་མེད་ཅིག་དགོས། "རྗེས་དཔག་བེད་སྤྱོད་པ"ནི་ལས་སླ་མོ་ཞིག་གཏན་ནས་མིན། དེར་ངར་ཆོའི་སྤོབས་པ་དགོས། རྗེས་དཔག་དང་སྤོབས་པ་ནི་ནམ་ཡང་མཚོས་མ་ཞིག་ཡིན་ལ། མཁྲེགས་སྙོར་ཞིག་གི་མདུན་རྒྱབ་ངོས་གཉིས་ཡིན་ཞེས་བཤད་ཀྱང་ཆོག

དབུལ་ཕོངས་ཡིན་པའི་རྐྱེན་གྱིས། ངས་རང་གི་ལག་སྒྲོན་འབྲི་བ་མ་གཏོགས། དེད་ཚང་གི་ཁྱིམ་ཚས་ཇི་མ་ཇི་བཞིན་དུ་ཞིབ་བརྗོད་བྱེད་མི་ཐུབ། ང་བརྗོད་བྱ་དང་ཁ་བྲལ་མེད་ལ། སྒྲུང་ཐུང་འདི་འབྲི་རྒྱུ་ནི་དགོས་ངེས་ཤིག་ཡིན་ནོ། །

ཚ་ཐོག་ནས་བསྐྱོད་པ།

བསྐྱོད་པ་གླིང་ཚེ་ངའི་ཕ་ཡུལ་ལ་ཁྱད་ཆོས་ལྡན་པ་ཞིག་ཡིན། ང་ཚོས་བཤད་པའི"བསྐྱོད་པ"ནི་དོན་དངོས་སུ་གྲུ་གཟིངས་བསྐྱོད་པ་ལ་ཟེར། ངའི་ཕ་ཡུལ་ཞིན་ཧྲ་ནི་ཅང་སུའུ་ཡི་དཀྱིལ་ཁག་སྟེ། ལི་ཞ་ཆུ་བོ་ཟེར་བ་དེའི་ངོགས་སུ་ཡོད། དེའི་ནུབ་ཕྱོགས་ནི་སྐད་གྲགས་ཆེ་བའི་མིས་བཟོས་གཙང་པོ་ཆེན་པོ་ཡིན། མཚོ་དཔངས་ལ་ཐིག་ལེ་མན་གྱི་སྨི་གཅིག་ལས་མེད་པས། གལ་ཏེ་མིས་བཟོས་ཆུ་བོ་ཆེན་པོའི་ཆུ་རགས་ཤོར་ཙ་ན། ངའི་ཕ་ཡུལ་ནི་ཞག་མ་གཅིག་གི་རིང་ལ་ཆུ་བོའི་ཞིང་ཁམས་སུ་འགྱུར་སྲིད། དེ་ལྟ་བུའི་དོན་ནི་ཡར་སྟོན་ཐེངས་མང་པོར་བྱུང་མྱོང་། གནོད་འཚེ་ཚབས་ཆེན་ཐེངས་རེ་རེས་ཞིན་ཧྲ་མིའི་རིག་གནས་གཞི་རྐྱེན་ལ་ཤུགས་རྐྱེན་བཟོས་པས། ཞིན་ཧྲ་མི་འཛིག་རྟེན་འདི་ལ་ཡིད་ཆེས་དེ་འདྲ་མེད་པར། དེ་བས་ཀྱང་རང་ཉིད་ལ་ཡིད་ཆེས་བརྟན་པོ་བྱེད། ཞིན་ཧྲ་པ་སློབ་གསོ་ལ་དགའ་རོགས་སྒྲིག་པ་ལྟ་བུའི་བརྩེ་དུང་ཞིག་ཡོད་དེ། མཉེན་ཞིང་རྒྱུན་རིང་ལ། བློ་བརྟན་འགྱུར་མེད་ཅིག་ཡིན། གནད་འདི་ནི་ཡུག་ཐེ་པ་དང་ཤིན་ཏུ་འདྲ་སྟེ། ཁོང་དུ་ཚུད་པའི་རྒྱ་ནོར་དང་གཟོད་རྒྱ་ནོར་ངོ་མ་ཡིན་ལ། ཁེ་སྣ་དང་ཧག་པ། ཚ་ལོག་གང་གིས་ཀྱང་ཁྱེར་མི་ནུས།

ཚ་ལོག་རྒྱུག་ཐེངས་རེ་རེས་ཞིན་ཧྲ་ཡི་ས་གཤིས་ལ་ཁྱད་ཆོས་ལྡན་དུ

བཙུག་པ་སྟེ། ཞིན་ཏྭ་ཆུ་ཡི་ཞིང་ཁམས་ཤིག་ཏུ་བསྒྱུར། ཆུ་རྒྱུན་ནི་ང་ཚོའི་ལམ་བུར་གྱུར་ཞིང་ཆུ་བོ་འང་ང་ཚོའི་ལམ་བུར་གྱུར། ང་ཚོ་ཞིན་ཏྭ་པ་ནི་ཐོག་མ་ནས་ལག་པར་བརྟེན་ནས་བགྲོད་པ་ཡིན་ལ། རྐང་པ་གཉིས་ཀྱི་གཟིངས་ཀྱི་མཇུག་ཏུ་གཏད་དེ། དབྱུག་རིང་གིས་འདེད་པ་དང་གྲུ་ཁེམ་གྱིས་དཀྲུག་དགོས། སྐབས་ལེགས་པའི་སྐབས་སུ་སྟེ་རླུང་འགྲོས་དང་མཐུན་དུས། ཁྱོད་ཀྱིས་གཡོར་མོ་འཛིན་ཆོག ངའི་གྲོགས་པོ་སྙན་ངག་པ་ཕང་ཡུས་ལེང་གིས“ནམ་མཁར་ལྷན་པ་བརྒྱབ་ནས་བཀང་འདུག”ཅེས་བྲིས་ཡོད། སྙན་ངག་པ་ནི་ནམ་ཡང་སྐྱོ་སྣང་ཅན་ཞིག་ཡིན་ཏེ། ཕང་ཡུས་ལེང་གིས་ད་དུང“གནམ་ངོ་ཤིན་ཏུ་ན་འདུག ལུས་རྟིལ་བོར་སྦྲུར་སྨན་གྱིས་གཡོགས་ཡོད”ཅེས་བྲིས་མྱོང་། ལྷན་པ་དང་སྦྲུར་སྨན་གང་ཡིན་རུང་། ཕང་ཡུས་ལེང་གིས་བྲིས་པ་ནི་ང་ཚོའི་ཕ་ཡུལ་གྱི་གཡོར་མོ་རེད།

གཡོར་མོས་ལམ་འགྲོ་ལེགས་པ་མཚོན་ལ། ཁྱོད་ལ་ལམ་འགྲོ་ཡོད་པ་མཚོན། ཞིན་ཏྭ་པའི་ལྷ་ཚུལ་ཞིག་ཡིན་ཡང་སྲིད་དེ། ང་རང་ན་གཞོན་གྱི་དུས་སུ། ངས“ལམ་འགྲོ”ལ་ཚན་རིག་དང་མཐུན་པའི་ངོས་འཛིན་བྱས་ཏེ། ལམ་འགྲོ་མེད་པའི་མི་ཡོད་ན་ལམ་འགྲོ་ཡོད་པའི་མི་ཡོད་པ་དང་། སྐབས་ལེགས་པ་ཡོད་ན་སྐབས་མི་ལེགས་པའང་ཡོད་པ་ཡིན། ཆུ་བོ་གཅིག་པའི་ནང་དུ། ལམ་འགྲོ་ཡོད་པ་དང་ལམ་འགྲོ་མེད་པ་གཉིས་འཕྲད་ན། མཇུག་མཐར་ཐིག་ལེ་འབྱུང་བ་དང་། ཁྱོད་ཀྱི་མི་ཚེའི་ལམ་བུ་ནང་དུའང་། སྐབས་ལེགས་པ་དང་སྐབས་མི་ལེགས་པ་གཉིས་འཕྲད་ཚེ། མཇུག་མཐར་སྔར་བཞིན་ཐིག་ལེ་ཡིན། ཐིག་ལེ་ནི་རླབས་ཆེན་ཞིག་དང་རྟག་བརྟན་ཞིག་ཡིན། ཐིག་ལེའི་གོ་དོན་ནི་མེད་པ་མིན་པར། དེ་ལས་ལྡོག་སྟེ་གཞུང་དྲང་

ང་རང་ལོ་དྲུག་བདུན་ཡིན་པའི་དུས་ནས་གྲུ་གཏོང་ཤེས། ངས་སྦྲུང་མ་སྐྱོང་བར་རྩེད་ཚོར་དུ་ཤེས་པ་ཞིག་ཡིན།

མཚོན། གནམ་ལུགས་ཤིག་ཡིན་ན། ཚང་མ་ཐིག་ལེ་ཏུ་སོར་ལོག་བྱེད་དགོས།

བཤད་ཡོང་ན་ངོ་མ་གློ་ཡུལ་ལས་འདས་པ་ཞིག་རེད། ང་རང་ལོ་དྲུག་བདུན་ཡིན་པའི་དུས་ནས་གྲུ་གཏོང་ཤེས། ངས་སྦྱང་མ་མྱོང་བར་རྩེད་ཞོར་དུ་ཤེས་པ་ཞིག་ཡིན། ངའི་ཨ་ཕ་ཧ་ལས་སོང་། ཕོས་གཞི་རིམ་ནས་ལོ་མང་པོར་འཚོ་བ་རོལ་མྱོང་ཞིང་། གྲུ་གཏོང་བ་སྦྱང་ན་འདོད་མོད། ཐེངས་རེ་རེར་འགྲུབ་མེད་ངལ་བར་གྱུར། ཨ་ཕ་ཧ་ཡང་ལས་མི་དགོས་ཏེ། མིའི་རང་ནུས་ཤིག་ལ་འཕྲད་ན། བྱིས་པ་མང་ཆེ་ཤོས་ཤིག་བཤེས་མེད་རང་རྟོགས་ཡིན། གསལ་པོར་བཤད་ན། མིའི་ཚེ་གང་པོ་ནི་དོན་དངོས་སུ་བཤེས་མེད་རང་རྟོགས་ཤིག་ཡིན་ཏེ། སློབ་དེབ་ལས་གཞན་ཡོན་ཏན་མང་པོ་ཞིག་རང་གིས་རྟོགས་པ་མ་ཡིན་ནམ། དགེ་རྒན་གྱིས་ང་ཚོར་འོ་སྦོམ་པ་ལས། འོ་བྱེད་ཚུལ་ཁྲིད་མི་སྲིད་མོད། འོན་ཀྱང་ང་ཚོས་འོ་བྱེད་ཤེས་པ་ཡིན།

གྲུ་གཏོང་མི་ཤེས་པ་ཚོར་གོམས་གཤིས་ཤིག་ཡོད་དེ། གྲུའི་ཐོག་ཏུ་བུད་མ་ཐག་ཤེད་རྒྱག་པ་ཡིན། འདི་ནི་མིས་སློབ་སྦྱོང་བྱེད་སྐབས་རྒྱུན་པར་ནོར་འཁྲུལ་འབྱུང་ས་ཞིག་ཡིན་ཏེ། འབད་པ་ཡིན་ནོ།། དགེ་རྒན་ཚོས་རྒྱུན་པར་ང་ཚོར་འབད་པ་བྱོས་ཞེས་བསླབ་བྱ་གནང་བ་ཡིན་མོད། འོན་ཀྱང་འབད་པ་ནི་སྐབས་འགར་ལྷུན་རྟགས་ཤིག་ཡིན། ངའི་གྲུ་གཏོང་བའི་ཉམས་མྱོང་ལས་བཤད་ན། སློབ་སྦྱོང་གི་གོ་རིམ་ཁྲིད་དེ། ལྷག་པར་དུ་དང་ཐོག་སྦྱོང་སྐབས། “མྱོང་བ”ནི“འབད་པ”ལས་ཤིན་ཏུ་གལ་ཆེ། ཐལ་དྲག་པའི“འབད་པ”ཡིས་ཁྱོད་ཀྱི“མྱོང་བ”ལ་གེགས་བྱེད་སྲིད། གྲུ་གཏོང་བར་མཚོན་ནས་བཤད་ན། ཡང་དག་པའི་གྲུ་གཏོང་ཐབས་ཁོང་དུ་མ་ཆུད

གོང་ལ། "འབད་པ"ཟེར་བའི་འབྲས་བུ་ནི་ཅི་ཞིག་ཡིན་ཞེ་ན། གྲུ་གཟིངས་སྟར་གནས་སུ་བསྐྱར་བ་བྱེད་པ་དང་། ཁྱོད་ཀྱིས་སྟར་བཞིན་དབུགས་འཚང་འཁྱིན་པ་དེ་ཡིན། སློབ་སྦྱོང་གི་བྱེད་ཐབས་བཟང་པོ་ནི་ཤུགས་ལ་ཆོད་འཛིན་ཟེར་ནས། ཡང་མོའི་ངང་ལུས་ཡོངས་ཀྱི་སྦྱོང་ཆོར་པེད་སྤྱོད་བྱེད་རྒྱུ་དེ་ཡིན། མི་དང་དངོས་པོའི་[illegible] ཚོར་གཞི་གཅིག་ཏུ་འདྲེས་རྗེས། ད་གཟོད་འབད་པ་ལྷུར་ལེན་བྱེད་འོས།

ངས་ད་ལྟ་གྲུ་གཏོང་བའི་གཏམ་རྒྱུད་ཅིག་བཤད་ཡ། ང་རང་ཤིན་ཏུ་ཆུང་བའི་དུས་སུ། ངས་འབྲས་སོབ་གང་བརྩིགས་ཡོད་པའི་ཨར་འདམ་གྱི་གྲུ་གཟིངས་ཤིག་ཐག་རིང་ནས་གཡུལ་ཁར་བཏང་སྦྱོང་། ངའི་གཟུགས་པོ་དང་ལོ་ནའི་ཐད་ནས་བཤད་ན། འབྲས་སོབ་གང་བརྩིགས་ཡོད་པའི་ཨར་འདམ་གྱི་གྲུ་གཟིངས་ནི་ཤིན་ཏུ་མཐོ་ལ་ཆེ་བ་དང་། ཤིན་ཏུ་ལྗི་བས། ནུས་པས་ལྕོགས་པ་ཞིག་ག་ལ་ཡིན། དོན་དངོས་སུ། ངས་ཤེད་དེ་འདྲ་མང་པོ་བཀོལ་མེད། ཟེར་རྗེས་ངོ་མཚར་ཅན་ནི་ཇི་ལྟར་བྱུང་བ་ཡིན་ཞེ་ན། ཨར་འདམ་གྱི་གྲུ་གཟིངས་གྲུ་ཁ་ལས་འབྲལ་དུས་མི་རྐན་པ་ཆོས་ཕུད་རྒྱག་དེད་པས། ལྡིད་རྫོབ་ཆེ་བའི་གྲུ་གཟིངས་ཆུ་ཐོག་ནས་སྐྱོད་མགོ་བརྩམས། འདི་ནི་ཤིན་ཏུ་གལ་ཆེ་བ་ཞིག་ཡིན། དངོས་པོ་དོས་ཆེན་ལ་ཁྱད་རྟགས་གཉིས་ཡོད་དེ། འགོག་ཤུགས་བཙན་པོ་དང་གོམས་གཤིས་དྲག་པོ་ཡིན། འདི་ནི་ཐེ་ཐན་ཉེས་ཁེ་རྟགས་ཅན་གྱི་གྲུ་གཟིངས་ཀྱིས་མི་ཞི་བའི་རྗེས་སུ། ད་དུང་འཁྱུགས་རི་ལ་གདོང་གཏུག་རྒྱག་སྲིད་པའི་རྒྱུ་རྐྱེན་ཡིན། དོན་དངོས་སུ། གོམས་གཤིས་དྲག་པོའི་ཁྲིད་དུ་ཁྱོད་ཀྱིས་ཤུགས་ཕྲན་ཙམ་བསྣན་ཆེ། མདུན་སྐྱོད་ཀྱི་རྣམ་པ་སྲུང་འཛིན་བྱེད་ཐུབ། གནད་དོན་ནི་སྐྱོད་མཚམས་

འཇོག་ཏུ་འཇུག་མི་རུང་སྟེ། སྐྱོད་མཚམས་བཞག་ན་ཁྱོད་ཀྱིས་སླར་ཡང་བསྐྱོད་དུ་འཇུག་མི་ཐུབ་པ་ཡིན།

ངས་རྟག་ཏུ་རང་གི་བུ་ལ་དོན་ཆེ་ཆུང་གང་ཡིན་རུང་། བལྟས་ཚོད་ཀྱིས་རང་གི་ནུས་ཚད་ལས་ཤིན་ཏུ་བརྒལ་ཡོད་ནའང་། དེ་ལ་སྐྲག་མི་རུང་། "དཔེ་མི་སྲིད་པ"ནི་དུས་རྒྱུན་དུ་བརྗོད་ཆགས་ཀྱི་འཕྲུལ་སྣང་ཞིག་ཡིན། འཕྲུལ་སྣང་དེ་བྱུང་རྗེས་ངན་རེངས་དང་ཛོགས་མཐའ་མེད་པའི་གོམས་གཤིས་ཤིག་འབྱུང་ངེས། ཁྱོད་རང་ཉིད་ནི་གོམས་གཤིས་དེའི་ནང་གི་ཁག་ཅིག་ཡིན་ལ། ཁྱོད་ཀྱིས་རྒྱུན་བསྐྱངས་ན། "དཔེ་མི་སྲིད་པ"དེ"དཔེ་སྲིད་པ"ཞིག་ཏུ་འགྱུར་བ་མ་ཟད། མཇུག་མཐར་བྱས་རྗེས་ངོ་མཚར་ཅན་ཞིག་ཏུ་འགྱུར་སྲིད་ཅེས་བཤད་པ་ཡིན།

ཞིང་ལས་དཔལ་ཡོན་གྱི་ཁྱད་རྟགས་ནི་དོན་དངོས་སུ་རྩི་ཤིང་གི་སྐམ་སྐྱེས་ཀྱི་འཕེལ་རིམ་ཞིག་ཡིན་ཏེ་དལ་བའོ། ། འཁོར་ཡུན་རེ་ནི་ཉིན་སུམ་བརྒྱ་དྲུག་ཅུ་རེ་ལྔ་ཡིན། དེ་ཉིད་ཇི་འདྲའི་སྤྲོ་སེམས་ཞུམ་མེད་དང་"སྐྱེས་སྟོབས་ཀྱིས་དཔལ་འབར་བ"ཞིག་ཡིན་རུང་། ངེས་པར་ཉིན་སུམ་བརྒྱ་དྲུག་ཅུ་རེ་ལྔ་ཡིན་དགོས། ཞིང་ལས་དཔལ་ཡོན་གྱི་མདུན་དུ། དུས་ཚོད་ནི་གསེར་སྲང་མིན་ལ་ཟན་ཁའང་ཚེ་སྲོག་མིན། དལ་བ་དེར་བསྟུན་ཆེད། ཞིང་ལས་དཔལ་ཡོན་གྱི་བདག་པོ་སྟེ་ཞིང་པ་ལ་མཚོན་ན། ཕོ་ཆོར་མཁོ་བ་ནི་དོན་དངོས་སུ་བཟོད་སེམས་ཡིན།

ཞིང་པའི"བསྐྱོད་པ"ལའང་བཟོད་སེམས་དགོས། འདི་ནི་ཞིང་ལས་དཔལ་ཡོན་གྱི་ཁྱད་རྟགས་ཅིག་ཤོས་ལ་རག་ལས་ཡོད་དེ། དེ་དང་རང་ཉིད་གཞི་གཅིག་ཏུ་ཆགས་ཡོད་པ་ཡིན། བཟོ་ལས་དཔལ་ཡོན་གྱི་རྗེས་སུ།

དཔལ་ཡོན་དང་ལུས་པོ་ད་གཟོད་ཁ་གྲེས་པ་ཡིན། དེའི་ཕྱིར། བཟོ་ལས་དཔལ་ཡོན་ལ"ལུས་པོ་བཙིངས་འགྲོལ"གྱི་དཔལ་ཡོན་ཡང་ཟེར། ཞིང་ལས་དཔལ་ཡོན་མི་འདྲ་སྟེ། དེ་ལ"ཉམས་ལེན་འབད་སྒྲུབ"བྱེད་དགོས། ཁ་དཀྱིགས་ནས་མུ་མཐུད་ནས་གྲུ་གཟིངས་གཏོང་བ་གླིང་བར་བྱ། ཉམས་ལེན་འབད་སྒྲུབ་ཅིག་ཡིན་ཕྱིན། ཁྱོད་ཀྱིས་ལུས་པོས་ཉམས་ལེན་བྱེད་དུས་ལུས་པོ་ལས་བརྒལ་མི་ཏུང་། འདི་ནི་རྩལ་འགྲན་ལུས་རྩལ་དང་འདྲ་སྟེ། དེར"ལུས་ཤུགས་བགོ་བཤའ"ཡི་གནད་དོན་ཞིག་ཡོད།

ངས་གྲུ་གཏོང་ཤེས་མ་ཐག་གི་སྐབས་དེར། བྲེལ་འཚུབ་ལངས་ནས་འཕྲུལ་མར་ཕ་རོལ་དུ་སླེབ་ན་འདོད། དེའི་མཇུག་འབྲས་ནི་འདི་ལྟ་སྟེ། སྐར་མ་ལྔ་ཡི་སྔོ་སེམས་ཀྱི་རྗེས་སུ་ངས་རྒྱུན་སྐྱོང་མ་ཐུབ། ཞིང་པ་རྒན་པ་ཞིག་གིས་ང་ལ་བཤད་རྒྱུར། "ཡུན་གྱིས་ཡུན་གྱིས་གཏོང་དགོས"ཟེར། རེད་ཡ། ཞིང་ལས་དཔལ་ཡོན་ནི་སྣན་ངག་གྱེར་འདོན་བྱེད་པ་དང་། "སོ་སར་དགོང་ཚོགས་སུ་ཞུགས་པ"དང་མི་འདྲ། སྐར་མ་ལྔ་ཡི་སྔོ་སེམས་ལ་དོན་སྙིང་ཅི་ཡང་མེད་ཅིང་། སྐར་མ་ལྔ་ཡི་སྔོ་སེམས་དེ་དུས་དང་རྣམ་པ་ཀུན་ཏུ་སྣང་མེད་དུ་བཏེས་ཆོག

"ཡུན་གྱིས་ཡུན་གྱིས་གཏོང་དགོས"ཞེས་པའི་སྐད་ཆ་དེ་ཚུ་འགྲམ་གྱི་རྩྭ་ཉག་མ་རེ་རེ་བཞིན་ལྟར་དཀྱུས་མ་ཞིག་ཡིན་མོད། འོན་ཀྱང་ངས་དེ་རྩྭ་ཉག་མ་ཡིན་པའི་རྐྱེན་ལས་དེའི"བདེན་དོན་རང་བཞིན"ལ་ཐེ་ཚོམ་མི་བྱེད། "ཡུན་གྱིས་ཡུན་གྱིས་གཏོང་དགོས"ཞེས་པའི་ཚིག་འདི་རུ་ཞིང་ལས་དཔལ་ཡོན་གྱི་མུ་མཐའ་བྲལ་བའི་ཙག་ཙིག་དང་། མུ་མཐའ་བྲལ་བའི་བཟོད་སེམས། མུ་མཐའ་བྲལ་བའི་བསྐྱར་ཟློས། མུ་མཐའ་བྲལ་བའི་འགྲན་

སློང་བཅས་འདུས་ཡོད། སྐབས་འགར་ང་ཚོ་ཆུ་ཐོག་ནས་ཉིན་ལམ་དུ"བསྐྱོད"དགོས་ཏེ། གསལ་པོར་བཤད་ན་ཉིན་གང་པོར་གྲུ་གཏོང་དགོས་པ་ཡིན། གལ་ཏེ་ཁྱོད་ལ་བཟོད་སེམས་མེད་ན། ཁྱོད་ཀྱིས"ཡུན་གྱིས་ཡུན་གྱིས་གཏོང་དགོས"ཞེས་པ་དེ་འགྲུབ་དཀའ་ཞིང་། ཁྱོད་ཀྱིས་གྲུ་གཏོང་བའང་བྱིས་སྒྲུ་ལས་ལེན་པ་ལྟར་ཏེ། གྲུ་ཆུང་རླུང་དང་འགྲོགས་ནས་ཡམ་མེ་ཡོམ་མེ་བྱེད་ཅེས་པ་ལྟར་རོ།། འདི་ནི་སྐན་ངག་གི་བརྗོད་དོན་གྱིས་ཕྱུག་ཅིང་རི་མོ་ལྟར་མཛེས་པ་ཞིག་མིན་པར། བཟོ་ལྟ་ཤོར་བ་དང་ཡིད་སྐྱོ་བ་ཞིག་གོ། དོན་འདི་ངའི་ལག་ལེན་དུ་བྱུང་མྱོང་།

མཇུག་མཐར་སྐད་ཆ་གཉིས་བཤད་དེ།

དང་པོ། མི་ལ་ལས་ང་ལ་ཁྱོད་རང་རྩོམ་པ་པོ་ཞིག་ཏུ་ཇི་ལྟར་གྱུར་པ་ཡིན་ཞེས་དྲིས་པར། ངས་རྩོམ་འབྲི་མཚམས་མ་བཞག་པར་རྒྱུན་འཁྱོངས་བྱས་ནས་ལོ་སུམ་ཅུ་འགོར་བ་ཡིན་ཞེས་བཤད་པ་ཡིན།

གཉིས་པ། ངས་གཞི་ནས་རང་ཉིད་ཀྱི་ནུས་པར་ཐེ་ཚོམ་སྐྱེས་མ་མྱོང་། དེ་ལྟར་ཡིན་ཙང་ངས་ད་དུང་བཤད་འདོད་པ་ནི། ངའི་ཆེས་ཆེ་བ་དང་ཆེས་ཡིད་རྩོན་ཙང་བའི་འཛིན་ཐང་ནི་བཟོད་སེམས་ཡིན།

ཆུ་ལམ་དུ་བསྐྱོད་པའི་མི་ལ་ཆུ་རྒྱུན་ལྟ་བུའི་བཟོད་སེམས་ཤིག་ཡོད། ཆུ་ལ་ནམ་ཡིན་ཡང་བྲེལ་བ་མེད་དེ། དེས་ལག་ཧང་སྦྲེལ་ནས་ནམ་མཁའི་མུ་མཐའ་ཞིག་ནས་མུ་མཐའ་གཞན་ཞིག་ཏུ་བཞུར་བ་རེད།

ཚ་སེ་ཤིང་།

མི་ནི་སྤྲ་ནས་རིམ་འགྱུར་བྱུང་བ་ཡིན་ཞེས་པའི་བཤད་ཚུལ་འདི་ལ་གཞི་རིམ་བྱིས་པ་ཚོས་ངོས་ལེན་བྱེད་སླ། གནས་ལུགས་ཧ་ཅང་སླ་སྟེ། གཞི་རིམ་གྱི་བྱིས་པ་ཚོ་སྤྲེའུ་ལྟར་སྡོང་པོར་དགའ་བས་སོ།། མི་དར་མ་ཚོའང་སྡོང་པོར་དགའ་མོད། འོན་ཀྱང་ཁོ་ཚོར་ཁོ་ཚོའི་རྒྱུ་མཚན་ཡོད་དེ། ཚང་མ་ཁེ་ཕན་རང་བཞིན་ཅན་ཡིན། ཆེས་ཆེ་བའི་ཁེ་ཕན་ནི"སྡོང་འཛུགས་ནགས་བསྐྲུན་བྱས་ནས། མི་རྒྱལ་ལྷུང་འགྱུར་བྱེད་པ"དེ་ཡིན་ལ། ཁེ་ཕན་ཆུང་བ་ལ་དགོད་བྲོ་བ་འདུག་སྟེ། ཁོ་ཚོས་ཀྱང་ངོས་སུ"ཕྱུག་འགྱུར་བྱེད་འདོད་ན། བྱིས་པ་ཉུང་བཙའ་དང་ཕག་པ་མང་གསོ་བྱ། ཕྱུག་འགྱུར་བྱེད་འདོད་ན། བྱིས་པ་ཉུང་བཙའ་དང་སྡོང་པོ་མང་འཛུགས་བྱོས"ཞེས་བྲིས་འདུག ཕྱུག་འགྱུར་བྱེད་རྒྱུ་ནི་ཇི་འདྲའི་སླ་བ་ལ། མི་མེད་པས་ན། ས་གཞིར་སྡོང་པོས་ཁེབས་པ་དང་གང་ས་གང་དུ་ཕག་པ་མང་བར་འགྱུར།

མེས་རྒྱལ་ལྷུང་འགྱུར་ཡོང་མིན་དང་ཁྱིམ་ཚང་ཕྱུག་པོ་ཡོང་མིན་དེ་ང་ཚོ་དང་འབྲེལ་བ་མེད། ང་ཚོ་ནི་སྡོང་མགོར་འཛེག་རྒྱུར་དགའ་སྟེ། ཡར་འཛེག་མར་འབབ་བྱེད་ཅིང་། སྡོང་པོ་དེ་སྡོང་པོར་མི་བརྩི་བར་ང་ཚོའི་རྩེད་ཆས་སུ་གྱུར། གནད་ཅིག་ཡོད་པ་ངས་ནན་བཤད་བྱེད་དགོས་ཏེ། སྡོང་པོ་ནི"ང་ཚོའི་རྩེད་ཆས"ཡིན་ཟེར་བ་ནི"དཔེ་འཛོག"མིན་པར།

དོན་ངོ་མ་ཞིག་ཡིན། ང་ཚོར་གཟུགས་འགྱུར་རྩེད་ཆས་མེད་པ་དང་། ཡུག་ཡུག་འཁོར་ལོ་མེད་ལ་སྤྲུལ་བཞི་རླངས་འཁོར་ཡང་མེད་དུང་། དེས་ང་ཚོར་རྩེད་ཆས་མེད་པ་མི་མཚོན། ང་ཚོ་རང་བྱུང་མི་ཡིན་པས་ང་ཚོ་རྩེ་འདོད་ན་ཡོད་ཚད་རྩེད་ཆས་བྱས་ཆོག་སྟེ། ཆང་པའང་རྩེད་ཆས་སུ་བྱས་ཆོག ཆང་པར་བཞི་ཚབ་མ་གཏོགས་མེད་ཅིང་སྔོང་བོར་ཚབ་གྱིས་མང་པོ་ཡོད་དེ། བཀྲང་གིས་མི་ལང་ངོ་། །

སྔོང་བོར་འཛོག་ན་ཆེས་དཀའ་ས་ནི་གཞུང་རྟའི་ཁག་དེ་ཡིན། དེ་དག་ནི་ཆང་པའི་མཛུབ་མོ་ལྟར་གྱིས་ཡོད་པ་ཞིག་མིན། དེ་ལྟར་གཞུང་རྟ་ལ“འཛིན་ས”མེད། ང་ཚོའི་ཐབས་ཤེས་ནི“སྤྲལ་གོག”ཡིན་ལ། “སྤྲལ་གོག”ཅེས་པ་ནི་ངས་གསར་གཏོད་བྱས་པའི་མིང་ཡིན། གོ་བདེ་བར་བཤད་ན། སྤྲལ་བ“སྤྲལ་རྒྱལ”བྱེད་པ་ནང་བཞིན་སྔོང་མགོར་འཛོག་པ་ཡིན་ཏེ། ཐོག་མར་སྔོང་བོར་འཐམ་ནས་དཔུང་བས་སྔོང་བོ་དམ་པོར་སྔོམ་པ་དང་། ཆང་པ་གཉིས་ཀྱིས་ཆ་འགྲིག་པོར་སྔོང་ཤུན་རྩུབ་པོར་གཏད་དེ་ཤེད་བརྟོན་ན། ལུས་པོ་ཡར་འཛེག་ཐུབ་ལ། དེ་དང་ཆབས་ཅིག་ཏུ་དཔུང་བ་ཡར་བསྣུར་ནས་སྔོམ་དགོས། དེ་ལྟར་རིགས་བསྒྲི་ཡིས་འཛེག་དགོས། བཤད་ནས་མཚམས་འདིར་སླེབ་ན་ཁྱོད་ཀྱིས་རྟོགས་ཐུབ་པ་དང་། ཕྱི་ངོས་ནས་བལྟས་ན་སྔོང་བོར་འཛེག་པ་ནི་ཆང་པའི་ཤེད་ལ་བརྟག་པ་ཡིན་པར་སྣང་མོད། དོན་དངོས་སུ་དེ་འདྲ་ཞིག་མིན། དེས་བརྟག་བྱ་ནི་དཔུང་བའི་ཤེད་ཡིན། གལ་ཏེ་དཔུང་བའི་ཤེད་གཉོམ་ནས་གཞུང་རྟར་དམ་པོར་སྔོམ་མ་ཐུབ་ཚེ། ཁྱོད་ཀྱི་ལུས་པོ་སྔོང་བོའི་གཞུང་རྟ་ལས་མར་ཤུད་ཡོང་བ་རེད། དེ་ལྟར་ཤུད་ཚེ་གོན་པ་རལ་བ་མིན་ན་སྐྱི་མོ་བཤུས་པ་ཡིན། སྐྱི་མོ་བཤུས་པ་

དང་གོན་པ་རལ་བ་གཉིས་ཀ་འབྱུང་ཡང་སྲིད། ལྐུགས་པས་མྱང་རྩི་ཟ་བའི་དུས། ཁ་ཏིག་ཆེ་ཡང་བཤད་པར་དཀའ་བའི་དོན་ཡང་འབྱུང་དུས་ཡོད། དེ་ནི“བྱུང་རྒྱལ་དུ་སྦྲ་བ”ཡིན་ཏེ། བུ་རབ་ཅིག་ཡིན་ན་ཤེས་འདུག་པ་རེད།

སྙེ་བའི་གང་ས་གང་དུ་སྟོང་པོ་ཡོད་མོད། འོན་ཏེ་ང་ཚོ་ཡང་ཐུག་ཐུག་རིག་རིག་ཚང་མར་འཛོག་པ་མིན་པར། གདམ་གསེས་བྱེད་པ་ཡིན། ཚོང་ཁང་གི་རྩེད་ཆས་ལ་རིན་གོང་མི་མཐུན་པ་བཀོད་ཡོད་པ་ལྟར། ང་ཚོའི་མིག་ལམ་གྱི་སྟོང་པོ་ལའང་རིན་གོང་རེ་ཡོད་པ་ཡིན། ཆེས་བཟང་བ་དང་ཆེས་རྩ་ཆེ་བ་ནི་འོ་སེ་ཤིང་ཡིན་ནོ།།

ང་ཚོས་རིན་གོང་ཇི་ལྟར་ཐག་བཅད་པ་ཡིན་ནམ།

དང་པོ། འོ་སེ་ཤིང་ནི་ཚོས་སེར་སྟོང་པོ་དང་སྒྱུར་བ་ལྟ་བུའི་མཐོན་པོ་ཞིག་མིན་པར། ཅུང་དམའ་ཞིང་ཡལ་གའང་མང་། དེ་ལྟར་ན་འོ་སེ་ཤིང་ལ་འགོས་ཚེ་བསྐོས་བཅས་ཀྱིས་ཅུང་སླ་ཞིང་བདེ་འཇགས་ཡིན། གལ་སྲིད་སར་ལྷུང་ནའང་སྐྱོན་མེད་མོད། འོན་ཀྱང་འདི་ནི་ཆེས་གནད་འགག་ཅིག་མིན། ལྷན་སྟོང་ཡང་མི་མཐོ་མོད་ང་ཚོ་དེར་མི་འཛོག ལྷན་སྟོང་གི་ཤིང་ཆ་ལ་ཁྱད་ཚོས་ཤིག་ཡོད་དེ་སླེ་མོ་ཡིན། སླེ་མོའི་ནང་དུ་ཉེན་ཁ་ཡོད་དེ། ཡལ་ག་ཆག་དུས་ཨོང་ཤ་ཡང་སར་ལྷུང་ཡོད་པས། གྲ་སྒྲིག་གི་གོ་སྐབས་སྤྲུ་ཙམ་ཡང་མེད། དེ་བས་གཉིས་པ་བྱུང་བ་ཡིན། གཉིས་པ་ནི་འོ་སེ་ཤིང་གི་སྤུས་ཀ་ཁྱད་པར་ཅན་དེ་ཡིན་ཏེ། མཉེན་ཞིང་ལྷུག་ལ། ལྗིམ་གཤིས་ངེས་ཅན་ཞིག་ཡོད། འོ་སེ་ཤིང་གི་ཡལ་ག་ཆག་ཚེ་ཤ་ཆད་ཀྱང་རྒྱུས་པ་མ་ཆད་པ་ལྟར། མཇུག་མཐར་སྟོང་ཤུན་རིང་པོ་ཞིག་བཤུས་ནས་སར་ལྷུང་མི་ཐུབ། འདིར་ངས་རྒྱུན་ཤེས་ཕྲན་བུ་ཞིག་སྤེལ་ན་འདོད་དདེ། འདེགས་ཤིང་བཟོ་བྱེད་ཀྱི་

ང་ཚོ་འོ་སེ་ཤིང་ལ་འཛེག་ནས་ཡལ་གའི་ཐོག་ཏུ་ལངས་འདུག་པ་དང་ཡང་ན་ཙོག་ནས་སྡོད་པ། ཡང་ན་ཉལ་ནས་བསྡད་དེ་ཤེད་ཅུང་ཙམ་ཞིག་བཏོན་ཚོ། ང་ཚོའི་ལུས་པོར་རང་འགུལ་རང་བཞིན་ཐོན་ནས་ཡོམ་ཡོམ་དང་ལྷེམ་ལྷེམ་བྱེད་སྲིད། དེ་ནི་ཇི་འདྲའི་སྐྱིད་པ་ལ་ཨང་། འཁྱོམ་པ་ནི་མཛེས་སྣང་ཁོ་ན་མིན་པར་སྐྱིད་སྣང་ཞིག་ཀྱང་ཡིན།

ཤིང་ཚ་ཕལ་ཆེ་བ་འོ་སེ་ཤིང་ཡིན་པའི་རྒྱུ་མཚན་གཙོ་བོ་ནི། འོ་སེ་ཤིང་གི་ལྡེམ་གཉིས་བཟང་བའི་རྐྱེན་གྱིས་ཡིན། ལྡེམ་གཉིས་ཀྱིས་ཚད་ཆེས་ཆེ་བའི་སྒོ་ནས་ལྡེད་ཤུགས་ཀྱིས་ཕྲག་པར་བརྟན་པའི་གནོན་ཤུགས་ཇེ་ཡང་དུ་གཏོང་ཐུབ་སྟེ། ལྡེམ་གཉིས་ཀྱི་བཟང་ཆ་ཡང་འདི་ལྟ་སྟེ། ང་ཚོ་འོ་སེ་ཤིང་ལ་འཛེག་ནས་ཡལ་གའི་ཐོག་ཏུ་ལངས་འདུག་པ་དང་ཡང་ན་ཙོག་ནས་སྡོད་པ། ཡང་ན་ཉལ་ནས་བསྡད་དེ་ཤེད་ཤུང་ཙམ་ཞིག་བརྟན་ཚེ། ང་ཚོའི་ལུས་པོར་རང་འགུལ་རང་བཞིན་ཐོན་ནས་ཡོམ་ཡོམ་དང་ལྡེམ་ལྡེམ་བྱེད་སྲིད། དེ་ནི་ཇི་འདྲའི་སྐྱིད་པ་ལ་ཨང་། འཁྱོམ་པ་ནི་མཛེས་སྣང་ཁོ་ན་མིན་པར་སྐྱིད་སྣང་ཞིག་ཀྱང་ཡིན།

རྒྱུན་པར། ང་ཚོ་མི་བཞི་ལྔ་རེ་ཁྲུ་གཅིག་བྱས་ནས། འདབ་ཆགས་བཞིན་འོ་སེ་ཤིང་གི་མགོར་བབས་ནས་ངལ་གསོ་བྱས་པ་ཡིན་ལ། འདབ་ཆགས་ཀྱིས“ཤིང་བདམས་ནས་འབབ་པ”བཞིན། ང་ཚོས་ཀྱང“ཤིང་བདམས་ནས་ངལ་གསོ”བྱས་པ་ཡིན། ང་ཚོས་བདམས་པ་ནི་མཉེན་ཞིང་ལྡུག་པ་དང་འཁྱོམ་པ་ཡིན། ང་ཚོས་འོ་སེ་ཤིང་གི་མགོ་ནས་མཚར་སྡུག་གི་དུས་ཡུན་ག་ཚོད་ཅིག་སྐྱེལ་ཟིན་པ་ངས་མི་དྲན། དུས་ཡུན་དེ་འདྲ་ནི་ཕལ་ཆེར་ས་སྒྲོས་ཀྱི་དུས་ཡིན་ལ། ཉི་རྒས་ཀྱི་དུས་ཡིན་ཞེས་བཤད་ཀྱང་ཆོག་སུན་པོ་དང་ཆོ་མེད། སྐོང་པ་ཞིག་ཡིན། འདིའི་སྐོང་པ་ནི་སེམས་ཁམས་ཡིན་ལ། དེ་བས་ཀྱང་ཡིན་སྲིད་པ་ནི་ཕོ་བ་ཡིན། ང་ཚོའི་ཁ་ཟས་ནི་སྒྲི་དཀར་ཤུང་བའི་ཟས་ཡིན་པས། གུང་ཇ་ཡིས་དགོང་ཇའི་དུས་སུ་བསྲུན་མི་ཐུབ། བཀྲེས་ལྟོགས་ཀྱི་དུས་སུ་ངས་རང་ཉིད་ནི་བྱེའུ་ཞིག་ཡིན་ན་ཅི་མ་རུང་སྙམ། འདི་ནི“རྩོམ་རིག་གི་འཆར་རྟོག”ཅིག་མིན་པར། དོན་ངོ་མ་

ཞིག་དང་རེ་འདུན་དཀྲུས་མ་ཞིག་ཡིན། ངས་རང་ཉིད་ཀྱི་མཚན་འོག་ནས་གཏོག་པ་ཟུང་ཞིག་རྒྱས་ཏེ། བདེ་མྱུར་གྱིས་འཕུར་ལྡིང་བྱེད་ཞོར་རྒྱུམ་འཐུ་འཐུས་ཐུབ་ན་ཅི་མ་རུང་སྙམ། སྤོགས་ཀྱང་ཅི་སྐྱོན། ང་ཚོར་འོ་སེ་ཤིང་ཡོད་ལ། འོ་སེ་ཤིང་གི་ཡལ་གས་འཁྱོམ་འཁྱོམ་བྱེད། འོ་སེ་ཤིང་གི་ལྡེམ་གཤིས་ཀྱིས་ང་ཚོར་སྐྱིད་སྣང་སྦྱིན་པ་ཡིན་ལ། སྐྱིད་སྣང་འདི་འཕྲུལ་སྣང་ལྟར་ཡང་ནས་ཡང་དུ་བསྐྱར་ཟློས་བྱེད་པ་རེད།

བསྐྱར་ཟློས། ངས་མཐར་ཐུག་ཏུ་གནད་དོན་གྱི་འགག་རྩ་གླེང་ཟིན། ང་ཚོའི་འཁྱོམ་འཁྱོམ་དེ་བསྐྱར་ཟློས་བྱེད་བཞིན་ཡོད་ལ། འཚོ་བའང་བསྐྱར་ཟློས་ཡིན། བསྐྱར་ཟློས་ནི་སྲུན་སྣང་ཞིག་སྟེ། ས་སྲོས་ཀྱི་སྲུན་སྣང་དང་ཉི་ནུབ་ཀྱི་སྲུན་སྣང་ལྟ་བུའོ། ། ང་རང་ས་སྲོས་ལ་ཞེད་སྣང་སྐྱེས་ཤིང་། དེ་ནི་ཉིན་རེར་འབྱུང་ལ། ཉི་མ་རེར་གཅིག་རེ་ཡོད་པས། ཚང་མ་སྐྱིད་པོ་བདེ་མོ་ཞིག་མིན།

ངའི་བུ་ཆུང་ལོ་ལྔ་དྲུག་ཡིན་པའི་དུས་སུ། ང་ནི་ལོ་བཞི་བཅུ་ལ་ཉེ་བའི་དར་མ་ཞིག་ཡིན། ཉིན་ཞིག་གི་ས་སྲོས་སུ། ང་དང་བུ་ཆུང་གཉིས་ལྷས་ར་ནས་འཁྲམ་འཁྲམ་ལ་འགྲོ་དུས། ལ་ཁའི་ཉི་མར་དམར་མདངས་ཆགས་ཤིང་བསིལ་བ་དང་། ཤིན་ཏུ་ཆེ་ལ་མཛེས། ཁིངས་དྲེག་གིས་སྨྲས་ནས་བཤད་ན། འཛམ་ཐིང་ངེར་ཐོག་ཁང་གི་ཀླད་ནས་གསེག་འདུག་ཟེར་ཚིག་སྐབས་གློགས་འདི་ལ་བསྟུན་ནས་ངས་བུ་ཆུང་ལ་ཨིས་རྡང་ཡུན་བཤད་པ་ཡིན། མིག་ལམ་དུ་ཡོད་པ་ཞིག་དང་། "ལ་ཁའི་ཉི་མ་ཤིན་ཏུ་མཛེས"པ་ལྟར། ངའི་བློ་ཡུལ་ལས་འདས་པ་ཞིག་ལ་བུ་ཆུང་གི་མིག་མཐར་མཆུ་མས་བཀང་ནས། ཁོ་ནི་དུས་སྐབས་འདི་ལ"ཤིན་ཏུ་མི་དགའ། " ཉིན་རེའི་

དུས་སྐབས་འདི་ལ་སླེབ་པ་ན“ལུས་ཡོངས་སུ་སྟོབས་ཤུགས་མེད”ཟེར། སྒྲུང་གཏམ་རྩོམ་པ་པོ་ཞིག་ལ་མཚོན་ན། ང་ནི་དགའ་འོས་པ་ཞིག་ཡིན་མོད། ངའི་བུ་ཆུང་ལ་ཐུན་མོང་མ་ཡིན་པའི་སྨྱོང་བ་ཡོད་ལ། གཞན་ད་དུང་ཐུན་མོང་མ་ཡིན་པའི་མཛེས་དཔྱོད་ནུས་པའང་ཡོད་སྲིད། ཡིན་ནའང་། ཨ་ཕ་ཞིག་ཡིན་པའི་ཆ་ནས། ངས་གློ་བུར་དུ“རྒྱུང་རིང་གི་ཕྱི་དྲོ”དེ་དག་དྲན་བྱུང་སྟེ། གྲོང་གསེབ་ཀྱི་འོ་སེ་ཤིང་ཞིག་གི་སྟེང་དུ། གློ་བུར་དུ་ཡམ་མེ་ཡོམ་མེ་བྱེད་པའི་བྱིས་པ་གཅིག་གིས་མང་འདུག་པ་དང་། དེའི་འཕྲོར་སླར་ཡང་ཡམ་མེ་ཡོམ་མེ་བྱེད་པའི་བྱིས་པ་གཅིག་གིས་མང་འདུག་པ་མཐོང་། ངས་བུ་ཆུང་ལ་ཕོའི་ཨ་ཕའི་སྟོན་བྱུང་མ་བཤད་ལ། ངའི་བུ་ཆུང་ལ་སྐྱོ་སྣང་གི་ཚོར་བ་ཡོད་དུ་འཇུག་མི་འདོད་དེ། དེ་ནི་མནར་གཅོད་ཅིག་ཡིན་པས་སོ།། ཉིན་དེ་ནས་བཟུང་། ངས་ཉིན་རེའི་ས་སྲོས་སུ་བུ་ཆུང་འཁྲིད་ནས་རྐང་རྩེད་སྤོ་ལོ་རྩེ་རུ་སོང་བ་ཡིན་ཏེ། ངས་ཕོའི་སློ་རྩེ་གཞན་འཕྲོས་བྱེད་དུ་འཇུག་དགོས་ཤིང་། ལུས་སྟོབས་ཟད་གྲོན་མང་པོའི་ཁྲིད་ལས་དགའ་དགའ་སྤྲོ་སྤྲོའི་ངང་ནས་མི་སྐྱིད་པ་དེ་དག་བསུབ་འདོད་པ་ཡིན།

ཕལ་ཆེར་ལོ་གཅིག་གི་རྗེས་སུ། གཅིག་མཐུན་གྱི་དུས་སྐབས་དང་གཅིག་མཐུན་གྱི་ས་ཆ་རུ། ངས་བུ་ཆུང་ལ“ས་སྲོས་སུ་སླེབ་སོང་། ཁྱོད་ལ་ད་དུང་ལུས་སྟོབས་མེད་དམ”ཞེས་དྲིས་པར། བུ་ཆུང་གི་ལུས་ཡོངས་སུ་རྩལ་ཆུས་བསྟན་ནས། ཀན་བཟོ་ངོད་པོའི་ངང་ནས“དེ་ནི་ཆུང་དུས་ཡིན”ཟེར། གཅེན་ཕྲུག་འདི། ལོ་གཅིག་གི་ཡར་སྟོན་ལ“ཆུང་དུས”ཟེར་བར་དགའ། སུའུ་ཏུང་ཕོ་ཡིས“སྐྱེ་བ་ཀུན་ཏུ་བུ་ཆུང་རིག་རྩོད་ཡིན་ན་འདོད།། རིག་པ་རྩོད་པོས་བུ་ཆུང་ང་ཡི་སྐྱེ་བ་བརླག། བུ་ཆུང་དེ་ཉིད་བླུན་ཞིང་གླེན་པ་ཡིན་

ན་སླམ། ། བདེ་བདེ་ཞྭད་ཞྭད་ངང་ནས་སྤྱི་སློན་བསྐྱེ་བར་སྨོན། ། ”ཞེས་ཟེར། ང་ནི་སུའུ་ཧུང་ཕོ་མིན་ལ། ངའི་བུ་ཆུང་ཡང“སྤྱི་སློན”ཞིག་བྱེད་མི་སྲིད། འོན་ཀྱང་གང་འདྲ་བྱས་ནའང་ཨ་ཕ་ཚང་མའི་བསམ་བློ་ནི་གཅིག་པ་ཡིན།

ངས་བཤད་འདོད་པ་ལྟར་གྲོང་གསེབ་ལའང་གྲོང་གསེབ་ཀྱི་ཆབ་སྲིད་ཡོད་པ་དང་། བྱིས་པ་ཚོའང་གཅིག་འདྲ་ཡིན། ང་ཚོས་དུས་རྒྱུན་དུ་ཚོགས་འདུ་འཚོགས་དགོས། ཚོགས་འདུ་ཟེར་བ་ནི་དོན་དམ་པར་བྱ་བ་ངན་པ་ཞིག་བསྒྲུབ་པར་བསམ་བློ་དང་རྩ་འཛུགས་ཀྱི་ཕྱོགས་ནས་གྲ་སྒྲིག་བྱེད་པ་ལ་ཟེར། གང་ཞིག་ནས་ཁམ་བུ་བརྐུ་དགོས་པ་དང་། གང་ཞིག་ནས་ཞི་བཀྭའ་བརྐུ་དགོས་པ་ཚང་མར་ང་ཚོས་རྩ་འཛུགས་ཀྱི་ཐད་ནས་བཀོད་སྒྲིག་དང་ལས་བགོ་བྱེད་དགོས། ང་ཚོའི་ཚོགས་ར་ནི་ཐུན་མོང་མ་ཡིན་པ་ཞིག་སྟེ། འོ་སེ་ཤིང་ཞིག་ཡིན། འདི་ནི་འོ་སེ་ཤིང་གི“རིན་གོང་མཐོ་བའི”རྒྱུ་རྐྱེན་གསུམ་པ་ཡིན་ལ། འོ་སེ་ཤིང་ལས་གཞན་འཛིག་རྟེན་དུ་ཚོགས་ར་རུ་འགྱུར་ཐུབ་པའི་རྩེད་ཆས་ཤིག་ཡོད་དམ། གཟབ་ནན་གྱི་དུས་ལ་སླེབ་ཚེ། ང་ཚོ་རིམ་པ་བཞིན་འོ་སེ་ཤིང་གི་མགོར་འཛེག་ནས། རང་རང་ས་ནས་ཡལ་ག་རེ་བཙལ་ཏེ་ལྷེམ་ཞོར་དང་འཁྱིལ་ཞོར་དུ་སྐད་ཆ་བཤད་པ་ཡིན། སྙིང་ཆུང་བ་དང་ལག་དལ་བའི་བྱིས་པ་དེ་དག་སྡོང་མགོར་འཛེག་པའི་ནུས་པ་ཞིག་ཡོད་མི་ཐུབ་པས།཯་ཚོ་ལ་ཚོགས་འདིའི་འཐུས་མི་བྱེད་པའི་སྐལ་བ་མེད། ང་ཚོས་འོ་སེ་ཤིང་གི་སྡོང་མགོ་ནས་ཚོགས་འདུ་མང་པོ་ཞིག་འཚོགས་མྱོད། འོན་ཀྱང་ཚོགས་འདུ་འཚོགས་ཐེངས་རེ་ལ་བདེ་འཇགས་ཀྱི་གནད་དོན་བྱུང་མ་མྱོང་། ང་ཚོ་སྡོང་མགོ་ནས་སྡོད་ཡུན་རིང་བས་རང་ནུས་ཤིག

འཛོམས་ཡོད་དེ། ཡལ་གའི་ལྡེམ་གཤིས་ཇི་འདྲ་ཡིན་པ་དང་། ལྡེམ་གཤིས་ག་ཚོད་ཀྱིས་ང་ཚོའི་ལུས་པོ་ཐེག་ཐུབ་པ་ཚང་མར་གསལ་ཆ་ཡོད་པར་གྱུར་ནས། ནོར་འཁྲུལ་འབྱུང་མི་སྲིད། ཁྱོད་ཀྱིས་སྔོང་མགོ་ནས་སར་ལྷུང་སྟེ་ཤི་བའི་སྤྲེའུ་ཞིག་མཐོང་མྱོང་ངམ། མཐོང་མྱོང་མེད། ཚོགས་འདུ་ཡིས་ང་ཚོ་སྤྱ་མོ་ནས་ཉམས་མྱོང་ལྡན་སུམ་ཚོགས་པའི་སྤྲེའུ་ཞིག་ཏུ་བསྒྱུར་བ་སྟེ། སྤྲེའུ་རྒན་ཚོ་ས་ཐོག་ནས་བསྡད་དེ་ཕོ་ཚོའི་བྱིས་པར་བལྟས་ནས། བྱིས་པ་ཚོ། སྤྲེའུ་ནི་གྲོང་གསེབ་ཀྱི་བྱིས་པ་ཚོའི་གཟུགས་འགྱུར་ཡིན་པ་སེམས་ལ་ཟུངས་ཤིག་ཅེས་བཤད་པའི་ཉེན་ཞིག་ཡོད་ངེས་པར་གདོན་མི་ཟ།

འོ་སེ་ཤིང་སློང་བས་ན། དོན་ཞིག་ཡོད་པ་བརྗེད་མི་འོས་ཏེ། འོ་སེ་ཤིང་གི་འབྲས་བུ་ཡིན་ནོ།། ལོ་རེའི་དུས་ཚིགས་སུ་སླེབ་པ་ན་འོ་སེ་ཤིང་ལ་འབྲས་བུ་ཐོགས་པ་ཡིན། དང་ཐོག་ལྗང་ཁུ་དང་སྲ་མོ་ཡིན་ལ། དེ་ནས་དམར་པོར་འགྱུར་མོད་འོན་ཀྱང་ད་དུང་སྲ་མོ་ཡིན། དམར་པོ་དེ་སྨུག་པོར་གྱུར་རྗེས་ཤིང་འབྲས་དེ་དག་སིལ་ཧྲག་རྩ་ཆེན་དུ་བྱས་ནས་ཟས་ཆོག དེ་དག་ཟས་ན་སྐྱི་མོ་ཡིན་ཞིང་སིལ་ཁུ་མོད་པོ་ཡོད། ད་དུང་ཅི་ཞིག་ལ་སྨྲུག་ནས་བསྡད་ཡོད། རེམ་ཡ། ང་ཚོ་དང་མཉམ་དུ་སྔོང་མགོར་འགོས་ཡོང་བ་ལ་ད་དུང་སྐྱུ་ག་དང་སྐྱུང་ག་ཡོད་ལ། ཕོ་ཚོ་ཡང་འོ་སེ་ཤིང་འབྲས་ཀྱི་གྲོགས་མཆོག་ཡིན། འོན་ཀྱང་དེ་ཚོས་ཀྱང་བསམ་བློ་མི་གཏོང་བས་ཕོ་ཚོ་ནི་ང་ཚོའི་འགྲན་ཡ་ག་ལ་ཡིན། ཕོ་ཚོ་དམར་པོར་སྐྲག་པས། ང་ཚོས་སྐྱེ་དགྲིས་དམར་པོ་དགྲིས་ཏེ་ཡལ་གའི་ཐོག་ནས་རྒྱུགས་རག་བར་དུ་ཤིང་འབྲས་ཀྱི་མངར་བཅུད་ལ་རོལ་མྱོང་བྱས། ཕོ་ཚོས་བར་སྣང་ནས་བྲང་རྫུང་རྐང་རྡེབ་བྱེད་ཅིང་། འབབ་ཐེངས་རེ་རེ་སྟོང་བར་འགྱུར། ཕོ་ཚོ་ཕོང་ཁྲེ་རབ་ཏུ་

ལངས་ན་ང་ཚོས་དེ་བས་དགའ་ལྷང་ལྷང་བྱེད།

སློབ་ཆེན་གྱི་ལོ་རིམ་དང་པོར་ཞུགས་པ་ན་ངས་ད་གཟོད་རྟོགས་པ་སྟེ། ཨོ་སེ་ཤིང་འབྲས་ནི་ཤིན་ཏུ་ཐུན་མོང་མ་ཡིན་པ་ཞིག་ཡིན་ལ། "སྨན་གཞུང"དུ་བྲིས་ཚོག་པ་ཞིག་རེད། དེའི་ཡིག་མིང་ནི་སྨན་ཞིང་ཡིད་དབང་འགུག་པ་ཞིག་སྟེ། ཨོ་སེ་ཟེར། "མཛེས་མ་མཆོག་ཏུ་གྱུར་པ་ལ།། ཨོ་སེ་འབྲས་བུ་སྨིང་བ་གལ།། མ་སྨིང་སྐྱེས་པའི་གཡོ་ཙུ་ཚུད།། སྐྱེས་པ་ཚུད་ན་ཐར་བ་སླ།། སྐྱེས་མ་ཚུད་ན་ཡོད་ཚད་ཤོར།།" སྨན་ངག་འདིའི་དོན་ནི། མཛེས་མ་ཞིག་ཡིན་པའི་ཆ་ནས། ཨོ་སེ་ཤིང་འབྲས་བཟའ་བ་སྨིང་ན་རབ་ཡིན། དེ་ལས་ལྷོག་སྟེ་བཟའ་བ་མང་དྲག་ན། སྐྱེས་པ་ཚོའི་གཡོ་འོག་ཏུ་ཚུད་ཉེན་ཆེ་ལ། སྐྱེས་པ་གཡོ་འོག་ཏུ་ཚུད་ན་ཐར་སླ་མོད། སྐྱེས་མ་གཡོ་འོག་ཏུ་ཚུད་ན་ལུས་པོའི་གཙང་མ་ཤོར་ཉེན་ཆེ་ཞེས་པའོ།། ཨོ་སེ་ཤིང་ལས་བཟི་བྱེད་སྨན་ཐང་ཡོད་པ་ཡིན་ནམ། སྨན་ངག་བྲིས་པ་ཇི་འདྲ་སྨན་ན་ཡང་། ང་རང་དེའི་བཤད་ཚུལ་ལ་འཐད་པ་མིན། ངས་བལྟས་ན་སྐྱེས་མ་ཚོས་ཨོ་སེ་བཟའ་དགོས་པ་མ་ཟད་མང་པོ་ཟས་ན་འགྲིག་པར་འདོད། སྐྱེ་བ་སེལ་རྒྱུ་ཕལ་བ་ཡིན་ཏེ། གཙོ་བོར་མཆུ་ཚོས་ཀྱི་རིན་ཐྲོན་ཆུང་བྱས་པ་ཡིན། འི་སེ་བཟའ་རྒྱུ་དེ་ཇི་འདྲའི་སྒྱུ་འཕྲུལ་ཞིག་ཡིན་པ་ལ། ཁ་ཚང་མ་སྨུག་པོར་བསྒྱུར་ཞིང་། དུས་བཀྲལ་བྱས་པའི་མཐོང་དཀོན་སྲིན་མོ་ནང་བཞིན་ཁྲད་པར་བ་དང་སྙིག་ཉམས་ཅན་ཞིག་ཏུ་འགྱུར། སྐྱེས་པ་ཚོ་དེ་ཚོའི་གཡོ་འོག་ཏུ་ཚུད་ན་འོས་འཚམ་ཞིག་གོ།

དེའི་ཕྱིར། ངས་བཞི་པ་བཤད་པ་ཡིན་ཏེ། ཨོ་སེ་ཤིང་ཡང་ཟས་མཆོག་རྩེད་ཆས་ཤིག་ཡིན།

ཟླ་དགུ་པའི་སྤྲིན་དཀར།

རྩེད་ཆས་རིགས་ཤིག་ཡོད་པ་ཁྱོད་ཀྱིས་ལག་ཏུ་བཟུང་ནས་རྩེད་མི་ཐུབ་མོད། འོན་ཀྱང་དེས་ཁྱོད་དང་གཅིག་རྟེན་གཅིག་འདེགས་བྱས་ནས། འབྲལ་མི་བཟོད་པ་བྱེད་པའི་གེགས་སུ་མི་འགྱུར།

དེ་ནི་ཟླ་དགུ་པའི་སྤྲིན་དཀར་རེད། འདིར་བཤད་པའི་ཟླ་དགུ་པ་ནི་སྤྱི་ཟླའི་ཟླ་དགུ་པ་ཡིན། གལ་ཏེ་ཕབ་རྩིས་བྱས་ན་དོན་དངོས་སུ་ཧོར་ཟླའི་ཟླ་བརྒྱད་པ་ཡིན། ངའི་ཕ་ཡུལ་དུ་ངག་རྒྱུན་ཞིག་ཡོད་དེ། “ཟླ་བརྒྱད་པར་སྤྲིན་དཀར་གཙགས་མཁས་བྱེད”ཅེས་ཟེར། གཏམ་དཔེ་འདི་ལ་ཚིག་སྐྱོན་ཡོད་དེ། སུ་ཞིག་གིས་ཟླ་བརྒྱད་པའི་ནང་དུ་སྤྲིན་དཀར་གཙགས་པ་ཡིན། སུས་ཀྱང་མི་ཤེས། དེས་ན་ཡིག་ངོར་བལྟས་ནས་དོན་འགྲེལ་རྒྱག་དགོས། གཙགས་གྲུབ་བུ་མོའི་མིང་ལ“ཟླ་བརྒྱད་པ”ཟེར། འདི་ལྟར་བཤད་ན་སྐྱོན་ཆེན་པོ་མེད་པ་འདྲ།

ཧོར་ཟླ་བདུན་པར། ངའི་ཕ་ཡུལ་གྱི་ནམ་མཁའ་གཡའ་དག་པ་ཞིག་ཡིན་པས། ནམ་མཁར་སྤྲིན་པ་ལག་མཐིལ་ཙམ་ཡང་མེད། 《སྣན་གཞུང》དུ་བཤད་པ་ནང་བཞིན་ཏེ། “ཟླ་བདུན་པར་མེ་ལྕེ་འབར”ཞེས་པའོ། ། མེ་ལྕེ་འབར་བ་ཡིན་ན་གང་ནས་སྤྲིན་པ་ཞིག་ཡོད་སྲིད། གལ་སྲིད་ཡོད་ནའང་དྲག་ཆར་ལ་འགྱུར་པ་ཡིན། དེ་ནི་སྤྲིན་ནག་ལང་ལོང་དུ་འཕྱུར་

ནས་སྐྱབས་ཀ་ཕྲན་ཙམ་ཡང་མེད། མདོར་ན། ཟླ་བདུན་པའི་ནམ་མཁའ་ནི་འགྱུར་ལྡོག་ངེས་མེད་ཅིག་ཡིན། ཟླ་བརྒྱད་པར་སླེབ་པ་ན། ནམ་མཁར་འགྱུར་ལྡོག་ཉུང་ཙམ་འབྱུང་། སྤྱིར་བཏང་དུ་གཡའ་དག་པ་ཞིག་ཡིན་མོད། འོན་ཀྱང་རྒྱུན་དུ་སྤྲིན་དཀར་ག་མ་གོར་རེ་ལྷང་ཡོང་། རླུང་མེད་པའི་རྐྱེན་གྱིས་སྤྲིན་དཀར་ག་མ་གོར་འགུལ་མེད་དུ་གནས་ཡོད། དེ་དག་ཁ་ཁེར་དུ་ཡོད་ལ་གཡའ་དག་པའི་ནམ་མཁའ་རྒྱབ་ལྗོངས་སུ་བྱས་ཡོད། ཁྱོད་ཀྱིས་སེམས་རྣལ་ལ་ཕབ་ནས་ལྟ་ཞིབ་བྱས་ན་ད་གཟོད་དེ་དག་གི་འགྱུར་ལྡོག་ཉག་ཕྲ་མཐོང་ཐུབ།

བྱིས་པ་ཚང་མ་ཕྲ་ཆལ་ཡིན་ཞིང་། ལྟོད་འཛགས་སུ་སྡོད་ཐུབ་པ་གཅིག་ཀྱང་མེད། ཡིན་ནའང་། ཟླ་བརྒྱད་པའི་ས་སྒྲོས་སུ་གཅིག་འདྲ་མིན་ཏེ། སྤྲེའུ་ལྟ་བུའི་བྱིས་པ་ཚོ་རྟག་ཏུ་ཞི་འཛགས་ཀྱི་སྙན་ངག་པ་ཞིག་དང་འདྲ་བར། ཁོ་ཚོ་གྲལ་འགྲིག་པོའི་ངང་ཟམ་པའི་ཁ་དང་གྲུང་སྟེང་། ཆུ་འགྲམ། རྩྭ་ཐང་གི་རྫིབ་ལོགས་སོགས་སུ་རུབ་ནས། རྒྱང་རིང་གི་ནུབ་ཕྱོགས་སུ་བལྟས་འདུག

བྱིས་པ་ཚོའི་དོ་སྣང་སློང་ཐུབ་པ་ནི་སྤྲིན་མིན་པར་སྤྲིག་ཆགས་རེད། རྒྱུ་རྐྱེན་གང་ཡང་མེད་པར་སྤྲིན་ཕུང་དུམ་བུ་ཞིག་རྟ་མཆོག་དཀར་པོར་འགྱུར་ཞིང་། རྟ་མཆོག་དཀར་པོ་དེའི་ཚུགས་ཀ་སྐབས་བསྟུན་ཞིག་ཡིན་ཏེ། ལངས་འདུག་པ་དང་ཡང་ན་བང་རྒྱུག་བྱེད་པ་འདྲ་བར་སྣང་། རྟ་ཞིག་ལ་བལྟ་རྒྱུ་དེ་འདྲ་ཡོད་དམ། དེ་ཡང་མ་ཡིན་ཏེ། མིག་དབང་འགུག་བྱེད་ནི་འགྱུར་ལྡོག་ཡིན། རྟ་མཆོག་ཅིག་ཅི་ཞིག་ཏུ་འགྱུར་སྲིད་དམ། འདིའི་ནང་དུ་ཡིད་འཕྲེང་བ་ཡོད་དེ། རྟོགས་དཀའ་བའི་གནས་ལུགས་ཡོད་ཅེས་

ཟླ་བརྒྱད་པའི་ས་སྲོས་སུ་གཅིག་འདྲ་མིན་ཏེ། སྤྲེའུ་ལྟ་བུའི་བྱིས་པ་ཚོ་རྟག་ཏུ་ཞི་འཇགས་ཀྱི་སྐན་ངག་པ་ཞིག་དང་འདྲ་བར། ཁོ་ཚོ་གྲལ་འགྲིག་པོའི་ངང་བཟམ་པའི་ཁ་དང་གྲུང་སྟེང་། ཆུ་འགྲམ། རྩྭ་ཐང་གི་རྩིབ་ལོགས་སོགས་སུ་རུབ་ནས། རྒྱང་རིང་གི་ནུབ་ཕྱོགས་སུ་བལྟས་འདུག

བཤད་ཀྱང་ཆོག

སྐར་མ་བཞིའི་རིང་གི་ཞི་འཇགས་ཀྱིས་རྟ་ཞིག་གི་ཚུགས་ཀ་བརླག་ཐུབ་སོད། འོན་ཀྱང་ང་ཚོ་བྲེལ་བ་མི་ལངས། སྐར་མ་གཉིས་གསུམ་ཙམ་ཞིག་དང་ཡང་ན་སྐར་མ་བཞི་ལྔའི་ནང་དུ། "ལྟོས་དང་། ཕག་པ་ཞིག་ཏུ་གྱུར་འདུག"ཅེས་སྐད་རྒྱག་མཁན་ཡོད་ཕོ་ཐག་ཡིན།

རྒྱུན་ལྡན་གྱི་གནས་ཚུལ་འོག་ཏུ། ཐོག་དང་པོར་སྐད་རྒྱག་མཁན་དེར་མང་ཤོས་སུ་མཐོང་ཆེན་མི་བྱེད། རྟ་ཞིག་ཕག་ཏུ་འགྱུར་དགོས་དོན་མེད། ཡིན་ནའང་། "གནམ་ངོ་མིའི་འདོད་བློ་ལྟར་འགྱུར་བ་ཡིན"ཞེས་པའི་བཤད་ཚུལ་ཞིག་ཡོད་དེ། རྟོགས་དཀའ་བའི་གནས་ལུགས་ཀྱང་འདི་ཡིན་ནོ།། ཤེས་མེད་ཚོར་མེད་དུ། རྟ་ཞིག་ངོ་མ་ཕག་ཅིག་ཏུ་གྱུར་པ་རེད། མིག་ཟུང་ཡོད་ཚད་ཀྱིས་རྒྱང་རིང་གི་དོན་དངོས་འདིར་བདེན་དཔང་བྱེད་ཐུབ། ཇི་ལྟར་བལྟས་ཀྱང་ངོ་མ་ཞིག་ཏུ་སྣང་། མཇུག་མཐར་ངོ་མ་ཞིག་ཏུ་གྱུར་པ་སྟེ། དངོས་གནས་དྲང་གནས་ཀྱི་ཕག་ཅིག་རེད།

ངས"མི་རྟག་ནམ་མཁའི་སྤྲིན་ལྟ་བུ"ཞེས་པའི་ཚིག་དེ་སུས་བརྩམས་པ་མི་ཤེས། མི་དེ་ནི་ངང་རྒྱུད་སྐྱིན་པོའི་ལས་ངན་ཞིག་ཡིན་ཕོ་ཐག་རེད། ཕོ་མི་ཡུལ་གྱི་འགྱུར་ལྡོག་དང་དཔོག་དཀའ་ལ་མགོ་འཐོམས་ནས། གང་དུ་འགྲོ་དགོས་པ་མི་ཤེས་ལ། གང་ནས་འོངས་པ་ཡང་མི་ཤེས་པ་ཞིག་རེད། ཟླ་བརྒྱད་པའི་ཉིན་ཞིག་ལ། ཕོའི"གནམ་མིག"བྱེ་བྱུང་བ་རེད། ནམ་མཁའི་སྤྲིན་ལ་བརྟེན་ནས་གནམ་ངོའི་འགྱུར་ལྡོག་རྟོགས་ལ། ད་དུང་མིག་དབང་ཡང་འདུ། སྤྲོས་ཐུར་གཅིག་གི་རིང་ལ་ཕོས་འཇིག་རྟེན་ཁམས་ཀྱི་མི་ཚེ་ལ་གོ་བ་ལོན་པ་དང་། མི་ཚེའི་འཚོ་ཡུན་དང་མི་རྟག་པ་མཐོང་ཞིང་།

ལས་དབང་གི་མཛོས་པའི་ཞི་འཇགས་མཐོང་ལ། ལས་དབང་གི་གདུག་རྩུབ་ཀྱི་འགྱུལ་བ་མཐོང་བ་རེད། དེའི་རྐྱེན་གྱིས་ཁོ་ནི་དོགས་གཞི་སྨྲ་མཁན་ཞིག་གམ་ཡང་ན། བསྡོམས་བཅས་སྨྲ་མཁན་ཞིག་ཏུ་གྱུར། ཁོར་འཕྲལ་དུ "རྟོགས་པ་སད"ཅེང་། དེར་བརྟེན་ནས་ཚེ་སྲོག་གི་བབ་བརླིང་དང་ལྷང་འཇགས་ཐོབ་པ་རེད། ཡུས་ཅི་འཆི་ཁར་སླུ་བླངས་པ་ནང་བཞིན་ཏེ། "གནའ་མིས་བཤད་པ་བརྙས་མི་འགྱུར།། རྒྱལ་ཕམ་དར་རྒུད་སྐད་ཅིག་ཉིད།།"ཅེས་པ་ལྟ་བུ་སྟེ། སྐད་ཅིག་མ་ཉིད་དོ།།

གཞི་རིམ་གྱི་བྱིས་པ་དྲང་སོ་ཡིན་ལ། གཞི་རིམ་གྱི་བྱིས་པས་ནམ་མཁའི་སྤྲིན་ལ་བལྟ་བ་ནི། "རྟོགས་པ་སད"པའི་ཆེད་དུ་མིན་ལ། "རྟོགས་པ་སད"ཀྱང་མི་ཐུབ། ང་ཚོ་ནི་རྩེད་འཛོ་ཁོ་ནའི་ཆེད་དུ་ཡིན་པ་དང་། སྲོག་ཆགས་གླིང་ཀར་འགྲིམས་པའི་བསམ་བློ་བཅངས་པ་སྟེ། ཟ་མོང་ལ་བལྟས་རྗེས་རྟ་ལ་བལྟ་བ་དང་། སེང་གེ་ལ་བལྟས་རྗེས་དོམ་ལ་བལྟ་བ་ཡིན་པས། ངོ་མ་སྐྱིད་པོ་ཞིག་ཡིན། སྲོག་ཆགས་མང་པོ་ཞིག་ང་ཚོས་མཐོང་མ་མྱོང་སྟེ། སྤྲིན་ཕུང་གི་རྒྱུ་འགྱུལ་གྱི་དབང་གིས་ང་ཚོས་ངོས་ཟིན་པ་ཡིན། ཁྱོད་ཀྱིས་རྟོས་དང་། སྤྲིན་དང་ནམ་མཁའ་ཡིས་བསྒྲུབས་པའི་བྲོ་བ་ནི "ཚན་རྩལ"དང"བློ་འབྱེད"ཡིན་ནོ།། གཞན་ད་དུང་འདི་ལྟར་བཤད་ཀྱང་ཆོག་སྟེ། སྤྲིན་ལ་བལྟ་བའི་སྐབས་སུ། དོན་དམ་པར་ང་ཚོས་ཐོག་མེད་གློག་བརྙན་ལ་བལྟ་བ་ཞིག་དང་འདྲ་སྟེ། ནམ་མཁའ་ནི་རས་ཡོལ་དུ་གྲུབ་ཅིང་། ཚེ་སྲོག་ནི་རས་ཡོལ་གྱི་ངོས་ནས་རེས་མོས་དང་རིམ་འགྱུར་བྱེད་བཞིན་ཡོད་པ་དང་། ཁྱོད་ཀྱི་སེམས་སུ་ང་དང་ང་ཡི་སེམས་སུ་ཁྱོད་ཡོད་པ་ཡིན། "ནམ་མཁའ"དང"སྤྲིན"ནི་དེ་འདྲའི་ངོ་མཚར་ཆེ་བ་སྟེ། ང་ཚོའི་

མེས་པོས་རང་བྱུང་ཁམས་ལ་སློབ་སྦྱོང་བྱེད་དགོས་པའི་བསླབ་བྱ་ཡང་ནས་ཡང་དུ་གནང་བ་རེད། ང་ཚོས་རང་བྱུང་ཁམས་ལ་ལྷ་ཞིབ་དང་ཞིབ་འཇུག་བྱེད་པ་ནི་དོན་དངོས་སུ་སློབ་སྦྱོང་བྱེད་པ་ཞིག་ཡིན།

གལ་ཏེ་ཁྱོད་ཀྱི་སློ་འབྱེད་དགེ་རྒན་ནི་རང་བྱུང་ཁམས་ཡིན་ཆེ། ཁྱོད་ཀྱི་ཚེ་གང་པོ་བདེ་སྐྱིད་ལྡན་པ་ཞིག་ཡིན།

"ལྷ་རྟ་ཚང་མ་རྒྱ་འགྲུལ་གྱི་སྤྲིན་དཀར"ཡིན། འདི་ནི་ལོ་དུ་མའི་ཡར་སྔོན་ལ་ཡོངས་ཁྱབ་ཏུ་བཤད་པའི་དྲ་རྒྱའི་སྐད་ཆ་ཞིག་རེད། ཉམས་པ་ལ། རྒུད་པ་ལ། ཀྱི་ཧུད། ད་ལྟའི་བྱིས་པ་ཚོས་རྒྱ་འགྲུལ་སྤྲིན་དཀར་གྱི་འཕྲུལ་སྣང་ཤེས་པ་ལས། རྒྱ་འགྲུལ་སྤྲིན་དཀར་གྱི་ངོ་མཚར་ག་ལ་ཤེས། དོན་དངོས་སུ། "རྒྱ་འགྲུལ་སྤྲིན་དཀར"ནི"ལྷ་རྟ"ལས་ངོ་མཚར་ཆེ་ཞིང་སྤྲོ་སྣང་ལྡན་པ་ཞིག་ཡིན་ཏེ། ཡོད་ཚད་ཁྱོད་ལ་དེའི་བསོད་ནམས་ཡོད་མེད་ལ་རག་ལས། བསོད་ནམས་ནི་ནམ་མཁར་ཡོད་ལ་ཁྱོད་ཀྱི་མིག་གི་རྒྱལ་མོ་རུ་ཡོད་པ་དང་། ཁྱོད་ཀྱི་རྣམ་ཤེས་སུ་ཐིམ་ཡོད།

འབྲུ་ཟླ་མ་མ་ཙི་དམར་པོ།

དོན་དག་ཅིག་ཡོད་པ་ངས་ད་ལྟའི་བར་དུ་ད་དུང་གསལ་པོར་རྟོགས་མེད་དེ། འབྲུ་ཟླ་མ་མ་ཙི་དམར་པོ་ནི་གང་ནས་ཡོང་བ་དང་། ཅིའི་ཕྱིར་དེ་འདྲ་མང་པོ་ཞིག་ཡོད་པ་ཡིན།

འབྲུ་ཟླ་མ་མ་ཙི་དམར་པོ་དང་བསྡུར་ན། འབྲུ་ཟླ་མ་མ་ཙི་ནི་རྒྱུན་དུ་མཐོང་བ་ཞིག་ཡིན་ལ། ང་རང་ཆེས་དགའ་བའང་དེ་ཡིན། འབྲུ་ཟླ་མ་མ་ཙི་ནི་འབྲུ་ཟླ་མ་མ་ཙི་དམར་པོ་ལས་ཤིན་ཏུ་ཆེ་ཞིང་། ལུས་ཐོག་གི་རི་མོ་ལས་ལྗང་སྐྱ་གཙོ་བོ་ཡིན་ལ། སྐྱ་བོའི་ཁག་ཀྱང་ཡོད། འབྲུ་ཟླ་མ་མ་ཙིའི་ཡིད་དབང་འཕྲོག་ས་ནི་དེའི་གཤོག་པ་ཡིན་ཏེ། ཕྱེད་གསལ་ཅན་དང་ཐོག་གི་ཆ་དེ་ཅུང་རིང་ཞིང་། འོག་གི་ཆ་དེ་ཅུང་ཐུང་། དེའི་མིག་ཁྱད་པར་ཅན་ཞིག་ཡིན་ཏེ། སྐད་པ་ནི་དོན་དམ་པར་མིག་སྐྱི་མེད་པའི་མིག་ཟུང་ཆེན་པོ་ཡིན། དུས་ཡུན་ཧ་ཅང་རིང་པོ་ཞིག་ལ་ངས་འབྲུ་ཟླ་མ་མ་ཙིའི་མིག་དབང་ལ་སེམས་ཁྲལ་བྱེད་པ་ཡིན་ཏེ། མིག་ལྤགས་ཀྱི་སྲུང་སྐྱོབ་མེད་པས་ཁོ་ཚོ་ནགས་གསེང་ནས་འཕུར་སྐབས། གལ་སྲིད་དངོས་པོ་ཞིག་ལ་འཕྲད་ཚེ་ཇི་ལྟར་བྱ། ངའི་སེམས་ཁྲལ་ནི་ལྷག་མ་ཞིག་ཏུ་གྱུར་པ་སྟེ། མིག་ལ་གནོད་ཐོག་པའི་འབྲུ་ཟླ་མ་མ་ཙི་གཅིག་ཀྱང་མ་བྱུང་། ཚེ་སྲོག་དང་རང་བྱུང་ཁམས་ཆེན་པོའི་བར་དུ་ཁྱད་དུ་མཚར་བའི་རམ་འདེགས་ཤིག་ཡོད་པ་ཡིན།

འདིར་དོན་ཞིག་གླེང་དགོས་ཏེ། འབུ་ཐླ་མ་མ་ཆེའི་མིག་གིས་ང་ལ་དཀའ་སྡུག་ཚད་མེད་མྱངས་སུ་བཅུག ང་རང་འབུ་ཐླ་མ་མ་ཆེ་འཛོན་རྒྱུར་དགའ་མོད། འོན་ཀྱང་ཐེངས་རེར་ཁང་འཇབ་ལག་འཇབ་བྱས་ནས་དེའི་ཉེ་སར་བཅར་བ་ན། དེ་ལ་གསང་བཟ་ཞིག་ཐོབ་པས། བདེ་ལེགས་དང་འཕྲུར་འགྲོ་བ་རེད། ང་ནར་སོན་རྗེས་དགོད་ཤེས་པ་སྟེ། འབུ་ཐླ་མ་མ་ཆེའི་མིག་གི་འཁོར་རྒྱ་ལ་ཏུའུ་སུམ་བརྒྱ་དྲུག་ཅུ་ཡོད་པ་རེད། གསལ་པོར་བཤད་ན་མིག་གིས་མི་མཐོང་ས་མེད། གནམ་གོང་མ་ནི་བྱམས་སེམས་ཆེ་བ་དང་འཇིག་རྟེན་བྱེད་པོ་བྱམས་སེམས་ཆེ་ལ། ཚེ་སྲོག་གི་འཕེལ་འགྱུར་གཏན་ཚིགས་ཀྱང་བྱམས་སེམས་ཆེ་བ་ཞིག་ཡིན། ཁྱོད་རང་ཇི་འདྲའི་ཕྲ་རབ་ཅིག་ཡིན་རུང་། ཁྱོད་ཀྱིས་རང་ཉིད་གསོན་པའི་རྒྱུ་མཚན་ཞིག་བཙོན་ལེན་བྱེད་ཐུབ། རྒྱུ་མཚན་དེ་ནི་ཁྱོད་ཀྱི་རང་སྙིང་དུ་ཡོད།

ང་ནི་ཇི་འདྲའི་གླེན་པ་ཞིག་རེད་ཨང་། འབུ་ཐླ་མ་མ་ཆེ་ཡིས་ཁྲ་རིག་རིག་གིས་ང་ལ་བལྟས་འདུག་མོད། ངས་འབུ་ཐླ་མ་མ་ཆེ་མཐོང་བ་ལས་གཞན་ཅི་ཡང་མི་མཐོང་། ད་དུང་ཁང་འཇབ་ལག་འཇབ་བྱེད་པ་རེད། རྒྱུན་ཤེས་དེ་ཤེས་རྗེས་ང་ལ་སེམས་ཁམས་ཀྱི་མཇུབ་སྟོན་ལེགས་པོ་ཞིག་ཐོབ་པ་སྟེ། ཁང་འཇབ་ལག་འཇབ་བྱེད་མི་དགོས་ལ། དེ་ནི་དགོས་མེད་ཀྱི་ངལ་བའི་རྒྱུ་ཡིན།

ངའི་དྲན་ཤེས་ཁྲོད་ཀྱི་འབུ་ཐླ་མ་མ་ཆེ་ནི་ནམ་ཡིན་ཡང་སྣན་ཞིང་འཇེབས་པ་ཞིག་ཡིན། ལྷག་པར་དུ་ཁོ་ཚོ་གཉིད་ནས་ཡོད་སྐབས་སུ་དེ་འདྲ་ཡིན། དེའི་བདེ་མྱུར་ནི་ཧ་ལས་པ་ཞིག་རེད། འབུ་ཐླ་མ་མ་ཆེའི་ལུས་པོ་ལ་བལྟས་ནས་བཤད་ན་དེའི་ཁང་ལག་ནི་ཤིན་ཏུ་ཕྲ་སྟེ། སྦྲིན་སྐུད་ལྟ་བུ་ཞིག

ལས་མེད། ཡིན་ནའང་ཕྲ་ཞིང་ཞིབ་པའི་རྐང་ལག་དེས་རིང་ཞིང་ཕོན་པོའི་ལུས་པོ་བཏེགས་ཡོད། ཇི་འདྲའི་ཕྲ་ལ་ཆུང་བའི་སོ་མ་ཡིན་རུང་འབུ་སླ་མ་མ་ཆེའི་ངལ་གསོ་ས་རུ་འགྱུར་ཐུབ་པ་དང་། བསིལ་རླུང་ལྷང་ནའང་འབུ་སླ་མ་མ་ཆེ་ཞི་འཇགས་སུ་སྡོད་ཐུབ་ལ། དེ་དང་ཆབས་ཅིག་ཏུ་ཡམ་མེ་ཡོམ་མེ་བྱེད་དེ། ཁོ་ལ་ལྡིང་ཚད་ཅིག་ཡོད་པ་ཡིན་ནམ། ང་རང་བྱིས་པའི་དུས་སུ་འབུ་སླ་མ་མ་ཆེའི་ལུས་པོའི་ལྡིང་ཚད་ལ་སློ་མ་འཁོར་བ་དང་། ནར་སོན་རྗེས་པ་ལི་ཞབས་བྲོ་འཁྲབ་མཁན་གྱི་ལུས་པོའི་ལྡིང་ཚད་ལ་སློ་མ་འཁོར་བ་རེད། ཁོ་ཚོའི་ལྡིང་ཚད་གང་དུ་ཕྱིན་པ་ཡིན་ནམ།

ངས་དྲི་བ་ཞིག་འདོན་འདོད་དེ། པད་མའི་རྩེ་མོ་ཆུ་ཁར་གཡེང་།། འདར་བར་བྱེད་པའི་རྒྱུ་གང་ཞིག། དྲིས་ལན་དུ་གཅིག་མ་གཏོགས་མེད་དེ། འབུ་སླ་མ་མ་ཆེ་ཡིན། འདིར་པད་མ་དང་རྩེ་མོ། གཡེང་བ་ནི་སྙན་ངག་པས་བསམ་བཞིན་དུ་བྲིས་པ་ཞིག་ཡིན་ལ། དེས་སྐྱེས་མ་ཐག་དང་སོས་མ། སྟོབས་ཤུགས་ཕུད་པ། སྟོབས་ཤུགས་གང་ཡང་མི་དགོས་པའི་འཇིག་རྟེན་ཞིག་གྲུབ། "འབུ་སླ་མ་མ་ཆེ"ཡི་ཡོད་རབ་མེད་རབ་ཀྱི་ལུས་པོའི་ལྡིང་ཚད་དང་འཇིག་རྟེན་འདི་གཉིས་ཕུལ་དུ་བྱུང་བའི་ཆ་འགྲིག་ཏུ་གྱུར། སྙན་ངག་གི"མཚོན་དོན"ནི་གཞན་ཞིག་མིན་པར། ཕན་ཚུན་ཆ་འགྲིག་པའི་ཡི་གེ་དེ་རྫས་འགྱུར་འགྱུར་འབྱུང་བྱུང་རྗེས་བསྐྱེད་པའི་ཕོར་ཁྲབ་ལྷ་བུ་ཞིག་ཡིན་པ་དེ་ཡིན། དོན་དངོས་སུ་འབུ་སླ་མ་མ་ཆེ་སྤྲ་མོ་ནས་སླེབ་ཡོད་ཅིང་། སྤྲ་མེད་ཕྱི་དཀོན་ལྷ་བུའི་རི་སྨུག་ཅིག་དང་འདྲ་སྟེ། ཁར་ལྷེ་ནོ་ཡིས"བག་ཕེབས"ལ་འདི་འདྲའི་མཐོང་ཆེན་བྱེད་པའང་ཁོའི་གནས་ལུགས་ཤིག་ཡོད་ངེས། ལྷུན་སྟུག་གི"ལྡིང"གྱིས་རླབས་ཆེན་རིགས་ཤིག་བསྐྲུན་ཐུབ་པ་དང་།

སྤྲུང་གྲུང་གི“ཡང་བ”ཡིས་རླབས་ཆེན་རིགས་ཅིག་ཤོས་ཤིག་བསྐྲུན་ཐུབ།

རེད་ཡ། ངས་འབུ་ལྷ་མ་མ་ཞིའི་འཕུར་སྐྱོད་བརྗེད་མི་ཐུབ་པ་འདྲ། དེ་ནི་སྤྱིར་བཏང་དུ་རྫིང་བུའི་མཐའ་འཁོར་ཏེ། ཆུ་དང་འདམ་རྫ་ཡོད་སར་འཕུར་བ་ཡིན། ངས་འབུ་ལྷ་མ་མ་ཞི་ནི་ཁེར་འཕུར་བྱེད་པ་ལས་ཁྱུ་བྱས་ནས་མི་འཕུར་བར་ཡིད་འཇོག་བྱས་སོང་། རི་མོ་བ་ཧི་ཧྲོ་ལིན་དང་ཡང་ན་ཀྲོའུ་ཁྲུན་ཡ་ལས་གཅིག་གིས“ང་རང་ཤིན་ཏུ་དྲེགས་ཆེ། ང་ནི་མཐར་ཐུག་ཏུ་ཁེར་རྐྱང་ཡིན”ཞེས་བཤད་སྲོང་། ངས་སྐད་ཆ་འདི་བཤད་པ་ཤིན་ཏུ་བཟང་འདོད་ཡོད། འདི་ནི་སྒྱུ་རྩལ་པ་ཞིག་ལ་ཡོད་འོས་པའི་བཟོ་ལྟ་ཡིན། སྒྱུ་རྩལ་གསར་རྩོམ་གྱི་བྱ་བ་སྒྲུབ་མཁན་ཞིག་ལ་གྲོགས་པོ་ཇི་འདྲ་མང་པོ་ཡོད་ནའང་། ཁོ་ནི་ཁེར་རྐྱང་ཞིག་ཡིན་འོས་ལ། ངེས་པར་དུ་ཁེར་རྐྱང་དུ་སྡོད་དགོས། ཁེར་རྐྱང་ནི་སྒྱུ་རྩལ་པའི་ཀུན་སྤྱོད་ཡིན། སྒྱུ་རྩལ་པ་ཞིག“ཚོགས་པར”ཞེན་ནས“གསོལ་སྟོན”དང“སྣེ་ཞུ”འགོག་དཀའ་བ་བྱུང་སྐབས། ཁྱོད་རང་ཁོང་གི་གསར་རྩོམ་ལ་རེ་བ་ཆད་སྲིད། ཁེར་རྐྱང་ནི་དམིགས་བསལ་གྱི་ནུས་ཚད་ཅིག་ཡིན་ལས་དཔག་དཀའི་རིག་པ་མིན། ཁེར་རྐྱང་ནི་གསར་རྩོམ་གྱི་ངོ་བོ་ཡིན་ལ། གསར་རྩོམ་གྱི་རྣམ་པ་ཞིག་ཀྱང་ཡིན། སྒྱུ་རྩལ་པའི་ཚེ་སྲོག་ནི་རྟག་ཏུ་ཁེར་རྐྱང་རིགས་འདིའི་ཡ་རབས་ནུས་ཚད་ལ་རག་ལས་ཡོད།

འབུ་ལྷ་མ་མ་ཞི་ནི་ཇི་འདྲའི་ཐུན་མོང་མ་ཡིན་པ་ཞིག་རེད་ཨང་། གལ་ཏེ་ཁྱོད་ཀྱི་ལས་སྐལ་བཟང་ནས་འབུ་ལྷ་མ་མ་ཞི་གཉིས་མཉམ་དུ་འཕུར་བ་དང་འཕྲད་ཚེ། ངས་ཁྱོད་ལ་བཤད་ཡ། དེ་ལས་གཅིག་ནི་ཕོ་དང་ཅིག་ཤོས་དེ་མོ་ཞིག་ཡིན་པོ་ཐག་ཡིན་ཏེ། ཁོ་ཚོས་དགའ་རོགས་སྒྲིག་བཞིན་ཡོད། ཁོ་

ཚོར་མཐུན་པ་བྱུང་སྐབས། མོ་འབུ་དེ་ལོ་འདབ་ཅིག་གི་ཐོག་ཏུ་བབས་འདུག་པ་དང་། ཕོ་འབུ་ནི་མོ་འབུའི་ལྟག་རྒྱབ་ཏུ་འབབ་པ་རེད། ཁོ་ཚོའི་མཇུག་མ་གཞི་གཅིག་ཏུ་སྦྱར་ནས་སྣང་བ་སྐྱིད་པོ་མངོན། ཐག་རིང་ནས་བལྟས་ན་གཅིག་རྗེན་གཅིག་འདེགས་ཀྱི་ལོ་འདབ་གཉིས་སུ་དཔེར་ན་མཚེས། རེད་ཡ། ངས་འབུ་སླ་མ་མ་ཏི་ཡིས་ཟ་འཕུང་འདོར་གཏོར་བྱེད་པ་གཏན་ནས་མཐོང་མ་མྱོང་། ཁོ་ཚོ་ནི་ཆུ་འགྲམ་གྱི་ལྷ་མོ་ཡིན་ལ། ངོ་མཚར་ཆེ་བའི་རྩེ་ཤིང་རིགས་ཤིག་ཡིན་ཞེས་བཤད་ཀྱང་ཆོག ཁོད་སྤྱོར་བྱེད་ནུས་ཁོ་ནར་བརྟེན་ནའང་ཚེ་སྲོག་གི་གསོག་ཟུང་འཐོབ་ཐུབ་པ་ཡིན།

ཡིན་ནའང་། འབུ་སླ་མ་མ་ཏི་དམར་པོ་དེ་འདྲ་ཞིག་མིན། ཁོ་ཚོ་ནི་འདུ་འཛོ་ལ་དགའ། ཁོ་ཚོའི་དགའ་ཕྱོགས་ཆེས་ཆེ་བ་ནི་ཚང་སྟོང་འཕུར་སྐྱོད་བྱེད་རྒྱུ་དེ་ཡིན་ཏེ། ཁྱུ་ཁྱུ་དང་སྐོར་སྐོར་བྱས་ནས་འཕུར་ཡོང་བ་ཡིན་པས། དངོས་གནས་མང་པོ་ཡོད་ཅིང་། གནམ་འགེབས་ཉི་སྒྲིབ་ལྟར་བྱེད།

འབུ་སླ་མ་མ་ཏི་དམར་པོའི་བྱུང་བ་ནི་རྒྱུན་པར་གློ་བུར་བ་ཞིག་ཡིན་ལ། སྤྱིར་བཏང་དུ་དབྱར་གཞུང་ཡིན། སིམ་ཆར་ཉིན་གཉིས་ནས་གསུམ་ལ་བབས་རྗེས་གནམ་ངོ་ཐང་བ་རེད། ཆར་རྗེས་སུ་གནམ་ངོ་ཐང་བ་དེ་ལྟས་བཟང་ཞིག་མིན། མཁའ་དབུགས་ཀྱི་ནང་དུ་ཆུ་སྨོད་པོ་འདུས་པས་ཤིན་ཏུ་རྨུགས། སྐབས་འདིའི་ས་གཞི་ལ་འགྱུར་བག་ཆེ་བ་དང་མཁའ་དབུགས་ལ་འགྱུར་བག་ཆེ་ཞིང་། མི་དར་མའི་ཁ་རླངས་ལའང་འགྱུར་བག་ཆེ་བ་ཞིག་ཡིན། ང་རང་ཆུང་དུས་ནས་ཆར་ཆུ་ལ་མི་དགའ། འདི་ནི་སྐད་ཆ་དང་འབྲེལ་བ་ཡོད། མི་དར་མ་ཚོས་ཆར་ཆུ་དེ“ངན་པ”ཞིག་ཏུ་མི་བརྩི་རུང་། ཡིན་ནའང་ཚང་མས་གནམ་ཐང་པ་དེར“གནམ་ངོ་ལེགས་པོ”ཟེར།

ང་ཚོའི་མི་རབས་འདི་ནི“བཟང་དང་ངན”གྱི་བཀའ་སློབ་མྱངས་ནས་ནར་སོན་པ་ཡིན་པས། “གནམ་ངོ་བཟང་པོ”ནི“མི་བཟང”དང་། ཆར་འབབ་པའི་ཉིན་མོ་ནི“དགྲ་བོ”རུ་ངོས་འཛིན་པ་ཡིན་པས། ང་རང་དགའ་བའི་འོས་མེད།

ཉི་མ་ཤར་བྱུང་། གནམ་ངོ“བཟང”སོང་། འབྱར་བག་ཅན་གྱི་མཁའ་དབུགས་སུ་སྟེ་བའི་ནང་ནས་གཏམ་གསར་ཞིག་བསྒྲགས་ཡོང་སྟེ། འབུ་ལྷ་མ་མ་ཊི་དམར་པོ་སླེབ་བྱུང་ཟེར། གཏམ་གསར་ཐོས་པའི་བྱིས་པ་རྣམས་སྲོག་བསྡོས་བྱས་ནས་རྒྱུག་ཡོང་ཞིང་། ཚང་མ་འབུ་ལྷ་མ་མ་ཊི་དམར་པོའི་འོག་ཏུ་འདུས་ཏེ་ང་ཚོའི་དགའ་སྟོན་ལ་རོལ་བ་ཡིན།

འབུ་ལྷ་མ་མ་ཊི་དམར་པོ་ནི་ངོ་མ་དམར་པོ་ཞིག་རེད། གཟབ་ནན་གྱིས་བཤད་ན། དམར་སྨུག་ཅིག་རེད། གཤོག་པ་ཕྱི་ནང་གསལ་བ་ཞིག་ཡིན་པ་སྨོས་མ་དགོས། གྲངས་ཚད་ཤིན་ཏུ་མང་བས། ང་ཚོའི་མགོ་ཐོག་ཏུ་སྤྲིན་དམར་འཁྲུག་པ་ཞིག་དང་འདྲ། ཕྱི་ནང་གསལ་བའི་གཤོག་པ་ཉི་འོད་ཀྱི་འོག་ཏུ་འོད་ཆེམ་ཆེམ་བྱེད། ཕོ་ཚོ་སྐྱུག་པོ་དང་འོད་ལམ་ལམ་བྱས་ནས་འཕུར་ལྡིང་བྱེད་མོད། འོན་ཀྱང་ཕོ་ཚོ་རང་ཉིད་མི་འཁྲུག་སྟེ། ངས་འབུ་ལྷ་མ་མ་ཊི་གཉིས་གདོང་ཐུག་རྒྱུག་པ་ཞིག་གཏན་ནས་མཐོང་མ་མྱོང་། བྱིས་པ་ཚོ་དགའ་སྤྲོས་ཁེངས་ཤིང་། བྱིས་པ་ཚོའི་ནང་སེམས་ནི་དུས་དང་རྣམ་པ་ཀུན་ཏུ་ཁྲི་ཞིག་དང་མཚུངས་ཏེ། ནམ་ཞིག་ལ་གི་འདེབས་རྒྱུ་ཡིན་པ་ཁྱོད་ཀྱིས་གཏན་ནས་ཤེས་དཀའ། ང་ཚོ་སྤྲིན་དམར་གྱི་འོག་ནས་རྩེད་རྒྱུག་བྱེད་ཅིང་། དུས་མཚུངས་སུ་ང་ཚོའི་སྲོག་གཅོད་ཀྱི་མགོ་ཡང་བཙམས་པ་ཡིན། ང་ཚོའི་ལག་གི་སྐྱུག་མ་དང་ཡང་ན་སྟོང་པོའི་ཡལ་ག་བར་སྣང་དུ་

གཡུག་གཡུག་བྱས་པས། འབུ་སློ་མ་མ་ཏི་དམར་པོ་མང་པོ་ཞིག་གི་རྐེད་པ་བཅག་པ་རེད། ཡིན་ནའང་རྐེད་པ་བཅག་པའི་འབུ་སློ་མ་མ་ཏི་དམར་པོ་དེ་དག་འཕྲལ་དུ་ཤི་མི་འགྲོ་བར། ད་དུང་བར་སྣང་དུ་འཕུར་ཐུབ་སོང་། ཡིན་ནའང་འཕུར་གིན་འཕུར་གིན་ཇི་དམའ་ཡིན་ལ། མཇུག་མཐར་སར་ལྷུང་འགྲོ།

ཡིན་ཡང་འབུ་སློ་མ་མ་ཏི་དམར་པོ་ནི་ང་ཚོས་ཚར་གཅོད་གཏོང་ཐུབ་པ་ཞིག་གཏན་ནས་མིན། ང་ཚོས་འབུ་སློ་མ་མ་ཏི་དམར་པོ་ཚར་གཅོད་གཏོང་མི་ནུས། གནམ་ངོ་རིམ་བཞིན་སྨུན་ནག་ཏུ་གྱུར་པས། འབུ་སློ་མ་མ་ཏི་དམར་པོ་ཡོད་ཚད་མཉམ་དུ་མི་མཐོང་བར་གྱུར། དེ་དག་གར་སོང་ཆ་མེད་དུ་གྱུར། གང་དུ་འཕུར་སོང་བ་ཡིན་ནམ། སུས་ཀྱང་མི་ཤེས། བྱིས་པ་ཚོས་ཤེས་པ་ལའང་གཅིག་ལས་མེད་དེ། འབུ་སློ་མ་མ་ཏི་དམར་པོ་ནི་ལོ་རེར་འཕུར་ཡོང་བ་ཞིག་མིན། སྐབས་ལ་ལར་ལོ་གསུམ་རེར་ཐེངས་གཅིག་ལ་འཕུར་ཡོང་བ་དང་། སྐབས་ལ་ལར་ལོ་ལྔ་ཡི་ནང་དུ་ཐེངས་གཅིག་ལ་འཕུར་ཡོང་བ་རེད། དེ་ལྟར་བརྩིས་ན། འབུ་སློ་མ་མ་ཏི་དམར་པོ་ཡིས་ང་ཚོར་བསྐྱལ་ཡོང་བའི་དུས་ཆེན་ནི་ཟླ་མཆོད་དུས་ཆེན་ལས་དཀོན་ཞིང་། དཔྱིད་བསུ་དུས་ཆེན་ལས་རྩ་ཆེ་བ་ཞིག་ཡིན་ནོ། །

གྲོ་ཞིང་།

ངའི་ཕ་ཡུལ་གྱི་ས་ཆར་གྲོ་ཞིང་ལ་གསང་བ་ཞིག་ཡོད་དེ། ཞིང་ཡུར་ཡིན།

གྲོ་ཞིང་གི་གསང་བ་ནི་གྲོ་སྨྱུག་གི་གསང་བ་ལས་བྱུང་བ་ཡིན། གྲོ་སྨྱུག་ལ་ཆུ་དགོས་ཏེ། ཆུ་དང་འབྲལ་མི་ཐུབ་མོད། ཡིན་ནའང་ཆུ་མང་མི་རུང་སྟེ། ལྷག་པར་དུ་སྨེ་མ་བཏང་རྗེས་སུ་ཆུ་མང་མི་རུང་། སྨེ་མ་བཏང་རྗེས་སུ་ས་བརླན་གཤེར་ཆེ་ན་སྨེ་མར་བཙའ་ཆགས་པ་དང་འབུ་ཞུགས་སྲིད་ལ། ཚབས་ཆེ་དུས་གྲོ་སྨྱུག་གི་རྩ་བའི་སྤྲུ་ཚོམ་རུལ་འགྲོ་བ་རེད།

འདིར་ངའི་ཕ་ཡུལ་གྱི་ནམ་གཤིས་ལ་གསལ་བཤད་ཅིག་རྒྱག་དགོས། ངའི་ཕ་ཡུལ་ཞིན་ཧྭ་ནི་འབྲི་ཆུའི་ལྷོ་རྒྱུད་དང་རྔོའི་རྔོ་ཆུ་བོའི་ལྷོ་རྒྱུད་དུ་ཡོད་པས། ས་འདིའི་ནམ་གཤིས་ནི“ཚ་ཁུལ་འབྲིང་བའི་དུས་རླུང་ཅན་གྱི་བརླན་གཤེར་ནམ་གཤིས”རུ་གཏོགས། བརླན་གཤེར་ནི་ངན་གཤིས་ཤིག་མིན་པར་ཆུ་མོད་པོ་ཡོད། ཡིན་ནའང་བརླན་གཤེར་ལ་བརླན་གཤེར་གྱི་ཞན་ཆ་ཡོད་དེ། གྲོ་སྨིན་པའི་དུས་རིམ་དུ་ངའི་ཕ་ཡུལ་གྱི་ཆར་ཆུ་ནི་གྲོ་སྨྱུག་ལ་མཁོ་བའི་ཚད་ལས་ལྷག་ཏུ་བརྒལ་བ་རེད།

ས་ཞིང་དུ་ལོ་ཏོག་སྐྱེས་པ་ནི“རང་བྱུང་པོ་ན”ཞིག་ཡིན་པར་འདོད་མི་རུང་། རྩི་ཤིང་རིགས་གང་ཡང་རུང་བ་ཞིག“ལོ་ཏོག”གི་རྣམ་པས་ས་གཞི

རུ་སྐྱེས་པ་ཡིན་ན། དེ་དག་གི་ཚེ་སྐྱོག་ཏུ་སོ་ནམ་པའི་ཏ་ལས་པའི་བློ་གྲོས་ཤིག་འདུས་ཡོད་པ་ཡིན།

ངའི་ཕ་ཡུལ་བཤད་ན། ངའི་ཕ་ཡུལ་ནི་གྲོ་ཡི་ཞིང་ཁམས་ཤིག་མིན། བསམ་བློ་ཞིག་ཐོངས་དང་། གྲོ་སྨིན་པ་ན་དུས་ལྷུང་གིས་ཚད་ལས་བརྒལ་བའི་ཆར་ཆུ་བསྐྱལ་ཡོང་བ་རེད། ཁྱོད་ཀྱིས་གནམ་རྒྱན་མ་ལ་ཆར་བ་འབབ་ཏུ་མ་བཅུག་ན་ཆོག་གམ། མི་ཐུབ་ཏེ། མ་ཡུམ་གནས་ལ་འགྲོ་བའི་དུས་སུའང་ཆར་བ་འབབ་པ་ཡིན་ན། གྲོ་སྨུག་ལ་སྐྱེ་མ་གཏོང་དུས་ཆར་བ་ཅི་ལ་མི་འབབ།

ཞིང་ལས་ཀྱི་ནང་ཁུལ་དུ། སོ་ནམ་པ་དང་གནམ་རྒྱན་མའི་གཏམ་གླེང་ཞིག་འདུས་ཡོད་པོ་ཐག་ཡིན། ཞིང་ལས་ནི་མི་དང་གནམ་རྒྱན་མའི་གཏམ་གླེང་གི་འབྲས་བུ་ཡིན། ཞིང་ལས་ནི་ཞིང་པས་གནམ་རྒྱན་མ་ལ་འོས་མེད་འགྲིག་ཐབས་བྱས་པ་ཡིན་པས། ཞིང་པ་འོས་མེད་འགྲིག་ཐབས་ལ་གོམས་ཡོད། འོས་མེད་འགྲིག་ཐབས་འདི་ནི་རླབས་ཆེན་ཞིག་ཡིན་ལ། དེའི་ནང་ཁུལ་དུ་ཞིང་པའི་འཚོ་གནས་ཀྱིའདུན་པ་དྲག་པོ་འདུས་ཡོད་ཅིང་། དེ་ལས་མཚོན་པ་ནི་དར་རྒྱས་ཀྱི་རང་སྟོབས་ནུས་པ་ཡིན།

ནམ་ཟླའི་མདུན་དུ། ངའི་ཕ་ཡུལ་གྱི་ཞིང་པས་ཡང་དག་པའི་ཚུར་སྣང་ཞིག་བསྟན་པ་སྟེ། ཞིང་ས་རུ་ཡུར་བ་བརྐོ་བ་རེད། ཡུར་བ་དེ་ལ“ཞིང་ཡུར”ཟེར། རྫིང་མ་དང་རྫིང་མའི་བར་གྱི་ཡུར་བ་དེ་ལ་མཐོང་ཆུང་བྱེད་མི་རུང་། དེ་ནི་ཁྱོད་ལ་གནམ་གྲུའི་ཐོག་ནས་ཡུལ་ལྗོངས་ལ་ལྟད་མོ་བལྟ་རུ་འཇུག་པ་ཞིག་མིན། དེ་ཡོད་པའི་རྐྱེན་གྱིས་ས་ཞིང་གི་བརླན་ཚད“འོས་འཚམ”དུ་སྙོམས་པ་སྟེ། ལྷག་པར་དུ་ཆར་ཆུ་མོད་པའི་དུས་སྐབས་སུ་དེ་

འདྲ་ཞིག་ཡིན།

ཆུ་ལ་སིམ་བརྗོལ་རང་བཞིན་དྲག་པོ་ཡོད། ཞིང་ཡུར་ཡོད་པའི་རྐྱེན་གྱིས་ས་ཞིང་གི"བརླན"རང་ཤུགས་ཀྱིས་སློམས་སྒྲིག་བྱེད་ཐུབ་སྟེ། ཆར་ཆུ་མང་ན་ལྷག་མའི་ཁག་དེ་ཞིང་ཡུར་དུ་སིམ་ནས་བཞུར་འགྲོ་བ་དང་། ཐན་པ་ཆེ་དུས་དེ་ལས་ལྡོག་སྟེ། ཞིང་ཡུར་ལས་ཆུ་བཏང་ན། ཆུ་རང་ཤུགས་ཀྱིས་གྲོ་ཞིང་དུ་སིམ་ཐུབ། སོ་ནམ་པ་ནི་ས་གཤིས་དང་ཆུ་གཤིས་ལ་ཤིན་ཏུ་རྒྱུས་ལོན་ཡོད་དེ། རང་གི་གཉེན་ཉེའི་གཤིས་ཀར་རྒྱུན་ལོན་པ་ཞིག་དང་འདྲ།

ས་གཞིའི་རྣམ་པ་ཡོད་ཚད་ལས། ང་རང་ཆེས་དགའ་བ་ནི་གྲོ་ཞིང་ཡིན། གྲོ་ཡི་སྐྱེ་འཚར་ལ་ཁྱད་ཆོས་ཤིག་ཡོད་དེ། ལོའི་ཟླ་ཕྱི་ཡིན། ཟླ་ལོའི་དགུན་ཁར་གྲོ་འདེབས་པ་དང་། ཕྱི་ལོའི་དབྱར་ཁར་སྨིན་བསྡུ་བ་ཡིན། ལོ་སར་གྱི་ཡར་སྟོན་དུ་གྲོ་ཞིང་ལ་བལྟ་རྒྱུ་ཅི་ཡང་མེད་པ་ངེས་པར་དུ་ཁས་ལེན་དགོས། དེ་དུས་སུ་གྲོ་སྨྱུག་ད་དུང་འབུས་མེད་ཅིང་། ཐ་ཐོར་དུ་འཁྱགས་རླུང་གི་ཁྲོད་དུ་འདར་སིག་སིག་བྱེད། ལོ་ཆོས་རེ་སྐྱུག་བྱེད་པ་ནི་ཁ་བ་འབབ་ཐེངས་ཤིག་ཡིན། རབ་ཡིན་ན་ཁ་བ་ཆེན་པོ་འབབ་དགོས། རྒྱལ་ཟླའི་ནང་དུ་ཆེས་འཁྱགས་པ་ནི་ཅི་ཡིན། ཁ་བ་ཡིན་ནམ། མིན། གྲང་ངར་ཆེ་བ་དང་རྣ་བར་གཟན་པའི་གྲང་རླུང་རེད། ཁ་བ་ཆེན་པོ་ཞིག་བབས་ཚེ་ཤིན་ཏུ་མཐུག་སྟེ་སྲིང་བལ་ཉལ་གོས་གསར་བ་ཞིག་དང་འདྲ། སྲིང་བལ་ཉལ་གོས་དེ་ཡིས་གྲང་རླུང་འགོག་ཐུབ་ལ། གྲོ་སྨྱུག་གིས་ཉལ་གོས་འོག་ནས་མགོ་བཏུམ་སྟེ་དགུན་ཉལ་བྱེད་པ་རེད། ཕྱི་ལོའི་དཔྱིད་ཀར་སླེབ་པ་ན། དགུན་ཟླ་རྫིལ་པོར་སྲིང་བལ་ཉལ་གོས་བཀབ་པས་རང་ཤུགས་སུ་ཞུ་འགྲོ་ལ།

ཞུ་ཞོར་དུ་ཞིང་ཆུ་ཡང་གཏོང་ཐུབ། “རྙིད་པའི་མེ་ཏོག་བརྩེ་བས་དབེན་པ་མིན།། འདམ་དུ་གྱུར་རྗེས་མེ་ཏོག་ལྷག་པར་སྐྱོང་།།” དགུན་ཁའི་ཁ་བ་དཀར་པོ་ནི“བརྩེ་བ”དེ་ཡིན་ཞིང་། དེ་རིང་ཉུང་ཙམ་ཞུ་ནས་ཞིང་ཆུ་ཉུང་ངུ་ཞིག་གཏོང་བ་དང་། སང་ཉིན་ཡང་ཉུང་ཙམ་ཞིག་ཞུ་ནས་ཞིང་ཆུ་ཉུང་ངུ་ཞིག་གཏོང་བ་རེད། འདི་ནི་ད་གཟོད“ཆུ་ཐྲན་རྒྱུན་འབབ”དང“ཤེས་མེད་ཚོར་མེད་སྐྱེ་རྒྱུ་དྲིན་གྱིས་བསྐྱངས”ཞེས་པ་དེ་ཡིན། དགུན་གྲི་ལ་མཚོན་ན། གངས་སྤྲུངས་ཞུ་བ་ནི་རྟག་ཏུ་ཆེས་བྱམས་བརྩེའི་སྲྀད་ལམ་ཞིག་ཡིན། “དུས་ཐོག་གི་ཁ་བས་ལོ་ལེགས་བསྒྲུ”ཞེས་པ་དེ་རང་དགར་བཤད་པ་ཞིག་མིན། ལོ་ལེགས་མིན་རུང་གལ་སྲིད་དུས་ཐོག་གི་ཁ་བ་ཞིག་བབས་ཚེ། གྲོ་ཡི་ཐོན་འབབ་ཚད་ངེས་ཅན་ཞིག་ལ་སླེབ་ཐུབ། འདི་ལ་གནད་དོན་ཅི་ཡང་མེད།

དཔྱིད་ཀ་སླེབ་རྗེས་སུའང་ཁ་བ་འབབ་སྲིད། ངའི་བུ་ཡིས་ཐོག་བརྩེགས་ཆེན་པོ་ནས་མཐའ་འཁོར་གྱི་ཁ་བའི་འདབ་མ་ལ་བལྟས་ཏེ། ཞིང་པའི་ལབ་མོ་བྱས་ནས། “‘དུས་ཐོག་ཁ་བས་ལོ་ལེགས་བསྒྲུ’ བ་རེད་ཨང”ཞེས་བཤད། བུ་ཆུང་འདི་སྙིང་རྗེ་བ་ཞིག་རེད། ཡིན་ནའང་ཁོས་དེའི་དོན་གོ་མེད། རྒྱལ་ཟླའི་གངས་སྤྲུངས་ལ་དྲོད་ལྡན་ཟེར་བ་ནི་དགུན་ཁའི་གྲང་རླུང་ལ་ལྟོས་ནས་བཤད་པ་ཡིན། དཔྱིད་རླུང་དྲོན་མོ་ལྡང་དུས། ཁ་བའི་འདབ་མ་ནི་གྲང་འཁྱགས་ཤིག་ཡིན། གྲོ་ལ་ལྡོང་མྱུག་འབུས་དགོས་པས་དེ་འདྲའི་གྲང་ངར་ཞིག་བཟོད་ག་ལ་ནུས། ད་དུང་གནད་ཅིག་ཡོད་པའང་ཤིན་ཏུ་གལ་ཆེ། དཔྱིད་ཀའི་ཁ་བ་ནི་འདམ་ནང་དུ་དགུན་ཉལ་བྱེད་པའི་གནོད་འབུ་ལའང་གཏམ་བཟང་ཞིག་ཡིན། ཁོ་ཚོར་དཔྱིད་ཀའི་ཁ་

བའི་སྲུང་སྐྱོབ་ཐེབས་ནས། སྐྱེ་འཕེལ་གྱི་ནུས་པ་ཧ་ལས་པ་ཞིག་རྒྱས། དཔྱིད་ཀའི་ཁ་བ་འབབ་པའི་ལོར་རྒྱུན་དུ་འབུ་གནོད་ཐེབས་པའི་རྐྱེན་ཡང་དེ་ཡིན། དེའི་ཕྱིར། དཔྱིད་སྔོག་ཁ་བ་འབབ་པ་ནི“དུས་ཐོག་ཁ་བ”ཞིག་མིན་པར། དེས་ཕྱིར་འོང་བ་ཡང“ལོ་ལེགས”ཀྱི་ལོ་མིན།

གྲོ་ཡི་ལྗང་སྨུག་འབུས་པ་དེ་ཡིད་དབང་འགུག་པ་ཞིག་ཡིན། གལ་ཏེ་ཁྱོད་ཀྱིས་དངོས་སུ་རིག་སྤྱོད་ན། ངེས་པར་དུ“དཔྱིད་ཀྱི་སྔོ་རིག་རྒྱས་པ”ཞེས་པའི་དོན་རྟོགས་སྲིད། ས་གཞིའི་ཁ་དོག་སྔོ་བུར་དུ་འགྱུར་ནས། གསོན་ཤུགས་ཀྱི་ནུས་པས་ཁེངས་འདུག སྨུག་གུས་མགོ་འབུར་བཏང་ནས་ས་ལ་སེར་ག་གས་འདུག་པ་དང་། གྲོ་སྨུག་ད་དུང་སྔོད་འཛགས་སེ་ཡོད། རྩེ་ཉིང་ལ་སྨུག་གུ་འབུས་པ་ནི་ཞོག་སྲབ་རྒྱག་པ་ལྟར། སྔོ་བུར་དུ་འབུས་ཡོང་བ་ཞིག་ག་ལ་ཡིན། ཡིན་ནའང་ཁྱོད་ཀྱིས“སྐྱེས་སྟོབས”ཤིག་མཐོང་ཐུབ། དེ་ནས་ལོ་མ་སྦུམ་བྱུགས་ཀེར་འབུས་ཡོང་ཞིང་། དེ་ནི་འཚོ་བཅུད་ལེགས་པའི་སྤྲ་ལྟས་ཤིག་ཡིན་ལ། གཞུང་རྟར་ཤེད་འཛོམས་པ་དེ་མགོ་རྩོམ་སའི་ཐིག་མཚམས་ཀྱི་ཤ་ཤེད་རྒྱས་པའི་ལུས་རྩལ་པ་ལྟར། གྲ་སྒྲིག་བྱས་ནས་བོའུ་སྐད་ལ་ཉན་ཡོད་པ་དང་མཚུངས།

ང་ཚོས་དཔྱིད་ཀ་ནི་གྲོ་ལ་ལྗང་སྨུག་འབུས་པའི་དུས་ཁོ་ན་ཞིག་མིན་པར། སྐྱེ་རྒྱུ་སྨྲར་སོས་ཀྱི་དུས་ཤིག་ཀྱང་ཡིན་པ་བརྗེད་མི་འོས། ཚེ་སྲོག་ཡོད་ཚད་ཀྱི་རྟགས་མཚན་ཚང་མ་གྲོ་ཞིང་ལས་མངོན་པ་ཡིན་ལ། ཐ་ན་རྩ་ལྕུམ་དང་འདབ་ཆགས་ལས་ཀྱང་མངོན་ཐུབ། “དཔྱིད་ཀྱི་དཔལ་མོ”ནི་ལངས་གཟུགས་ཤིག་དང་སྒྱོགས་ཡོངས་ཤིག་ཡིན་ཏེ། སླུག་པོའི་ཆུ་རྒྱུན་དྲོན་པོར་འགྱུར་ཞིང་དྲི་མ་ལྡན། དྲི་མ་དེ་ནི་ཆུ་ཆ་ལས་བྱུང་བ་དང་།

འདམ་སྨུག་རྡུལ་སྤུངས་ཀྱི་དྲི་མ་ཞིག་ཡིན། ས་གཞིའི་སྟེང་མཁའ་རྡུ་བྱ་བྱིའུ་ཡིས་སྐད་སྒྲ་སྒྲོག ཁོ་ཆོས་འཕྱུར་རོགས་འཚོལ་བ་ཡིན་ལ་བྱིའུ་སྐད་སྙན་ཞིང་འཛེབས། ཆེས་ཡིད་དབང་འགུག་པ་ནི་ས་གཞིའི་དྲི་མ་ཡིན། འདིར་ངས་གློ་ཡུལ་འདས་པའི་དོན་ཞིག་བཤད་དགོས་ཏེ། དབྱུགས་དྲི་མི་བྲོ་བའི་དངོས་པོ་མང་པོ་ཞིག་མཉམ་དུ་བཞག་ན་དྲི་མ་བྲོ་བ་ཡིན། ཉི་འོད་ལ་དྲི་མ་མེད་པ་དང་ས་གཞི་ལའང་དྲི་མ་མེད། ཆུ་བོ་ལ་དྲི་མ་མེད་པ་དང་གྲོ་སྨུག་ལའང་དྲི་མ་མེད། ཡིན་ནའང་། ཉི་འོད་དང་ཆུ་བོ། ས་འདམ། གྲོ་སྨུག་རྣམས་མཉམ་དུ་བསྡུས་ན། དེ་དག་ལ་དྲི་བསུང་འཐུལ་ཡོང་། དྲི་མ་དེ་ནི་ཇི་འདྲའི་ཆེ་བ་ལ། ད་རག་བར་དུ་ངའི་སྣ་བར་ཟུག་འདུག

མཇུག་མཐར་ངས་ད་དུང་ཁ་གསབ་ཅིག་བྱས་ན་འདོད་དེ། ཆུ་འབྲས་ནི་སྔོ་ཕྱོགས་ས་གཞིའི་བུ་རབས་ཡིན་ལ། གྲོ་ནི་སྔོ་ཕྱོགས་ས་གཞིའི་འཛེ་སྒྲིག་ལྡན་པའི་བག་མ་ཡིན། ཞིང་ཡུར་བརྐྱས་པ་མི་ལེགས་ན་བག་མ་གནས་ལ་འོང་མི་སྲིད། གཅེས་སྐྱོང་ཐེབས་པའི་རྐྱེན་གྱིས་གྲོ་དེ་ང་ཚོ་སྔོ་ཕྱོགས་ས་གཞིའི་ཆེས་ཁེངས་དྲེགས་ཅན་གྱི་བག་གསར་དུ་གྱུར། གྲོ་ནི་འཛེམ་བག་མེད་པ་ཞིག་དང་། རྟེན་ཡོད་སྐྲག་མེད་ཅིག་ཡིན། དེའི་ཚུགས་ཀར་ལྟོས་དང་། ལུས་རྩིལ་པོར་གྱུར་མས་བཀང་ཞིང་འོད་ལམ་ལམ་བྱེད། དེ་ནི་གྲོ་ལ་ཡོད་འོས་པའི་རྗིག་ཉམས་དང་སྤྱོད་བཟང་ཞིག་ཡིན། གྲོ་དང་ནས། སོ་བ་སོགས་རིགས་མང་པོ་ཡོད་ཅིང་། སྤྱོད་སྒོ་མཐའ་ཡས་པ་ཞིག་ཡོད་དོ།།

འབྲས་ཞིང་།

ཕྲ་ཞིང་གི་ཡུལ་ལྗོངས་ནི་ཉི་འོད་ལ་བརྟེན་དགོས་ལ། འབྲས་ཞིང་གི་ཡུལ་ལྗོངས་ནི་ཟླ་འོད་ལ་བརྟེན་དགོས།

ཟླ་བ་ཤར་བྱུང་། ཟླ་འོད་འོག་གི་འཛིག་རྟེན་ནི་ནག་སྐྱའི་འཛིག་རྟེན་ཞིག་སྟེ། ཚོན་མེད་གློག་བརྙན་ལྟ་བུ་ཞིག་ཡིན། ཆུ་འབྲས་ཡོད་པའི་རྐྱེན་གྱིས་ས་གཞི་འདམ་མྱུག་གི་རྒྱལ་ཁམས་ཤིག་ཏུ་གྱུར་ནས། དཀར་གསལ་ལེ་དང་། གང་ས་གང་དུ་ཟླ་བའི་ལྷོག་འོད་འཁྱིལ་ཡོདཔ་ཞིག་ཡིན། གསལ་པོར་བཤད་ན། གང་ས་གང་དུ་ཆུའི་ལྷོག་འཁྱོ་ཡིན། ཚོན་མདངས་མེད་ལ་འབྲས་ཞིང་རེ་རེའི་དཀྱིལ་དུ་ཟླ་བ་རེ་ཡོད།

དབྱར་ཁར། ང་ཚོ་རྒྱུན་དུ་སྡེ་བ་གཞན་པར་སོང་ནས་ཐོག་མེད་གློག་བརྙན་ལ་བལྟས་པ་ཡིན་པས། ང་ཚོ་ངེས་པར་དུ་ཆུ་འབྲས་ཞིང་བརྒྱུད་དགོས། གློག་བརྙན་ལ་བལྟས་ཚར་རྗེས། ཕྱིར་ཡུལ་ལ་ལོག་ཆེད་ང་ཚོ་སླར་ཡང་ཆུ་འབྲས་ཞིང་དེར་བརྒྱུད་དགོས། མཚན་མོར་ཆུ་འབྲས་ཞིང་གི་ཞིང་ཚིགས་བརྒྱུད་ནས་འགྲོ་རྒྱུ་ནི་ལས་སླ་མོ་ཞིག་མིན་ཏེ། བྱིས་པའི་རྩལ་དགོས། གལ་ཏེ་ཁྱོད་ནི་རྐང་རྗེན་ལ་ལག་ཆགས་པ་ཞིག་མིན་ན། གོམ་པ་གང་ཡང་སྤོ་དཀའ།

ས་གཞིའི་ཕན་འབྲས་བེད་སྤྱོད་གང་ལེགས་བྱེད་ཆེད། ཞིང་ཚིགས་ཀྱི་

ཞིང་ལ་ལི་སྨི་བཞི་བཅུ་ཙམ་ལས་མེད། མཚམས་ལ་ལར་ལི་སྨི་ཉི་ཤུ་ཡང་མེད། དུས་མང་ཆེ་ཤོས་སུ་ཞིང་ཚིགས་ནི་བཀྲན་གཤེར་ཆེ་ཞིང་། ཐ་ན་འདམ་མྱུག་ཏུ་གྱུར་འདུག དེ་བས་ཤིན་ཏུ་འདྲེད་སོད། འོན་ཀྱང་ང་ཚོའི་མཛུབ་མོ་བཅུ་པོའང་རང་གར་བ་ཞིག་མིན། དེ་ཚོར་ཤེད་འཛོམས་པས། མཛུབ་མོ་ས་ནང་དུ་བཙན་པོར་ཟུག་ཐུབ། ང་རང“གྲོང་ཁྱེར་པ”ཞིག་ཏུ་གྱུར་དུས། མི་ཚང་མ་ངའི་ལུས་པོའི་དོ་མཉམ་ནུས་པ་དང་སྟབས་བསྟུན་ཆུ་ཚད་ལ་ཏ་ལས་པར་གྱུར། འདི་ནི་ཅང་མིན་ཏེ། ང་ཚོས་ད་དུང་ཆར་བ་འབབ་པའི་ཉིན་མོར་ཞིང་ཚིགས་སུ་སོང་ནས་རྩལ་འགྲན་བྱས་སྐྱོང་། གཞི་རིམ་ནས་ནར་སོན་པའི་བྱིས་པ་སུ་ཞིག་སྲོག་ཆགས་ལྟ་བུ་ཞིག་མིན། སྲོག་ཆགས། ཤེས་སམ། སྲོག་ཆགས་རེད།

འབྲས་ཞིང་འཇམ་ཐིང་ངེར་ཡོད། ཟླ་འོད་མེད་པའི་མཚན་མོར། ནམ་མཁར་སྐར་མས་ཁྲ་ཆིལ་ལེར་བྱེད། འདིར་ངས་བཤད་པའི“འབྲས་ཞིང་འཇམ་ཐིང་ངེར་ཡོད”ཅེས་པ་ནི་མཐོང་ཚོར་ཐད་ཀྱི་བཤད་སྟངས་ཤིག་ཡིན། དོན་དངོས་སུ། འབྲས་ཞིང་འཇམ་ཐིང་ངེར་ཞིག་གཏན་ནས་མིན། དེའི་གནས་ཚུལ་དངོས་ནི་ཧྲུ་ཁི་སིའི་བརྩམས་དཔེ་གྲགས་ཅན《འདུ་འཛི་དང་ཐེང་སྟོང་》ཞེས་པ་དང་འདྲ། སུ་ཞིག་འདུ་འཛི་ཡིན་པ་དང་། སུ་ཞིག་གིས་ཐེང་སྟོང་བྱེད། དེ་ནི་སྤྲུལ་བའོ། །

ཚང་མས་ཤེས་གསལ་ལྟར། ཞིན་ཆེ་ཅིས“ཆུ་འབྲས་ཞིང་དུ་ལོ་ལེགས་སྨིན། །སྤྲུལ་བའི་ངུར་སྐྲས་རྣ་བ་འགད། །”ཅེས་པ་དེར་ང་རང་ཧ་ཅང་དགའ། སྙན་ངག་པ་ཞིག་ཡིན་པའི་ཆ་ནས། ཞིན་ཆེ་ཅི་ཡིས་ཚོད་འཛིན་བྱས་ཡོད་དེ། “ནམ་མཁར་སྤྲིན་པ་ལིང་ལོང་འཁྲུགས། །སྐར་མ་རེ་འགས་

མིག་རྗེབ་བྱེད།། རི་བོའི་ཕག་ཏུ་ཆར་སིམ་འབབ།།” མཇུབ་མོ་གུག་ནས་རྩེད་འཛོ་ལ་རོལ་བ་སྟེ། ཇི་འདྲའི་བག་གཡེང་བ་ལ་ཨང་། ཡིན་ནའང་ཚུ་འབྲས་མེ་ཏོག་གི་དྲི་བསུང་ལ་སྨོམ་བཞིན། ལོ་ལེགས་གླིང་པ་ནང་ཚོའི་སྙན་ངག་པ་ཚད་ལས་བརྒལ་ཡོད། སྤྲལ་བའི་ངུར་སྨྲ་ཕྱོགས་བཞིན་ཁྱབ། དེ་དག་ནི་དབྱར་ཁའི་མཚན་མོའི་དུ་ཞགས་སྟེ། དཀར་ནག་འདྲེས་མའི་དུ་ཞགས་ཡིན་ལ། མཛེས་ཤིང་གསང་བ་མེད་པ་དང་། གནམ་ས་ཁེབས་པ་ཞིག་གོ།

སྙན་ངག་ཤིན་ཏུ་མཛེས། གལ་སྲིད་ངས་འབྲི་རྒྱུ་ནའང་ངས་ཀྱང་སྤྲལ་བའི་ངུར་སྐད་དང་ཚུ་འབྲས་མེ་ཏོག་གཉིས་མཉམ་དུ་འབྲི་སྲིད། དེ་དག་ནི་ཐོར་འཐོར་ཅན་ཡིན་པས། སྙན་ཚིག་གི་“སྦྲག་སྦྱོར”ལ་ཕན་མེད། འོན་ཀྱང་རྒྱུན་ཤེས་ཀྱི་མདུན་དུ། ངས་མཇུག་མཐའི་དཔེན་འཛུགས་དེར་ཁག་ཐེག་བྱེད་དགོས་ཏེ། ཆེས་ཝུར་ཟིང་གི་སྤྲལ་བའི་ངུར་སྐད་ནི་ཚུ་འབྲས་མེ་ཏོག་བཞད་པའི་དུས་མིན་པར། དེ་ལས་ཀྱང་ཤིན་ཏུ་སྡ། “ཚུ་འབྲས་མེ་ཏོག”གི“དྲི་བསུང”ཕྱོགས་བཞིར་ཁྱབ་འདུག་པས། སྤྲལ་བ་ཡང་སྤྲལ་ཕྲུག་ཅིག་མིན་ཏེ། སྤྲལ་རྒན་དག་གིས་ངུར་སྨྲ་སྒྲོག་པ་བཞིན་ནོ།།

སྤྲལ་བའི་ངུར་སྨྲ་ཆེས་ངར་བ་ནི་སྐྱེ་མ་མ་བཏང་གོང་གི་དུས་ཡིན་ལ། འཇིགས་སུ་རུང་བ་ཞིག་གོ། སྐྱེ་བ་ཧྲིལ་པོ་སྤྲལ་བའི་ངུར་སྒྲས་ཁྱབ་པ་དང་། ཉན་ཚོད་ཀྱིས་ཐག་རིང་མོད། འོན་ཀྱང་དོན་དངོས་སུ་ཐག་ཤིན་ཏུ་ཉེ། ཁྱོད་ཀྱིས་སྤྲལ་བ་ནམ་མཁའི་མཐའ་རུ་ཡོད་ཅེས་བཤད་ཆོག་ལ། ཁྱོད་ཀྱི་སྡས་མགོ་ན་ཡོད་ཅེས་བཤད་ཀྱང་ཆོག ངས་ད་རག་བར་དུ་ཤུགས་ལྡན་གྱི་སྤྲལ་བའི་ངུར་སྨྲ་ཞིབ་བརྗོད་བྱེད་པའི་ཚིག་ཅིག་བཙལ་འདོད་པས།

བསམ་བློ་མང་པོ་བཏང་ཡང་མ་རྙེད། དེ་བས་ཞིན་ཆེ་ཅི་ལ་ཡི་རང་མི་བྱེད་ག་མེད་རེད། ཕོ་ལ་བསམ་པའི་བཀོད་ཤུགས་ཡོད་དེ། ཕོས་སྤྲལ་བའི་དུར་སྒྲ་དེ་རྣ་བ་འགད་པ་ལྟ་བུ་ཞིག་ཏུ་དཔེར་བཞག་པ་རེད། རེད་ཡ། དུར་སྒྲ་ཡིས་མཚན་མོ་འགགས་པར་བྱེད་ཅིང་། སྤུབས་ཀ་སྤུ་ཙམ་ཡང་མི་འཛོག

ཡིན་ནའང་། མཐོང་ཆོར་གྱི་ཐད་ནས་བཤད་ན། འབྲས་ཞིང་སྟེར་བཞིན་ལྷང་འཛགས་ཡིན། དབྱར་ཁའི་མཚན་མོར་བསིལ་རླུང་མེད་ཅིང་། ཆུ་ངོས་སུའང་རླབས་ཕྲེང་ཕྲན་ཙམ་ཡང་མེད། སྐར་མདའ་ལྷུང་བྱུང་ལ་འབྲས་ཞིང་གི་ནང་དུ་གྲིབ་བརྙན་རིང་མོ་ཞིག་བཞག་ཡོད་པ་དེ་ནི། འབྲས་ཞིང་གི་འགྱུལ་རྣམ་ཉག་ཅིག་ཡིན།

ལྷང་འཛགས་ནི་ལྟར་སྣང་ཞིག་ཡིན། འབྲས་ཞིང་གི་འཁྲབ་མཁན་ཨང་དང་པོ་ནི་སྤྲལ་བ་ཡིན་ལ། དེར་འགལ་བ་ཅི་ཡང་མེད། ཨང་གཉིས་པ་ནི་སྦྲུལ་ཡིན་དགོས། འདི་ནི་རང་བྱུང་ཁམས་ཆེན་པོའི་བཅོས་མེད་སྒྲིག་སྲོལ་ཞིག་ཡིན་ཏེ། ཤ་གང་དུ་ཡོད་ན། ཤ་བཟའ་མཁན་དེ་ན་ཡོད་པོ་ཐག་ཡིན་ནོ།། རང་བྱུང་ཁམས་ཆེན་པོའི་བཅོས་མེད་སྒྲིག་སྲོལ་ནི་འདི་ལྟ་སྟེ། ཀྲོའུ་ཡུས་འཇིག་རྟེན་འདི་ན་ཡོད་བཞིན་དུ། ཀྲུའུ་གི་ལིང་ཞེས་གཞན་ཞིག་དགོས་དོན་ཅི། "སྤྲལ་བ་སྲོག་འཛོམ་སྦྲུལ་ལྟོ་འཚོལ། " འདི་ནི་ངའི་ཕ་ཡུལ་གྱི་གཏམ་དཔེ་ཞིག་ཡིན། སྤྲལ་བ་སྲོག་ལ་འཛོམ་དགོས་པ་འགྲིག་ཅིང་། སྦྲུལ་གྱིས་ལྟོ་རྒྱུགས་འཚོལ་དགོས་པའང་ནོར་མེད། འདི་ནི་ཆུ་འབྲས་ཞིང་ནང་གི་ཁྲག་དྲི་བྲོ་ཞིང་རང་བྱུང་གི་གནས་སྟངས་ཤིག་རེད།

"སྤྲལ་བའི་དུར་སྒྲས་རྣ་བ་འགད"ཅེས་པ་ལས་སྤྲལ་བའི་ཁ་གྲངས་ཤུགས་སུ་བསྟན་ཡོད་མོད། འོན་ཀྱང་སྐྱེས་དངོས་རིགས་ནི་འདི་ལྟར་ཡིན་

ཏེ། ཁྱོད་རང་ཚོད་བརྒལ་འཛོམ་མེད་ཅིག་ཡོང་དུ་མི་འཇུག རང་བྱུང་ཁམས་ཆེན་པོ་ནི་ཀུན་གྱིས་ཡིན་པས་ཁྱོད་གཅིག་པུ་ལ་མི་དབང་། སྤྲུལ་བའི་ཁ་གྲངས་ཀྱི་རྗེས་སུ་ནི་སྤྲུལ་གྱི་ཁ་གྲངས་ཡིན་ཞིང་། དེ་ནི་གྲང་རྒྱུན་གྱི་རྒྱུ་འགྲུལ་ཞིག་ཡིན།

གལ་ཏེ་ཁྱོད་རང་སེམས་ཞིབ་མོ་དང་བཟོད་སེམས་ཅན་ཞིག་ཡིན་ན། ཁྱོད་ཀྱིས་ཆུ་འབྲས་ཞིང་གི་ཆུ་ངོས་སུ་མི་གཅིག་པ་ཁ་ཤས་མཐོང་ཐུབ། དེ་ནི་སྤྲུལ་གྱི་མགོ་ཡིན། ང་ཚོས《སྲོག་ཆགས་ཀྱི་འཇིག་རྟེན》ཞེས་པའི་ནང་དུ། སྤྲུལ་གྱི་ལུས་ནི་མཉེན་ཞིང་རུས་པའི་ཕོག་ཏུ་སྲ་མཁྲེགས་ཀྱི་འཕྲོ་གནོང་ཆས་ཡོད་པ་དང་། དེས་འཕྲོ་གནོང་བྱེད་པ་ནི་ཁ་ཡིན་པ་ཤེས་ཟིན། དེའི་ཁ་ནི་ཏུ་ཙ130ཙ་གདང་ཐུབ། གསལ་པོར་བཤད་ན། ཁ་གདངས་ཙ་ན། ཡ་མགལ་དང་མ་མགལ་གཉིས་ཕལ་ཆེར་མཉམ་འགྲོ་རུ་འགྱུབ་ཐུབ། 10, 9,8,7,6,5,4,3,2,1 ཁྱོད་ཀྱིས་ད་དུང་སྦྲུལ་བ་མ་རིག་གོང་ལ་སྦྲུལ་བའི་ལུས་པོ་མི་མཐོང་བར་འགྱུར་ཞིང་། ཁྱོད་ཀྱིས་མཐོང་བ་ནི་སྦྲུལ་བའི་ལྟ་ན་སྡུག་པའི་སུག་པ་གཉིས་ལས་མེད། སུག་པ་གཉིས་སྤྲུལ་གྱི་ཁ་ནང་ནས་དྲང་མོར་བསྲིང་ཡོད་ལ་མཇུབ་མོ་ཡང་ཐེར་བཀྲམ་འདུག སྤྲུལ་གྱི་མིག་ལས་འཛུམ་མདངས་ཤར་བ་དང་། ཡིད་ཚིམ་པའི་ངང་ཚུལ་མངོན་ཡོང་།

ངས་བཤད་འདོད་པ་ནི། ཟ་ཚུལ་ཡོད་ཚད་ལས་བ་སླང་གི་ཟ་ཚུལ་ཆེས་ཚུལ་མཐུན་ཡིན། མཆུ་གཉིས་ཟུམ་ཞིང་མ་མགལ་དལ་གྱིས་འགུལ་ནས། གཏན་འཇགས་ཀྱི་ལྷོད་འགྲོས་ཡོད་པ་སྟེ། ལྟག་རྒྱབ་ཏུ་ཁྱིམ་ཚང་གི་རོལ་མོ་ཚོགས་པ་ཆུང་ངུ་ཞིག་ཡོད་པ་དང་འདྲ་ལ། བཞི་སྦྲེངས་དཀྱིལ་བ་དང་ཀུན་ནས་མཚུངས། ཟས་ཚར་རྗེས་བ་སླང་གིས་སྐྱུགས་བལྡད་བྱེད་པ་

ལས་སྣག་ཐུད་མི་བྱེད། ཟ་ཚུལ་ཕོ་ནའི་ཐད་ནས་བཤད་ན། ཁྱོད་ཀྱིས་བ་གླང་དཔོན་ཚང་གི་གསོལ་སྟོན་དུ་ཞུགས་ནས། ཕྱུགས་བཞིའི་རྗེན་འབྲུལ་ཟ་བཞིན་ཡོད་པར་འདོད་སྲིད། དོན་དམ་དུ་རྩྭ་བཟའ་བ་རེད།

སྦྲུལ་གྱི་ཟ་ཚུལ་ཆེས་གདུག་རྩུབ་ཡིན། ཁ་ནང་དུ་འཛུག་པའི་རྣམ་པ་དེ་ཤིན་ཏུ་འཇིགས་སུ་རུང་བ་ཞིག་ཡིན་ལ། དེ་བས་ཀྱང་འཇིགས་སུ་རུང་བ་ནི་རྗེས་སུ་ཡོད་དེ། ཁྱུར་མིད་ཡིན། སྦྲུལ་གྱི་ཁྱུར་མིད་ནི་སྟོབས་ཤུགས་རྩལ་སྤྲུགས་ཤིག་ཡིན་ལ། དམིགས་ཡུལ་མ་སླེབ་བར་མཚམས་མི་འཇོག་པའི་བཟོ་ལྟ་མངོན། དེས་ལུས་ཡོངས་ཀྱི་ཤ་གནད་སྐྱུལ་སྤེལ་བྱེད་ཐུབ། དེ་ནི་ཇི་འདྲའི་ཧམ་པ་ཆེ་བ་ལ། "མི་སེམས་མ་བཀང་སྣང་ཆེན་མིད"ཅེས་པའི་དཔེ་ལྟར་རོ།། རེད་ཡ། སྦྲུལ་གྱིས་རང་ལས་ལྟབ་དུ་མས་ཆེ་བའི་དངོས་པོ་ཟས་ནས་ཅི་ཡང་མི་ལྷག འདི་ཡང་ཡ་མཚན་ཞིག་ཡིན། འཇིག་རྟེན་འདིའི་ཁྲག་དྲི་ཐྲོ་བ་གསལ་བཤད་བྱེད་ཐུབ་པའི་སྐད་ཆ་གཉིས་ཡོད་དེ། "ཤ་ཟོས་ཀྱང་རུས་པ་མི་སྐྱུག"དང"མི་བསད་ཀྱང་ཁྲག་དམར་མི་མཐོང"ཞེས་པའོ།། སྦྲུལ་ལ་སྐད་ཆ་འདི་གཉིས་ཀ་འཛོམས་པ་རེད།

ཡིན་ནའང་གཞི་རིམ་གྱི་བྱིས་པ་ཚོ་སྦྲུལ་ལ་མི་སྐྲག སྐབས་འགར་དངུང་སྦྲུལ་ལག་ནས་བསྣར་ཏེ་རྩེད་ཐུབ། གཞི་རིམ་པ་ལ་བཤད་ཚུལ་ཞིག་ཡོད་དེ། སྦྲུལ་ལག་ནས་བསྣར་ཏེ་དལ་གྱིས་སྤྲུགས་ན། ཁྱོད་ཀྱིས་དེའི་རུས་པ་ཐོར་དུ་འཇུག་ཐུབ་ཟེར། དོན་དངོས་སུ། སྤྱོད་ལམ་དེ་ལ་དོན་སྙིང་ཅི་ཡང་མེད། ཁྱོད་ཀྱིས་ཡུན་རིང་ག་འདྲ་ཞིག་ལ་སྤྲུགས་རུང་། སར་བཞག་པ་ན་འདར་སིག་ཅིག་བརྒྱབ་ནས་གོག་འགྲོ་བྱས་ཏེ་བུད་འགྲོ་བ་རེད།

གཞི་རིམ་གྱི་བྱིས་པ་ཡིན་ན་སྦྲུལ་ལ་སྐྲག་མི་འོས་ཏེ། འབྲས་ཞིང་གི

ནང་དུ་གང་ས་གང་དུ་སྤྲུལ་ཡོད། ཁྱོད་རང་སྤྲུལ་ལ་སྐྲག་པས་ན། ཞིང་ལས་ཇི་ལྟར་སྒྲུབ། ཡིན་ནའང་། སྐད་ཆ་དེ་ལྟར་བཤད་ན་མི་འཚམ་སྟེ། ང་རང་ཡང་སྤྲུལ་ལ་ཐེངས་གཅིག་སྐྲག་མྱོང་། ལོ་ཞིག་གི་དབྱར་ཁའི་ས་སྲོས་སུ། ང་རང་ཆུ་སྐམ་ཡོད་པའི་ཆུ་ཁ་ཞིག་གི་འགྲམ་དུ་ཐོན། མི་ལ་ལས་དེ་རུ་སྤྲུལ་གྱིས་ཚོགས་འདུ་འཚོགས་ཡོད་ཟེར། ཡང་མི་ལ་ལས་དེ་རུ་སྤྲུལ་གྱིས་ཡུལ་སྐོར་བྱེད་བཞིན་ཡོད་ཟེར། ངས་ད་ལྟའི་བར་དུ་ད་དུང་དོན་དག་དེ་འདྲ་ཞིག་འབྱུང་སྲིད་པའི་རྒྱུ་མཚན་མ་རྟོགས། སྤྲུལ་བགྲང་གིས་མི་ལང་བ་ཞིག་ཡོད་དེ། ཚང་མ་སྟུག་གིས་ཁེངས་ཤིང་མཚམས་མི་ཆད་པར་འགྲེ་ལོག་རྒྱག་པ་དང་། འཚང་ཁ་བྱེད་ལ་འབྱར་བག་བག་དང་ཞུར་ཟིང་ཟིང་ཞིག་ཡིན། ཁོ་ཚོ་ཕུང་པོ་གཅིག་ཏུ་དཀྲིས་འདུག་པས། ད་ལྟ་ཕྱིར་དྲན་བྱས་ནའང་མགོ་གཟེར་བ་ཞིག་ཡིན།

ཡིན་ནའང་། སྔོན་ཁར་སླེབ་ཚེ། ཆུ་འབྲས་འབྲེག་དགོས་པས། སྦྲུལ་བ་ཡོད་ཚད་མཉམ་དུ་གར་སོང་ཆ་མེད་དུ་གྱུར་ཞིང་། སྤྲུལ་ཡོད་ཚད་ཀྱང་མཉམ་དུ་གར་སོང་ཆ་མེད་ཡིན། ཁོ་ཚོ་གང་དུ་ཕྱིན་པ་ཡིན་ནམ། ངས “དཀའ་ཉལ”ཞེས་པའི་ཚོ་མེད་ཀྱི་བཤད་ཚུལ་དེ་ཁས་ལེན་མི་འདོད། ངས་དེ་ནི་ཆུ་འབྲས་ཞིང་ནང་གི་ལོ་རེའི་གསང་བ་ཞིག་ཡིན་པར་ཡིད་ཆེས་བྱེད། གསང་བ་དེར་སྒྲོ་སྣང་ཡོད་ཚོག་ལ་མེད་ཀྱང་ཚོག སྔོན་མཐུག་ཏུ་དེ་དག་གསང་བའི་གབ་བྱེད་ཀྱི་ཚིག་ཏུ་འགྱུར་ཞིང་། ཕྱི་ལོའི་དཔྱིད་ཀར། དེ་དག་གསང་བའི་གབ་བྱའི་དོན་དུ་འགྱུར་བ་ཡིན།

ཆུ་འབྲས་ཞིང་གླེང་ཟིན་པས་ན། དངོས་པོ་ཞིག་ཡོད་པ་མ་བཤད་ན་མི་ཚོག་སྟེ། དེ་ནི་སྦྲུལ་ཉ་ཡིན། ཆུ་འབྲས་ཞིང་གི་ནང་དུ་བགྲང་གིས་མི

ལང་པའི་སྤྲལ་བ་དང་སྤྲུལ་ཡོད་ལ། བགྲང་གིས་མི་ལང་པའི་སྤྲུལ་ཉ་ཡང་ཡོད། སྟོན་བསྟུ་བྱས་རྗེས། ས་གཞི་ད་དུང་འདམ་རྫབ་ཡིན་ཞིང་། བྱིས་པ་ཚོས་ཁྲིམ་བུ་བཟུང་ནས་སྐྱ་ཐོ་ཐོའི་འབྲས་ཞིང་དུ་ཡོང་བ་རེད། ཁོ་ཚོས་འཚོལ་བཞིན་པ་ནི་འབྲས་ཞིང་ནང་གི་རྡོང་ཁ་ཡིན་ཏེ། རྡོང་ཙོའི་ཆེ་ཆུང་ཙམ་ལས་མེད། རྡོང་གཅིག་རྐྱེད་པས་ན་སྤྲུལ་ཉ་གཅིག་བཟུང་ཐུབ་པ་དང་འདྲ་ལ། སྤྲུལ་གཅིག་ཡིན་ཡང་སྲིད། འདི་ནི་ལས་སླལ་ལ་རག་ལས་ཡོད། སྤྲུལ་ཉ་འཛིན་རྒྱུ་དེ་ལས་སླ་མོ་མིན་ཏེ། སྤྲུལ་ཉ་ནི་སྟོང་པོ་ལྟར་འདམ་རྫབ་ཀྱི་ནང་དུ་འཁྲིང་ཡོད་པ་ཞིག་མིན་པས་སོ།། སྤྲུལ་ཉ་ཡི་རྡོང་ནི་ཀྱག་ཀྱོག་ཅིག་ཡིན་པས། གལ་ཏེ་ཁྱོད་རང་བབ་བརླིང་ཞིག་མིན་པར་རྐང་འཚུབ་ལག་འཚུབ་བྱས་ན། རྡོང་ཁའི་ཀྱོག་ལམ་ཁྱོད་རང་ཉིད་ཀྱིས་གཙོད་སྲིད། རྡོང་ཁ་བཅད་ཚེ་སྤྲུལ་ཉ་དེ་འཛུལ་ནས་སའི་གོ་ལའི་སྟེ་གཞན་ཞིག་ཏུ་ཐོན་ནས། "ཨ་མེ་རུ་ཁ"རུ་སླེབ་སྲིད།

ཨ་མྱེས་གསོན་ཡོད་དུས། ཁོས་ལོ་རེའི་སྟོན་བསྟུ་བྱས་རྗེས་ལོག་རྒྱག་ཏུ་འགྲོ་དགོས། སྟོན་མཇུག་ཏུ་ལོག་བརྒྱབ་ན་ཐོབ་བྱ་ཞིག་ཡོད་ངེས་ཏེ། སྤྲུལ་ཉ་ཡིན། རྨོ་མོ་ནི་ཐོག་མཐའ་ཀུན་ཏུ་ཕྱུགས་རིས་ཆེ། སྤྲུལ་ཉ་གཅིག་མ་གཏོགས་མེད་ཚེ་སྤྲུལ་ཉ་དེ་ངའི་ཁ་བསོད་ཡིན། དགོང་ཇ་བསྐོལ་ཟིན་པ་དང་། ཐབ་ཚང་གི་མེ་ལྕེ་དམར་ལམ་ལམ་བྱེད། རྨོ་མོས་སྤྲུལ་ཉ་དེ་བཀྲུ་ཡང་མི་བཀྲུ་བར་ཐབ་ཁོག་ཏུ་འཕངས་པ་རེད། ཁང་པ་གང་པོར་དྲི་ཞིམ་འཐུལ་ཞིང་། ང་མ་ཞིམ་པོ་ཞིག་སྟེ། ཁྲལ་མེད་རྫེར་སོན་གྱི་དྲི་ཞིམ་ཞིག་ཁྱབ་པ་རེད། ཙུང་མ་འགོར་བར་རྨོ་མོས་མེ་སྐྱོགས་ཀྱིས་སྤྲུལ་ཉ་བཙོར་ལེན་བྱེད། སྐབས་དེའི་སྤྲུལ་ཉ་ཡི་ཁ་གདངས་པ་དང་ལུས་པོ་འཁྱིལ་ནས་ཡོད་དེ།

སྦྲང་སྒྱིས་ཞིག་དང་འདྲ། ངས“སྦྲང་སྒྱིས”དེ་བཟུང་ནས་སྣོ་ཐེམ་ཐོག་ཐེངས་འགར་རྡེབ་རྡེས། ལག་པས་གཤགས་པ་ཡིན་ལ། ཚ་ལམ་ལམ་བྱེད། མཇུག་མཐར་ཉ་མགོ་དང་སྦྲུལ་ཉ་ཡི་རུས་སྒྲོམ་རིང་པོ། ནང་ཁྲོལ་བཅས་ཚང་མ་སར་ལྷུང་ཡོང་བས། ཞི་ལའི་གསོལ་སྟོན་གྱི་མགོ་བརྩམས་སོང་བ་རེད། ཞི་ལའི་བཟའ་ཚུལ་ཡང་མི་ཡག་སྟེ། དེས་ནམ་ཡིན་ཡང་བཟའ་ཆས་ཁ་ནས་བསྣར་ཏེ་རིམ་མར་བྲོས་འགྲོ་ལ། བདེ་འཇགས་ཡིན་ས་ཞིག་ཏུ་སླེབ་རྗེས་ད་གཟོད་བཟའ་མགོ་རྩོམ་པ་རེད། མངོན་སུམ་གྱི་ཀླུང་ཞི་ཀླབས་འཇགས་ཤིག་ཡིན་མོད། ད་དུང་གནས་ཚུལ་ཚབས་ཆེན་བྱུང་བ་ལྟར་བྱེད། དེ་ནི་ཡག་ཤོས་ཤིག་མིན། རེད་ཡ། སྦྲུལ་ཉ་མགོ་ཡི་གཞོགས་གཉིས་སུ་འཁྲམ་ཤ་ཆུང་ཆུང་རེ་ཡོད། དེ་བཀོག་ནས་ཟ་རྒྱུ་བརྗེད་མི་རུང་།

མཇུག་མཐར། ངས་རང་གི་སེམས་ཁམས་སྐྱོམས་སྒྲིག་ཅིག་བྱེད་དགོས་པ་དང་། གཟབ་ནན་གྱིས་དངོས་པོ་ཞིག་འོས་སྦྱོར་བྱེད་དེ། ཀླུང་འཁོར་ཡིན། འབྲས་ཞིང་དང་ཀླུང་འཁོར་གྱི་འབྲེལ་བ་ནི་མིག་དང་རྫི་མའི་འབྲེལ་བ་ལྟ་བུ་ཡིན་ལ། རྫི་མ་མེད་ཚེ་མིག་ཀྱང་གང་ཡིན་འདི་ཡིན་མེད་པ་ཞིག་ཏུ་འགྱུར།

ཞིང་ལས་དཔལ་ཡོན་གྱི་དུས་རིམ་དུ་ཆེས་ཀླབས་ཆེ་བའི་གསར་བཏོད་ནི་ཅི་ཡིན་ཞེ་ན། ཀླུང་འཁོར་ཡིན་ཏེ། འདི་ནི་ངས་བདམས་པ་ཞིག་ཡིན། “ཀླུང་གི་ནུས་ཁུངས”ནི་ཧེ་འདྲའི་རྩེར་སོན་དང་ཧེ་འདྲའི་དེང་རབས་ཅན་གྱི་བརྗོད་བྱ་ཞིག་རེད་མོད། འོན་ཀྱང་། དེ་ནི་གནའ་རབས་ཤིག་ཡིན་ལ་ཐ་ན་གདོད་མ་ཞིག་ཀྱང་ཡིན། སོ་འཁོར་ཐོག་མ་ནི་སུ་ཞིག་གིས་བཟོས་པ་ངས་མི་ཤེས། ཁོ་ནི་མིང་མེད་པའི་ཉིའུ་ཏུན་དང་མིང་མེད་པའི་ཨན་སི་

ཐན། མིང་མེད་པའི་ཨེ་ཧྲི་ཧྲིང་དང་ཡང་ན་མིང་མེད་པའི་ཧོ་ཅིན་ཡིན་སྲིད། ཕོས་ཆེས་དཀའ་གནད་ཅན་གྱི་གནད་དོན་ཏེ། ནུས་ཚད་ཀྱི་ཕབ་བཟི་དང་ནུས་ཚད་ཀྱི་སྐྱེལ་འདྲེན་ཐག་བཅད་པ་རེད།

རླུང་འཁོར་ལ་ལྷ་ཞིབ་བྱས་དང་། རླུང་དེ་གཡོར་མོའི་ཐོག་ནས་སྐོར་མཐའི་འགྱུལ་སྐྱོད་བྱེད་པ་དང་། སོ་འཁོར་བརྒྱུད་དེ་འཁོར་མདའ་ཡི་རང་ཉིད་སློག་འཁོར་དུ་བསྒྱུར་བ་རེད། དེ་ནས་སླར་ཡང་སོ་འཁོར་བརྒྱུད་དེ་ཤུར་གཞོང་གི་ཆུ་སློམས་འགྱུལ་སྐྱོད་དུ་བསྒྱུར། སོ་འཁོར་དེ་གཉིས་ཡོད་པའི་རྐྱེན་གྱིས“ཆུ་དམའ་སར་བཞུར་བ”དེ་བཅོས་མེད་ སྲིག་སྲོལ་ཞིག་མིན་པར་བཟོས་ཤིང་། ཆུ་པོའང་མེན་ཉ་ལྟར་དཀར་ལམ་ལམ་གྱིས་འབྲས་ཞིང་དུ་བཞུར་བ་རེད། ཐ་རླབས་ཀྱིས་གསར་གཏོད་བྱེད་མ་ནུས་པའི་ངོ་མཚར་ཞིག མིའི་རིགས་ཀྱིས་བསམ་པའི་བཀོད་ཤུགས་ལ་བརྟེན་ནས་གསར་གཏོད་བྱས་པ་རེད།

ང་རང་སོ་འཁོར་ལ་དགའ། ལོ་དུ་མའི་ཡར་སྔོན་ལ་ངས་ཞང་ཀང་གི་གནམ་གྲུ་ཐང་ནས། ཐེངས་དང་པོར་ཕྱི་ནང་གསལ་བའི་དུས་ཚོད་འཁོར་ལོ་མཐོང་བ་ཡིན། ང་དེའི་མདུན་དུ་ལངས་ཏེ་ གླེན་པ་ཞིག་ལྟར་གྱུར་ནས་བལྟས་པས། གནམ་གྲུའི་དུས་ཚོད་ཀྱང་གཟུར་ལ་བྱས། དུས་ཚོད་འཁོར་ལོ་ཟེར་བ་ནི། དོན་དངོས་སུ་སོ་འཁོར་རེད། ཕྱི་ནང་གསལ་བའི་སོ་འཁོར་གྲངས་མེད་པ་ཞིག་དུས་ཚོད་འཁོར་ལོའི་ནང་དུ་འཁོར་བཞིན་ཡོད་དེ། ཆེ་ཆུང་མི་མཚུངས་པའི་ཉི་མ་རེ་རེ་དང་འདྲ། མ་རིག་ན་མི་ཤེས་ཏེ། འཛིག་རྟེན་ངོ་མ་ཡ་མཚར་ཆེ། དུས་ཡུན་ཞིག་ལ་ངས་རང་ཉིད་འཛིགས་སྣང་དུ་སྐྱེལ་བ་སྟེ། རང་གིས་འཛིག་རྟེན་གྱི་གསང་བར་སྐྱོག་ཉན་བྱེད་མི་འོས་སྙམ་

བྱུང་།

ང་རང་ཞང་ཀང་གི་གནམ་གྲུ་ཐང་ནས་མགོ་འཐོམས་སོང་། ངས་ཡུལ་ལྗོངས་མཐོང་སོང་ལ་དེ་ནི་ངའི་ཕ་ཡུལ་གྱི་འབྲས་ཞིང་རེད། ཞིང་ཚིགས་སུ་བཀྲང་གིས་མི་ལང་པའི་སོ་འཁོར་ཡོད། གྱེན་དུ་ཡོད་ལ་འཕྱེད་དུ་ཡོད་པ་དང་། གསེག་ནས་ཀྱང་ཡོད་པའི་སོ་འཁོར་རྣམས་སྐྱུར་མོར་འཁོར་བཞིན་འདུག དེ་དག་འཁོར་བའི་དམིགས་ཡུལ་ལ་གཅིག་ལས་མེད་དེ། མགྱོགས་སྐྱུར་དུ་འཁོར་ནས་དུས་ཚོད་བརྟན་ལེན་བྱས་ཏེ། གཤམ་གྱི་མི་དེ་ལ་སྤྲོད་འདོད་པ་རེད།

དུས་ཚོད་འཁོར་ལོ་གསར་བཏོད་པ་དེ་རླུང་འཁོར་གྱི་འོག་ནས་དུས་ཡུན་རིང་པོ་ཞིག་ལ་བསམ་བློ་བཏང་ཡོད་པར་ང་རང་ཡིད་ཆེས་ཡོད། ཁོས་སོ་འཁོར་རེ་རེའི་བར་དུ་ཁྱད་མཚར་གྱིས་ནུས་ཚད་བརྗེ་རེས་བྱེད་པ་མཐོང་བས། ཁོས་དུས་ཚོད་དེ་འཕྲུལ་ཆས་ལྷུ་ལག་གི་ཐོག་ཏུ་གཏན་ལ་ཕབ་པ་རེད། སྐར་ཆའི་མདའ་ཡིས་སྐར་མའི་མདའ་སྐུལ་བ་དང་། སྐར་མའི་མདའ་ཡིས་དུས་ཚོད་ཀྱི་མདའ་སྐུལ་བ་ཡིན། ང་ཚོས“སྐར་ཆ”ཟེར་བའི་དུས་ཡུན་དེ་བརྗེད་མི་རུང་ལ། དེ་ནི་རྩ་བ་ནས་མེད་པའི་དངོས་པོ་ཞིག་ཡིན་ཞིང་། ཆ་འཛོག་བྱས་པ་ཞིག་སྟེ། དངོས་འབྲེལ་གྱི་ཇུན་གཏམ་ཞིག་གོ། སྐད་ཅིག་མའི་ཐག་སྲ་དང་འགྲོགས་ཏེ། དུས་ཚོད་ཅེས་ཆེས་རྟོགས་དཀའ་བ་དང་ཆེས་སྟོང་ཉིད་ཀྱི་ཚིག་ཅིག་ང་ཚོའི་ཐོས་ཚོར་དང་མཐོང་ཚོར་དུ་གྱུར་པ་རེད། ཐེངས་དེར་ཇུན་གཏམ་དེ་དངོས་འབྲེལ་དུ་གྱུར་པར་ང་ཚོ་ཚང་མ་ཡིད་ཆེས་སོང་། དེ་ནི་དངོས་འབྲེལ་ཞིག་ཁོ་ན་མིན་པར། སྟོབས་བཅས་བདེན་དོན་གྱི་ཚད་གཞིར་སླེབ་འདུག་པ་མ་ཟད། ང་ཚོ་འགྲོ་བ་མི་

ཡོངས་ཀྱི་གཞི་འཛིན་ས་དང་གཅིག་མཐུན་དུ་གྱུར་པ་རེད། གང་ལྟར་ཀྱང་འདི་ནི་འགྲོ་བ་མིས་འཇིག་རྟེན་ལ་བཞག་པའི་བྱས་རྗེས་ཡིན་ལ། འཇིག་རྟེན་གྱི་ཁྲོད་དུ་འགྲོ་བ་མིས་སྤྱོས་པའི་གོམ་པ་དང་པོ་ཡིན།

ཕྱིར་འབྲས་ཞིང་དུ་ལོག་ཡ། ངའི་བྱིས་པའི་དུས་སུ་དང་ཡང་ན་ན་ཆུང་གི་དུས་སུ། ང་རང་རྟག་ཏུ་རླུང་འཁོར་གྱི་སྟེང་ནས་ལངས་ཤིང་། གདོང་གིས་རླུང་བསེར་བུ་བསུས་ཏེ། ཆུ་འགྲམ་ནས་སོང་ཚེ་གོམ་པ་རེ་རེ་བཞིན་བབས་འདུག དངོས་ཡོད་ནི་ངའི་རིག་སྟོབས་ལས་འདའ་ཞིང་། ང་ནི་སྨུན་འཐོམས་པ་ཞིག་ཡིན་མོད། འོན་ཀྱང་ངའི་ནང་སེམས་དབྱར་མཚོ་རྒྱས་པ་ནང་བཞིན་ཡིན།

རང་འཐག

ང་ཚོ་སྡེ་བའི་རང་འཐག་ཁང་ནི་ཨར་འདམ་ཟམ་པ་ཞིག་གི་འགྲམ་དུ་ཡོད་མོད། འོན་ཀྱང་སྡེ་བའི་མི་ཡིས“ཨར་འདམ་ཟམ་པ”གཏན་ནས་མི་ཟེར་བར། “ཕྱི་ཟམ”ཟེར། བཤད་ཡོང་ན་ངོ་མ་ལྷོ་ཡུལ་ལས་འདས་པ་ཞིག་རེད། ང་རང1964ལོར་སྐྱེས། དུས་ཡུན་རིང་པོ་ཞིག་ལ་འབར་ཞུན་དང་ཁྲའི་སྣུམ། ལྕགས་འཛེར་བཅས་ལ་ཕྱི་མེ་དང་ཕྱི་སྣུམ། ཕྱི་འཛེར་ཟེར། འདི་ནི་རང་སྟེང་ནས་བྱུང་བའི་དོན་ཞིག་ཡིན། ད་འདང་ཞིག་བརྒྱབ་ན་རྨི་ལམ་དང་གཉིས་སུ་མེད།

ལོ་དེར་པ་ལི་ཊུ། ངས་ཨོ་རོབ་གླིང་གི་གྲོགས་པོ་ཞིག་ལ“ང་ནི་ཁྱོད་ཚོ་དང་ཡེ་ནས་མི་འདྲ། རིག་གནས་ཀྱི་ཐད་ནས་བཤད་ན། ཁྱོད་ཚོའི་ལོ་བཞི་བཅུ་ནི་ལོ་ངོ་བཞི་བཅུ་ཡིན་ལ། ང་ཚོའི་ལོ་བཞི་བཅུ་ནི་ཁྱོད་ཚོའི་ལོ་ངོ་བཞི་བཅུ་ལས་ཤིན་ཏུ་རིང”ཞེས་བཤད་མྱོང་། འདི་ལ་ང་རྒྱལ་སྐྱེས་དགོས་དོན་ཅི་ཡང་མེད་མོད། འོན་ཀྱང་ང་ཚོ་མི་རབས་འདིའི་ཀྱང་གོ་པ་ཚོའི་རིག་གནས་ཐད་ཀྱི་ཕུན་སུམ་ཚོགས་པ་ནི་ཨ་རོབ་པ་ཚོས་ བློས་དཔོག་དཀའ་བ་ཞིག་ཡིན།

“ཕྱི་ཟམ”འགྲམ་གྱི་རང་འཐག་དེའི་ལོ་རྒྱུས་ཙུང་རེད། དེའི་རྗེ་ཐེམ་ལ་བལྟས་ཙ་ན་གནད་འདི་ཤེས་ཐུབ། རྗེ་ཐེམ་གྱི་ཕྱི་ངོས་རླུམ་ཞིང་འཇམ་

ལ། དེ་ནི་ཐང་པ་དང་ཐུབ་ཤ་གྲངས་མེད་ཅིག་གི་བྱས་རྗེས་ཡིན་ཏེ། བྱ་བ་ཅི་ཡང་མེད་དུས་ང་ཡང་རྡོ་ཐེམ་དེའི་ཐོག་ཏུ་བསྡད་པ་ཡིན་ལ། བསྡད་ཙ་ན་ཡུན་རིང་ཞིག་འགོར་བ་རེད། ངས་སྲན་སེར་དེ་སྲན་ཐུད་དུ་གྱུར་པ་དང་། ཡང་ན་སྲན་ཐུད་སྲབ་ལེབ་ཏུ་གྲུབ་པ་དངོས་སུ་མཐོང་མྱོང་།

རང་འཐག་ལས་ཉིན་རྒྱུན་དུ་སྲན་ཐུད་འཐག་པ་ཞིག་མིན་ཞིང་། ཉིན་རྒྱུན་དུ་འཐག་ན་སུ་ཡིས་ཉོ་བ་ཡིན་ནམ། ཕྱུག་པོ་ཇི་འདྲ་ཡིན་རུང་ཉིན་རྒྱུན་དུ་སྲན་ཐུད་ག་ལ་ཟ། དེ་ནི་ཐུང་ཐན་མ་ཡིན་ནམ། རང་འཐག་ལས་ཉིན་གཅོད་ལ་སྲན་ཐུད་ཐེངས་གཅིག་འཐག་པ་ཡིན་ཞེ་ན། འདི་ཡང་བཤད་དཀའ་སྟེ། ཉིན་གསུམ་བཞིའི་རིང་ལ་ཐེངས་གཅིག་འཐག་སྲིད་ལ། ཡང་ན་ཉིན་བཅུ་ཤས་ཀྱི་རིང་ལ་ཐེངས་གཅིག་འཐག་ཀྱང་སྲིད། སྤྱིར་བཏང་དུ་བཤད་ན། ཁྱིམ་ནས་དོན་དག་ཆེན་པོ་ཞིག་བསྒྲུབ་དགོས་ཚེ། སྔོན་ལ་རང་འཐག་ཁང་དུ་འགྲོ་དགོས། རང་འཐག་འཐག་མཁན་གྱིས་མིག་བཙུམ་ནས་མཛུབ་རྩིས་ཤིག་བརྒྱབ་སྟེ། སྲན་ཐུད་མངག་ཉོ་བྱེད་མཁན་ཁྱིམ་ཚང་བཞི་ལྔ་ཞིག་ཡོད། མངག་ཉོ་བྱ་བར་འཐད་པ་བྱུང་རྗེས་ལས་མགོ་རྩོམ་པ་རེད།

སྲན་ཐུད་འཐག་ན་ཐོག་མར་སྲན་མ་སྦང་དགོས། སྲན་མ་ཞག་མ་གཅིག་ལ་སྦངས་ནས་སྦས་ཚེ། སྙི་མོར་གྱུར་པ་དང་ལྡིད་ཚད་ཀྱང་སྔར་ལས་ལྷབ་གཅིག་གིས་ཇེ་ལྡིད་དུ་འགྲོ། སྲན་ཐུད་འཐག་པར་བལྟ་བ་ནི་དོན་སྙིང་ལྡན་པའི་བྱ་བ་ཞིག་རེད། འཐག་རྡོ་གོང་འོག་གཉིས་ཡོད་པ་དང་། འཐག་རྡོ་གོང་མའི་ཐོག་ཏུ་ཁུང་བུ་ཞིག་ཡོད། སྲན་སེར་དང་ཆུ་ཚང་མ་ཁུང་བུ་དེ་ལས་ལྷུག་དགོས། འཐག་རྡོ་གོང་མ་འཁོར་བ་ན་དཀར་ལམ་ལམ་གྱི་སྲན་ཁུ

འཐག་རྫོའི་མཐའ་བཞི་ནས་བཞུར་ཡོང་བ་རེད། ང་རང་སློབ་ཆུང་འགྲིམས་དུས། ངས་སྔར་རྩོམ་ཡིག་གི་ནང་དུ“སོ་འཕྲུད་པ་ལྟར”ཞེས་སྨན་ཁུ་ཞིབ་བརྗོད་བྱས་མྱོང་། ང་རང་རྨོམ་ཆེ་མོད་འོན་ཀྱང་དགེ་རྒན་གྱིས་ངོགས་འདྲི་བྱས།

བཏགས་ཟིན་པའི་སྨན་ཁུ་ངེས་པར་འཚག་ཐེངས་གཅིག་བྱེད་དགོས། འཚག་དྲ་ནི་དོན་དམ་པར་རས་ལེབ་ཅིག་ཡིན། རས་གྲུ་བཞི་ཞིག“+”རྣམ་པའི་ཤིང་ཐུར་གཉིས་ཀྱི་ཐོག་ཏུ་བཏགས་ཡོད། འཚག་དྲ་ནི་ཞི་འཇགས་ཤིག་མིན་པར་དེ་གྲུ་གཉིས་ནས་བཟུང་སྟེ་མཚམས་མི་ཆད་པར་གཡུག་དགོས། འཚག་པའི་སྨན་ཁུ་ཇེ་མང་ནས་ཇེ་མང་དུ་སོང་བ་དང་བསྟུན་ནས། འཚག་དྲའི་ཁུག་ཏུ་སྙིགས་པའི་སྨན་ཚག་ཀྱང་ཇེ་མང་ཡིན། མཇུག་མཐར། སྨན་ཚག་དེ་གོང་བུ་ཆེན་པོ་ཞིག་ཏུ་གྱུར་པ་སྟེ། སྨན་ཚག་གི་འབྱར་གཤིས་ཤིན་ཏུ་ཞན། དེ་སྐམ་ཡོད་ནའང་རེག་པ་ཙམ་གྱིས་ཐོར་འགྲོ། དེའི་ཕྱིར། སྐབས་དེའི་ཙུང་ལི་ཀྲའུ་རོང་ཙི་ཡིས“སྨན་ཚག་གི་བཟོ་སྐྲུན”ཞེས་པའི་ཚོག་གིས་བཟོ་བཀོད་ལ་ལར་སྐྱོན་བརྗོད་བྱས་མྱོང་། དེ་ལས་ཕོ་ནི་སྨན་ཐུད་བཟོ་བའི་གོ་རིམ་ལ་ཤིན་ཏུ་རྒྱུས་ལོན་པ་མཚོན་ཏེ། སྟོན་ལ་དུལ་མྱུགས་སུ་སོང་བ་དང་། དེ་ནས་སྨན་ཚག་བྱུང་བའོ།།

སྨན་ཚག་ཕག་ལ་སྙེར་མི་རུང་། དེ་མིས་བཟའ་དགོས།

གཞམ་དུ་སྨན་ཁུ་བཟོ་སྟངས་བཤད། སྨན་ཁུ་བཟོ་བ་ནི་ལས་སླ་མོ་ཞིག་ཡིན། དེ་ནི་ཆུ་ཁོལ་བསྐོལ་བ་དང་གཅིག་པ་ཡིན་མོད། འོན་ཀྱང་སྨན་ཁུ་བཟོ་སྟངས་དེ་ཆུ་ཁོལ་སྐོལ་བ་དང་གཅིག་པ་ཡིན་ན། ངས་ཉིག་བཤད་རྒྱུག་དགོས་དོན་མེད་དེ། གཞི་རིམ་པ་ཚོས་ལས་ཀའི་ཞོར་ནས་རྒྱུན་དུ་ངོ་

མཚར་བའི“ལས་རིམ”གསར་གཏོད་བྱེད་ཤེས་ཤིང་། ཚང་སྒོམས་པས་ཚང་ཁང་ནས་ཚང་སྒོམས་པ་ལྟ་བུ་ཞིག་ཡིན། སྲིན་ཁྱེ་བཟོ་སྐབས་ཀྱང“ལས་རིམ”ཞིག་བཏོད་ཐུབ། མཛངས་མ་ཞིག་ཡིན་ན་ཐབ་ཕོག་ནས་ཐབས་རྒྱལ་སྐྱོད་ཤེས། ཕོ་ཚོས་ཐབ་མེ་དེ་ཐབ་ཕོག་གི་དཀྱིལ་དུ་མི་འཇོག་པར། ཐབ་མེ་ཐབ་ཕོག་ནས་གཡས་གཡོན་དུ་གཡོ་བ་ཡིན། གཡོ་བའི་འགྲོས་ཀྱིས་ཚོད་འཛིན་གང་ལེགས་ཐེབས་སུ་བཅུག་ནས། སྲིན་ཁྱེ་ལ་ཚ་བ་ཚ་སྒོམས་ལ་མི་སྒོམས་པ་ཞིག་བཟོས་ཏེ། ཆོས་ཉིད་ཅིག་བསྐྲུན་པ་རེད། ཆོས་ཉིད་འདི་སླ་ང་ནང་གི་སྲིན་ཁྱེ་ལ་འཕོས་པས། སྲིན་ཁྱེ་སྐྱིམས་མགོ་རྫོམ། དྲོད་ཚད་ཇེ་མཐོར་སོང་བ་དང་བསྟུན་ནས་སྐྱིམས་པའི་ཚད་ཀྱང་ཇེ་ཆེར་འགྲོ་སྟེ། འཕྱུར་ལ་ཁད་བྱེད་མོད་འོན་ཀྱང་ནམ་ཡང་ཕྱིར་མི་འཕྱུར། དེར་དོན་སྙིང་ཡོད་དམ། འདིར་དོན་སྙིང་མེད། ཡིན་ནའང་དོན་སྙིང་ལྡན་པ་ཞིག་འདུག ངལ་རྩོལ་གྱི་ཁྲིད་དུ་ངོ་མཚར་བའི་དངོས་པོ་མང་པོ་ཞིག་ཡོད་དེ། ཐུལ་དུ་བྱུང་བའི་ངལ་རྩོལ་པས་ད་གཟོད་དེ་རྟོགས་ཐུབ། ངལ་རྩོལ་ནི་ཇི་འདྲའི་དཀའ་ཚེགས་ཆེ་བ་ཞིག་ཡིན་རུང་། ལྷན་སྐྱེས་སུ་བག་ཡངས་པའི་ངལ་རྩོལ་པས་ངལ་རྩོལ་གྱི་ཁྲིད་ནས་སྤྲོ་སྣང་འཚོལ་ཐུབ་སྟེ། དཔེར་ན་སྲིན་ཁྱེ་སླ་ངའི་ནང་ནས་སྐྱིམས་སུ་འཇུག་པ་ལྟ་བུ།

བསྐྱལ་ཟིན་པའི་སྲིན་ཁྱེ་དེ་ཟླ་མ་ཆེ་བ་ཞིག་གི་ནང་དུ་ལྡུག་དགོས། སྲིན་ཐུད་བཟོ་བའི་མན་ངག་ཡོད་ཚད་ཕལ་ཆེར་ལྷུ་ཚིགས་འདིའི་ནང་དུ་ཚུད་ཡོད། སྲིན་ཁྱེ་ནི་དཀག་མི་ཐུབ་པར་བརྟེན། ཅུ་གང་གཤེར་ཁྱེ་ཐིགས་པ་གཅིག་ཙམ“བཏིག”པ་ན། སྲིན་ཁྱེ་དེ་སྲིན་ཐུད་དུ་དཀག་ཐུབ། འདི་ནི་ལས་སླ་མོ་ཞིག་ཡིན་པར་འདོད་མི་རུང་སྟེ། སྲིན་ཐུད་ཀྱི“གསར་པ”དང

“རྐྱས་པ”ཚང་མ་འདི་ན་ཡོད། སྨན་ཐུད་ཀྱི་སྐོར་ལ། དཔལ་ཕྱོངས་ཀྱི་གཞི་རིམ་པ་ཚོས་མཐོང་ཆེན་བྱེད་པ་ཡིན། མའོ་ཙེ་ཏུང་གིས་ཀྱང་གོའི་ཞིང་པའི་ཕྱུགས་འདུན་ཆེས་ཆེ་བ་ནི“ཚལ་སྔག་སྨན་ཁུའི་གདུ་ཐང”ཡིན་ཞེས་བཤད་སྐྱོང་། ཕྱུགས་འདུན་ཞིག་ཡིན་ན་གཟབ་ནན་གྱིས་དོ་སྣང་བྱེད་དགོས།

སྨན་ཞོ་དེ་སྤྱར་ནས་གྲ་སྒྲིག་བྱས་པའི་སེང་རས་ཀྱི་མ་གོང་དུ་བླུགས་ནས། འཇའ་ཤིང་གིས་གཙུར་ན་སྨན་ཐུད་བཟོས་ཟིན་པ་ཡིན། གོང་དང་བསྟུར་ན་སྨན་ཐུད་སྨྲབ་ལེབ་བཟོ་བ་ཙུང་དཀའ་ལས་ཆེ། འཇའ་ཤིང་ཡང་བཀོལ་དགོས་པས། ད་ར་མ་ཚོས་རང་གི་ལུས་པོའི་ལྡིད་ཤུགས་ཀྱང་བཀོལ་བ་རེད། ངས་རང་འཐག་ཁང་ནས་ལས་ཀ་ཙག་ཙིག་ལས་རོགས་བྱེད་འདོད་པ་དང་། འཇའ་ཤིང་གཙོན་རོགས་བྱེད་འདོད་མོད། འོན་ཀྱང་ངའི་ལུས་པོ་ཡང་སོང་བས་རོགས་ཅི་ཡང་བྱེད་མ་ཐུབ། ངས་ལས་ཀ་གཞན་ཞིག་མི་ལས་ཐབས་མེད་བྱུང་། དོན་དག་དེའང་དོན་དག་གལ་ཆེན་ཞིག་ཡིན་ཏེ། ང་སོང་ནས་གནས་ཚུལ་ཁྲབ་བསྒྲགས་བྱེད་དགོས། རང་འཐག་ཁང་གི་སྒོ་ཁ་སྟེ“ཁྱི་ཟམ”གྱི་ཁ་ཏུ་སྐྱུག་མ་མཐོན་པོ་ཞིག་བརྩེངས་ཡོད་ལ། སྐྱུག་མ་དེའི་ཡང་རྩེ་རུ་ཡང་སྐྱུག་མ་རིང་པོ་ཞིག་བཏགས་ཡོད། ཐག་པས་འཐེན་པ་ན་ཡང་རྩེ་རུ་བཏགས་ཡོད་པའི་སྐྱུག་མ་དེ་གྱེན་དུ་རྩེང་ཡོང་། སྐྱུག་མ་རིང་པོ་གཉིས་ཀྱི་ཆེས་མཐོ་སར་རྔ་ཤོག་ཅིག་བསྟམས་ཡོད། རྔ་ཤོག་དེ་རྒྱང་རིང་གི་ཆེས་མཐོ་སར་ཕྱར་དུས། མི་ཚང་མས་སྨན་ཐུད་ཐོན་ཡོད་པ་ཤེས་ཐུབ།

རྔ་ཤོག་མཁའ་དབྱིངས་སུ་ཕྱར་བ་ལས་སྨན་ཐུད་ཐོན་པ་ཤེས། འདི་

ནི་ང་ཚོ་སྐྱེ་བའི་སེམས་འགུལ་ཐེབས་པའི་ཡུལ་སྣང་ཞིག་ཡིན། ཡུལ་སྣང་དེ་རྒྱུན་པར་ངའི་རྨི་ལམ་དུ་བྱུང་བ་རེད། དེ་ནི“དྲན་པ་ཚད་མེད”ཅིག་ཡིན་ནམ། ཡིན་སྲིད་ལ་མིན་ཡང་སྲིད། ང་རང་ཉིད་སྣག་དང་སྨན་ཁུའི་གདུ་ཐང་ལ་དེ་འདྲ་མི་དགའ་སོད། ཡིན་ནའང་ངའི་བྱིས་པའི་དུས་དང་ན་ཆུང་གི་དུས་ཚང་མ་བརྩིས་ནའང་ཐེངས་མང་པོ་ཞིག་ལ་ཟས་མེད། མའོ་ཅེ་ཏུང་ནི་རླབས་ཆེན་ཞིག་རེད། ཁོས་ང་ཚོའི་ཕྱུགས་འདུན་རྟོགས་པ་མ་ཟད་དུང་གསལ་པོར་བསྟན་ཡོད། “ཞོག་ཁོག་ཚག་ཤ་བཛོས་མ”ནི་ཅི་ཡང་མ་རེད། དེ་ནི“ཚལ་སྣག་སྨན་ཐུད་ཐང”གི་བཟང་ཡ་མེད།

བྱིས་པར་གཅར་བ།

བྱིས་པས་སྒོ་ཕྱི་ནས་བྱ་བ་ངན་པ་ལས་ཚེ། མི་ལ་ལ་ཡོང་ནས་གཏུག་བཞེར་རྒྱག་པ་རེད། དེས་ན་ཕ་མ་ཞིག་ཡིན་པའི་ཆ་ནས་བྱིས་པ་ལ་གཅར་བ་རེད། དེ་བཤད་རན་ཅི་ཡོད།

ལོས་ཡོད།

གཏུག་བཞེར་དུ་ཡོང་མཁན་ཡང་བྱིས་པ་ཡིན་ན། དེ་ནི་ཚབས་ཆེན་ཞིག་མིན། ཁ་ཡག་ངོ་དགའ་བཤད་པས་ཆོག

དམིགས་བསལ་གྱི་གནས་ཚུལ་ནམ་ཡང་འབྱུང་སྲིད་དེ། གཏུག་བཞེར་རྒྱག་ཏུ་ཡོང་མཁན་བྱིས་པ་མིན་པར། ཕ་རོལ་པའི་ཕ་མ་ཡིན་ལ། ལྷག་པར་དུ་ཨ་མ་ཡིན་པའི་དུས་ཡོད། དེ་ལྟར་ན་གནས་ཚུལ་མི་གཅིག་སྟེ། ངོ་བདག་གིས་ལྟ་སྟངས་ནན་མོ་འཛིན་དགོས། ཨ་ཕ་གཟབ་ནན་ཞིག་ཡིན་པ་དང་། ཡང་ན་ཁྱིམ་སྐྱོང་ལུགས་མཐུན་གྱི་ཨ་མ་ཞིག་ཡིན་ན། རྒྱུན་དུ་རང་གི་བྱིས་པ་སྒོ་རར་ཁྲིད་ཡོང་སྟེ་གཏུག་བཞེར་པའི་སྐྱོན་ནས། སྐད་དྲག་པོས"གཞེ་གཞེ"བཏང་རྗེས་གཅར་བ་རེད། གཅར་ཙུང་ད་དུང་ཁྲོ་བ་ཞུ་མེད་ན། གཅར་རྡུང་ཚ་པོ་བྱེད་དགོས། ཕ་མས་གཅར་རྡུང་ཚ་པོ་བྱེད་བསམ་པའི་སྐབས་དེར། གཏུག་བཞེར་པས་བར་འདུམ་བྱེད་ཅིང་། ཕ་མས་གཏུག་བཞེར་པའི"ཁ་ངོ"ལ་བལྟས་ཏེ། གཅར་མཚམས་འཇོག་པ་

དང་། ཤིན་ཏུ་ཁྲིས་པའི་ཚུལ་གྱིས“རྗེས་ཐེངས”ལ་འདིས་མི་ཚད་པ་ཞིག་ཡོད་ཅེས་བཤད་པ་མ་ཟད། མཇུག་མཐར་རང་གི་བུ་ལ་གྱུ་ཡངས་གཏོང་བ་རེད།

འདི་ནི་ཆེས་རྒྱུན་མཐོང་གི“ཡུལ་སྲོལ”ཞིག་ཡིན།

ངས“ཡུལ་སྲོལ”འདིའི་ཁྲིད་ཀྱི་གཏན་ཚིགས་ཀྱི་འབྲེལ་བ་ཞིག་བཤད་ཡ། “གཤེ་གཤེ”གཏོང་བ་ནི་དོན་དངོས་སུ་ཕ་མའི་དགོངས་དག་ཞུ་བ་ཡིན། “སྐད་ཆ་བཤད་མཁས”པའི་ཕ་མ་ཞིག་ཡིན་ན་བྱིས་པར་གཤེ་གཤེ་གཏོང་བའི་གོ་རིམ་ལས་རང་གི་སེམས་གནོང་མཚོན་པར་བྱེད་པ་རེད། “གཅར་བ”ནི་ཕ་མས་གདུག་བཤེར་པའི་ཉམས་ཚོད་ལ་བརྟག་པ་ཡིན་ཏེ། འདི་ལྟར་ན་ཚིག་གམ་ཞེས་པའི་དོན་ཡིན། ཚིག་སྟེ། བྱིས་པས་བྱ་བ་ངན་པ་ལས་ན་ཕ་མའི་རྣམ་འགྱུར་ནི་ཆེས་གལ་ཆེ་བས། གཅར་དགོས་པ་ཞིག་ཡིན། “གཅར་རྡུང་ཚ་པོ”བྱེད་པ་ནི་ཕ་མས་ཆེས་མཇུག་མཐའི་རྣམ་འགྱུར་སྟོན་པ་ཡིན། གདུག་བཤེར་པས“བར་འདུམ”བྱེད་པ་ནི། ཕྱིར་མཚོན་པར་བྱས་པའི་བཟོད་སྒོམ་ཡིན་ལ། བསམ་ཤེས་ཀྱི་ལུགས་ཡིན། གཅར་རྡུང་ངོ་མ་ཞིག་བྱེད་མི་རུང་ཞིང་། དོན་དག་ཚད་འདི་ལ་ཐོན་ན་མཇུག་སྒྲིལ་བ་ཡིན། དམག་འཁྲུག་ཡོད་ལ་འགྲིག་མཐུན་ཡང་ཡོད་པ་ཡིན། ཡོད་ཚད་སྔར་བཞིན་ནོ། །

རྒྱུན་ལུགས་ཤིག་ཡོད་པས་ན། ཟློག་ལུགས་ཤིག་ཀྱང་ཡོད་ངེས།

ཟློག་ལུགས་ནི་སྤྱིར་བཏང་དུ“གཅར་རྡུང་ཚ་པོ”བྱེད་པའི་གནད་འགག་གི་དུས་འདིར་འབྱུང་བ་ཡིན། ཕོག་རྒྱ་དོག་པོའི་གདུག་བཤེར་པ་ལ་ལས་རང་གིས་གྲོང་ཁྱུར་ཡོད་བས་ནས། བར་འདུམ་མི་བྱེད་པ་རེད། དེ་

ལྟར་ན་ལན་ཆགས་ཅུང་ཆེ་བ་སྟེ། བྱིས་པར་སློབ་གསོ་གཏོང་བ་ནི་རྐང་གྲུག་རྩེ་བ་ལྟ་བུ་མིན་ཏེ། “རྣམ་འགྱུར་བཙོས་མ”ཞིག་ཡོད་མི་ཚོག དེ་མིན་ན་ཕ་རོལ་པའི་ཕ་མ་ཐར་མེད་ལམ་དུ་བརྫངས་པ་མ་ཡིན་ནམ། དེ་བས་ཚུགས་ཀ་བཟུང་ནས་ངོ་མ་གཅར་རྡུང་ཚ་པོ་བྱེད་དགོས་པ་ཡིན།

ཕ་མ་ཞིག་ཡིན་པའི་ཆ་ནས་ནམ་ཡིན་ཡང་རང་གི་བུ་ལ་ཤ་ཚ་བ་ཡིན། ཡིན་ནའང་ཕ་རོལ་པ་ཡོང་ནས་གཏུག་བཤེར་རྒྱག་པ་དང་། བར་འདུམ་ཡང་བྱེད་མི་འདོད་པས། དངོས་སུ་གཅར་དགོས་པ་བྱུང་། གཅར་རྒྱུ་མང་ན་ཕ་མས་ཀྱང་སྙིང་རྗེ་ཞིང་གྱོང་ཁེལ་ལ། སྤང་སེམས་སྐྱེས་སྲིད་པ་དང་། མཚམས་ཀྱང་འཛོག་མི་ཐུབ་པས། ཅི་བྱ་གཏོལ་མེད་དུ་འགྱུར།

ཕ་མ་ལ་ལས་འདི་ལྟར་སྒྲུབ་པ་ཡིན་ཏེ། བྱིས་པ་སྔོ་ར་ནས་ཕྱི་ལ་ཁྲིད་དེ་གླིང་སྒྲུགས་འཚོལ་བ་རེད། གཅར་ཞོར་དུ་གཤེ་གཤེ་གཏོང་བ་སྟེ། གཤེ་གཤེ་འདིའི་ནང་དུ་གནས་ཚུལ་ཕྱིར་བསྒྲགས་པའི་དོན་འདུས་ཤིང་། མི་ཚོགས་ལ་འདི་ལྟ་དོན་དག་ཅི་ཞིག་བྱུང་བ་དང་། ངས་བྱིས་པར་གཅར་དོན་ཅི་ཡིན་པ་བཤད་པ་ཡིན། གཤེ་གཤེ་འདི་ལྟ་ད་དུང་ཚང་མར་གནས་ལུགས་བཤད་དུ་འཇུག་པའི་དོན་ཡང་འདུས་ཏེ། དོན་དག་འདི་འདྲ་ཆུང་ངུ་ཞིག་གི་ཆེད་དུ། ཁྱོད་ལ(གཏུག་བཤེར་པ)ཚད་ཅིག་ཡོད་དམ་མེད་ཅེས་པའི་དོན་ཡིན།

དུས་དང་རྣམ་པ་ཀུན་ཏུ་གཅར་མཁན་གཏུམ་པོའང་ཡོད་པ་ཡིན། ཨ་ཕ་ཞིག་ཡིན་པའི་ཆ་ནས་གཏུག་བཤེར་པའི་སྐྱུན་ནས། བྱིས་པར་གཅར་ནས་གསོད་ལ་བྱེད། གཏུག་བཤེར་པས་བལྟ་མ་བཟོད་པར་བར་འདུམ་བྱེད་སོད། འོན་ཀྱང་ཨ་མས་དེ་ལས་ལྡོག་སྟེ་གཏུག་བཤེར་པ་བཀག་ནས།

"གཙོར་ཡ། གཙོར་ར་སོད་ལ་ཐོངས། མཐོང་རྒྱ་མེད་པའི་གཅིན་ སྤྲུག་འདི་སོད་ལ་ཐོངས། བཟང་ངན་མི་ཤེས་པའི་གཅིན་སྤྲུག་འདི་གཙོར་ར་སོད་ལ་ཐོངས། ཁ་ངོ་ཅིན་རུང་ཁ་ངོ་མེད། གཙར་ན་འགྲིག"ཅེས་པའི་ཟུར་ཟའི་སྐད་ཆ་བཤད་པ་ཡིན། ཨ་མ་ཚང་མ་འདི་འདྲ་ཞིག་ཡིན་ཞིང་། སྐད་ཆའི་ནང་ནས་ཟུར་ཟ་འདུས་སྲིད།

ངོན་དག་སྐབས་འདིར་ཐོན་ན་ངོ་བདག་བྱེད་དཀའ་བར་འགྱུར་ཞིང་། གནས་ཚུལ་ངན་འགྱུར་བྱེད་སྲིད། ངོན་དམ་པས་གཏུག་བཤེར་པར་གནས་ལུགས་ཡོད་ཀྱང་གཏུག་བཤེར་པ་འོས་མེད་དུ་གྱུར་ཏེ། ང་ནི་ཅིའི་ཕྱིར་བྲིས་པ་ཞིག་ཀྱང་བཟོད་མི་ཐུབ་པ་ཞིག་ཏུ་གྱུར་པ་ཡིན་ནམ་འདོད།

སྐབས་འགར་འདི་འདྲ་ཡིན་ཏེ། གཙར་བ་ནི་རང་གི་བྲིས་པ་ཡིན་རུང་ཕ་རོལ་པའི་ངོ་ལ་བལྟ་དགོས། ངོ་མདངས་ཤིན་ཏུ་མི་ཡག འདི་ལ"མདུང་གཙག"ཟེར་ཏེ། དབྱུག་པས་ཕ་རོལ་པའི་སྙིང་ཁར་གཙགས་པའི་དོན་ཡིན།

ངས་བྲིས་པར་གཙར་བའི"ཡུལ་སྣང"མང་པོ་ཞིག་མཐོང་མྱོང་། སྤྱིར་གྱང་རིག་སྐྱེན་གྱི་མིས་མཇུག་མཐར"བྲིས་པར་གཙར་བ"དེ་ཕན་ལྡན་གྱི་འབྲེལ་འདྲིས་ཤིག་ཏུ་བསྒྱུར་ཐུབ་པ་དང་། གཟབ་ནན་ཡིན་ལ་སྦྲོ་བས་ཀྱང་ཁེངས་ཐུབ། དེ་ལས་ལྡོག་སྟེ། ངོན་དག་ཇེ་ཆེར་བཏང་ནས་ལྷོད་མོ་བ་བཀུག་ཅེ། སྐབས་འདིར་ཆེས་གནོད་ཁེལ་བའི་མི་ནི། གཙར་སའི་བྲིས་པ་དང་གཏུག་བཤེར་པ་ཡིན། ངོན་དག་གི་མཚམས་བཞག་ཇེས་འབྲེལ་རྒྱུན་ཆད་སྲིད།

"བྲིས་པར་གཙར་བའི"ངོན་དག་ཆུང་ངུ་འདི་ལ་མཐོང་ཆུང་བྱེད་མི་

སྤྱིང་གྲུང་རིག་སྐྱེན་གྱི་མིས་མཇུག་མཐར་“ཁྲིས་པར་གཅར་བ”དེ་ཕན་ལྡན་གྱི་འབྲེལ་འདྲིས་ཤིག་ཏུ་བསྒྱུར་ཐུབ་པ་དང་། གཟབ་ནན་ཡིན་ལ་སྤྲོ་བས་ཀྱང་ཁེངས་ཐུབ།

རུང་སྟེ། འདིའི་ནང་དུ་གཞི་གྲོང་གི་མི་ཆོས་ཡུལ་ལྗོངས་ཚུར་སྣང་བྱེད་ཐུབ། གཞི་རིམ་པའི་འབྲེལ་འདྲིས་ཀྱི་བློ་གྲོས་དང་ཁྱིམ་མཚེས་བར་གྱི་གུས་ལུགས། མི་དང་མིའི་བར་གྱི་འགྲིག་མཐུན་བཅས་ཚང་མ་འདིར་འདུས་ཡོད། "གཏན་ཕབ"བྱས་པའི་རྐྱེན་གྱིས"སྲོལ་ཆགས་པ"རེད། ཡོད་ཚད་གོམས་སྲོལ་དུ་གྱུར་ཡོད། ང་ཚོའི་ཞིང་པ་ནི་ཤ་རུས་པའི་གཉིང་ནས་རུའུ་ལུགས་པ་ཡིན་ཞིང་། ཕོ་ཆོས《ཀོང་ཙེའི་ཞལ་ལུང》དང《མེང་ཙེ》བཀླགས་མ་མྱོང་མོད། འོན་ཀྱང་རུའུ་ལུགས་པའི་རིག་གནས་དེ་སྲོལ་རྒྱུན་ཞིག་ཏུ་བྱས་ན། དེ་ནི་ཞིང་པའི་ཤ་ཁྲག་ཏུ་ཐིམ་ཡོད། གཞི་རིམ་པའི་སྟབས་བདེའི"རུའུ་ལུགས་རིག་པ"ནི་དོན་དངོས་སུ་རང་གཅུན་དང་བསམ་ཤེས་གཉིས་ཡིན།

བྱིས་པར་གཅར"ཤེས"པའི་ཐབས་ལས་གནད་འདི་གཉིས་མཚོན་ཏེ། རང་གཅུན་དང་བསམ་ཤེས་ཡིན། དེ་གཉིས་ལས་གཅིག་ཀྱང་ཆད་རུང་། ཡིན་ནའང་རང་གཅུན་དང་བསམ་ཤེས་གཉིས་ལས་གང་ཡིན་རུང་། ཚང་མར་ཕྱོགས་གཉིས་ཀས་རམ་འདེགས་བྱེད་དགོས། དོན་སྙིང་འདིའི་ཐད་ནས་བཤད་ན། བྱིས་པར་གཅར"ཤེས"པའི་མི་ཡིས་སྤྱིར་བཏང་དུ་གཏུག་བཤེར་ཀྱང་རྒྱུག"ཤེས"པ་ཡིན། གཏུག་བཤེར་བརྒྱབ་ཚར་རྗེས་ད་དུང་ཕྱོགས་གཉིས་ཀར་གནོད་པ་སྐྲ་ཙམ་ཡང་མེད་པར་ངོ་ཚ་བསྲུང་ཐུབ། གནད་འདི་ཤིན་ཏུ་གལ་ཆེ། དེས་ང་ཚོའི་འཚོ་བ་བདེ་ཐང་དང་མཛའ་བརྩེའི་ཕྱོགས་སུ་འཕེལ་ཐུབ་པ་ཁག་ཐེག་བྱེད་པ་ཡིན།

ཡུལ་སྲོལ་ཞེས་པ་དང་། འདི་ལྟ་བུའི"ཡུལ་སྣང"ཞེས་པ་ཡང་སྲོལ་རྒྱུན་གྱི་གཏམ་རྒྱུད་བསྐྱར་ཟློས་མ་ཙམ་སྟེ། སྐབས་འགར་དྲང་ཕྱོགས་ཡིན་

ལ། སྐབས་འགར་གློག་སྒྱོགས་ཡིན། ཡིན་ནའང་དྲང་གློག་སྒྱོགས་གང་ཡིན་རུང་དེའི་དཔྱད་འཇོག་གི་ཚད་གཞི་སྟེ། རིན་ཐང་ནི་གཏན་འཇགས་ཤིག་ཡིན།

རྫིང་བུ།

ཨ་མས་བཤད་ན། ཉིན་དེར་ཤིན་ཏུ་འཁྱགས་ཤིང་། ངས་སྲིང་བལ་གྱི་སྟོད་གོས་གསར་པ་དང་སྲིང་བལ་གྱི་རྐང་སྣམ་གསར་པ་གོན་ཡོད་ཟེར།

ང་རང་སྲིང་བལ་སྟོད་གོས་གསར་པ་དང་སྲིང་བལ་རྐང་སྣམ་གསར་པ་ལ་དྲན་པ་ཅི་ཡང་མེད། ངས་དྲན་པ་ནི་ང་རང་རྫོ་མོ་ཚང་ལ་སོང་བ་དེ་ཡིན། རྫོ་མོའི་ཙ་རྒྱུད་ཚ་པོའི་མིང་ལ་ཕྱང་ཅི་ཧྲའེ་ཟེར། ང་ཚོ་ཕལ་ཆེར་ཉིན་རྒྱུན་དུ་མཉམ་དུ་བསྡད་ཡོད།

རྫོ་མོ་ཚང་གི་སྒོ་ར་རུ་འབྲས་བཀྲུ་རྫ་མ་ཞིག་ཡོད། ནམ་ཟླ་ཤིན་ཏུ་འཁྱགས་པས་འབྲས་བཀྲུ་རྫ་མར་ཆབ་རོམ་ཆགས་འདུག འབྲས་བཀྲུ་རྫ་མ་ནི་སྒོར་སྒོར་ཞིག་ཡིན། ཡང་གཅིག་བཤད་ན་རྫ་མའི་ནང་གི་ཆབ་རོམ་ཡང་སྒོར་སྒོར་ཞིག་ཡིན་ངེས། ང་ཚོས་འབྲས་བཀྲུ་རྫ་མ་བསྒྲིལ་ནས་ཆབ་རོམ་སྒོར་སྒོར་དེ་བླངས་ན་འདོད། ཆབ་རོམ་སྒོར་སྒོར་དེ་ཕྱིར་བླངས་སོང་། འོན་ཀྱང་ཆག་གྲུམ་དུ་སོང་། ཆག་གྲུམ་དུ་སོང་ན་སོང་། ང་རང་འབྲས་བཀྲུ་རྫ་མའི་ནང་གི་ཆབ་རོམ་ལ་ཤིན་ཏུ་མི་དགའ། དེ་ནི“གཡའ་དག་གཡང་ཏེ”ལྟ་བུའི་ཆབ་རོམ་མིན་པར། བསླད་ཀྱིས་གོས་ཤིང་བལྟ་བར་མི་བཟོད་པ་ཞིག་གོ།

དྭངས་ཤིང་གསལ་བའི་ཆབ་རོམ་ཞིག་འཚོལ་ཆེད། ང་དང་ཅི་ཧྲའེ་

གཉིས་རྫིང་བུའི་འགྲམ་དུ་འོང་། ང་ཚོས་རྫིང་བུའི་ནང་གི་ཆུ་ནི་ཤིན་ཏུ་དྭངས་ལ། འབྲས་བསྒྲུ་རྫ་མའི་ནང་གི་ཆུ་ལས་ལྷག་མང་པོས་དྭངས་པ་ད་རུང་དྲན་ཐུབ། འབྲས་བསྒྲུ་རྫ་མའི་ནང་གི་ཆབ་རོམ་ནི་དེ་འདྲའི་བཙོག་པ་ཞིག་ཡིན་ན། རྫིང་བུའི་ནང་གི་ཆབ་རོམ་ནི་ཤིན་ཏུ་དྭངས་ཏེ་འོད་ལམ་ལམ་ཞིག་ཡིན་སྲིད། ཕོ་ཐག་ཡིན། ང་ཚོས་ཀྱི་མོག་འགའ་རྫིང་བུའི་ནང་དུ་འཕངས་ནས། རྫིང་བུའི་ཆབ་རོམ་བཙགས། དུམ་བུ་དུམ་བུར་བྱས་ནས་ཆུ་ཁར་གཡེང་ཡོང་། དེའི་འཕྲོའི་བྱ་བ་རུང་སླ་སྟེ། རྫིང་བུའི་འགྲམ་ནས་ཁ་སྒྲུབ་བྱས་ཏེ་ཆབ་རོམ་དེ་དག་ཡར་བླངས་པས་ཆོག

གོ་རིམ་མང་པོ་ཞིག་ངས་མི་དྲན་རུང་། དོན་ཞིག་ཡོད་པ་ངས་ཚེ་གང་པོར་བརྗེད་དཀའ། ཆབ་རོམ་དུམ་བུ་གཅིག་ངའི་རྐང་པའི་རྩུབ་ལོགས་སུ་ཡོད་མོད། ངས་དེའི་ཚུགས་ཀ་སློར་མི་འབབ་པས་ངས་ཕྱིར་རྫིང་བུའི་ནང་དུ་རྡོག་ཐོས་བརྒྱབ་ན་འདོད། རྡོག་ཐོས་དེ་ཡ་མཚན་ཞིག་ཡིན། ཆབ་རོམ་ལ་མ་ཁེལ་བར་ང་རང་རྫིང་བུའི་ནང་དུ་ལྷུང་བ་རེད།

སྐབས་དེར་ང་ད་དུང་ཆུར་རྐྱལ་མི་ཤེས་མོད། འོན་ཀྱང་བྱིས་པ་ཁེར་རྐྱང་ཡིན་རུང་། ཁོའི་གསོན་འདོད་རང་ནུས་དེས་བྱས་རྗེས་ངོ་མཚར་བསྐྲུན་པའི་ནུས་ཚད་ཅིག་འདོན་ཐུབ། ངའི་རྐང་པ་གཉིས་ཀྱིས་མཚམས་མི་ཆད་པར་འཕག་འཚག་བརྒྱབ་པར་བརྟེན། རྫིང་བུའི་ཕ་རོལ་དུ་རྐྱལ་བ་རེད། གནད་གཉིས་ཡོད་པ་ངས་ཁ་གསབ་བྱེད་འདོད་དེ། དང་པོ་ང་ནི་གན་རྐྱལ་དུ་རྫིང་བུའི་ནང་དུ་ལྷུང་བ་དང་། གཉིས་པ་ངས་ད་དུང་སྲིང་བལ་སྟོད་གོས་གསར་བ་དང་སྲིང་བལ་རྐང་སྣམ་གསར་བ་གོན་ཡོད། རྒྱུ་རྐྱེན་དེ་གཉིས་ཀྱིས་དབང་གིས་ང་ཆབ་རོམ་གྱིས་བཀང་བའི་ཆུ་ངོས་སུ་ཡུན་

རིང་ལ་གཡེང་ཐུབ་པ་བྱུང་།

ང་ཆུ་ངོས་སུ་གཡེང་ནས་ག་ཚོད་ཅིག་འགོར་བ་ངས་མི་ཤེས། ང་རང་གིས་ཤེས་པ་ནི་མཐའ་མཇུག་གི་འབྲས་བུ་ཡིན། ཨ་མས་བཤད་ན། “ངའི་ཨ་ཕའི་སློབ་གྲོགས་ཤིག་གིས་ང་སྐྱབས་པ་ཡིན”ཟེར།

ངས་ལྭ་བ་ཚང་མ་ཕུད་ནས་གཅེར་བུར་ཁྱི་ཁང་ནང་དུ་བསྡད་ཡོད། ཨ་མས་ང་རིག་ནས་སྐྲག་སོང་བ་དང་། མོས་ལུས་ཡོངས་ཀྱི་ཤེད་བཏོན་ནས། དུ་འཐོད་བྱེད་ཞོར་དུ་ང་ལ་གཅར་རྡུང་ཚ་པོ་བྱས་སོང་། ཐེངས་འདིའི་གཅར་རྡུང་དེ་ངའི་ཨ་མས་ཚེ་གང་པོར་བཤད་སོང་། ཕྱིས་སུ་མོས་ཚོད་ཚོད་མེད་ལ་གཏམ་རྒྱུད་དེ་བཤད་གིན་འདུག

ངས་ཁ་གསབ་ཅིག་བྱེད་འདོད་དེ། ཐེངས་འདིའི་ཉེན་ཁ་ཕ་མས་ཤེས་ཡོད། དོན་དངོས་སུ། ད་དུང་ཐེངས་འགའ་ཞིག་ཡོད་པ་ཐེངས་འདི་ལས་ཤིན་ཏུ་ཉེན་ཁ་ཆེ་མོད། འོན་ཀྱང་ཕ་མས་མི་ཤེས། ངས་བཤད་མི་སྲིད་ལ་བཤད་ཀྱང་མི་ཕོད། པྲ་ཚག་ཡིན་པས་ཐེངས་དུ་མ་ཞིག་ལ་ངས་རང་ཉིད་རེ་ཐག་ཆད་པའི་གནས་སུ་བསྐྱུར། ཤི་ལ་ཁད་ཀྱི་ཆེས་མཇུག་མཐའི་གནད་འགག་ཏུ་ཨ་ཕའི་སློབ་མ་དང་ཡང་ན་ཨ་མའི་སློབ་མ་ཐོན་བྱུང་། འདི་ནི་མ་བསྒྲིགས་རང་འགྲིག་ཅིག་ཡིན་ནམ། ཡོས་ཡིན་ཏེ་མ་བསྒྲིགས་རང་འགྲིག་ཅིག་རེད། མི་གཞན་པ་སུ་ཡིན་རུང་ཚང་མས་འདི་ལྟར་རྟོགས་བྱེད་ངེས།

ཡིན་ནའང་། དུས་རྒྱུན་དུ་ཕ་མའི་སློབ་མ་ཡིན་དོན་ཅི།

ང་ལ་རྨོངས་དད་སྐྱེས་བྱུང་། ངའི་ཕ་མས་ཚེ་གང་པོར་མི་བཟང་དོན་བཟང་སྒྲུབ་པས། ང་རང་ཉེན་ཁ་རེ་རེ་ལས་ཐར་ཐུབ་པ་བྱུང་། ངས་ཀྱང་གང་ནུས་ཅི་ལྕོགས་ཀྱིས་མི་བཟང་དོན་བཟང་སྒྲུབ་དགོས་པའི་དམ་བཅས།

མི་བཟང་དོན་བཟང་ནི་ངའི་མིག་ལམ་དུ་ལས་སླ་མོ་ཞིག་ཡིན་ཏེ། མི་གཞན་ལ་རོགས་རམ་བྱེད་པ་ལས་གནོད་མི་སྐྱེལ་བ་དེ་ཡིན་ལ། ལྷག་པར་དུ་མང་ཚུས་མང་ཞུགས་བཏོན་ནས་གནོད་འཚེ་མི་བྱེད་པའོ།།

我们小时候

池 塘

毕飞宇 著

青海人民出版社

目　录

CONTENTS

口　袋	1
蚕　豆	9
草房子	17
家具手电筒	26
水上行路	32
桑　树	39
九月的云	48
红蜻蜓	54
麦　地	59
稻　田	64
磨　房	72
打孩子	76
池　塘	82

口　袋

长大之后，我在美国大片里看到过美国大兵，一下子就爱上了美国大兵的迷彩服。最让我羡慕的就是迷彩服上的口袋。到处都是口袋，肩膀上都是，袖口上都是，大腿上都是，小腿上也是。众多的、丁零当啷的口袋眼馋死我了，我的身上怎么就没有那么多口袋呢？满身的口袋不只是实用性的胜利，也是想象力的胜利，当然，归根结底，还是经济实力的胜利。

男孩子真的不讲究穿着，可我们也有讲究，那就是衣服上的口袋。很不幸，我出生在贫穷的时代，当贫穷到达一定的地步时，一种奇怪的分配制度就产生了——配给制。在配给制的掌控之中，穿衣服和做衣服就不再是一件随心所欲的事，一个人在一年当中可以使用多少布，国家有严格的规定。这个规定就是“布票”。没有布票，你“寸布”难求。

我要说，在贫穷面前，人是有创造力的。在我的童年时代，每一个家庭主妇都是节约的天才。我们的衣服通常都小一号，只要穿上新衣服，都有点像猴。袖口是短一号的，这个不用说了，裤脚也是短一号的——在如此这般战战兢兢的节约面前，你怎么能指望我们的衣服上有众多的、丁零当啷的口袋呢？不可能！为了节约布，我们的上衣通常没有口袋，而裤子的裤兜也只有一个。

可我们需要口袋。我们贪玩。贪玩的孩子就有许多装备：弹弓，弹弓的子弹，赌博用的铜板，赌博用的白果（银杏），糖纸，烟壳纸三角，陀螺。在童年与少年时代，我们局促的口袋就像一个杂货铺，永远都鼓鼓囊囊，随便一掏都将琳琅满目——其实是垃圾。

对我来说，最重要的装备当然是弹弓。我一点都不想夸张，在我们村，我的弹弓是最棒的。大部分弹弓都是用牛皮筋组装起来的，而我的弹弓呢？不一样。它在性能上是卓越的，早已经领先了一个时代。这么说吧，在别人还是小米加步枪的时候，我已经拥有了迫击炮、坦克、机关枪了。

现在，我要介绍我口袋的主人，那把弹弓了。

我的母亲和村子里的赤脚医生是好朋友。赤脚医生那里有一样宝贝，那就是打吊针用的滴管，中空，米黄色。我至今都不知道滴管是用什么材料做成的，我就知道那玩意儿有肆虐的弹力，还不容易断。想一想吧，如果用滴管做成一把弹弓，它的射程将何等惊人。我想到过偷。想过的。但是，我是一个有头脑的孩子——偷来了也没用，弹弓一掏出来你就先暴露了。

我只能请我的母亲帮忙，让母亲去“要”。

赤脚医生很为难。对她来说，滴管也是稀有的。如果我没有记错的话，我们村的“合作医疗”总共只有三根滴管。这样一来，滴管就得反反复复地使用，用完了，消毒，然后，下一次再用。“消毒”是怎么一回事呢？就是点上一盏酒精灯，把滴管放在清水里，煨鸡汤一样，炖豆腐一样，咕噜咕噜地煮。滴管其实不能煮，煮的遍数多了，它的表皮就会像老人的皮肤那样，皱了，皴了，变得非常脆。失去弹性不说，还会布满密密麻麻的小裂痕。不要小瞧了那些小裂痕，那是致命的。只要一发力，裂痕就会像新郎的嘴巴那样，越裂越开，越张越大，收不住的。最后，“啪”的一下，断了。所以，我所需要的滴管是尚未使用的新滴管。赤脚医生也不好办。作为母亲的朋友，她给我的母亲留了一个话口，“下次去公社的时候试试看”。

我至今害怕等待。我在童年与少年时代简直被“等待”折磨惨了。那是一个什么都需要等待的时代。过年要等，吃肉要等，看露天电影要等，走亲戚要等，开万人大会也要等。我的童年是在等待中度过的，我的少年也是在等待中度过的。我的童年与少年如此得漫长，全是因为等——在大部分时候，你其实等不到。一次又一次的失望让我拥有了无与伦比的忍受力。我的早熟一定与我的等待和失望有关。在等待的过程中，你内心的内容在疯狂地生长。每一天你都是空虚的，但每一天你都不空虚。

终于有那么一天，我的母亲回家了。她在跨越门槛的时候脸上浮出了神秘的微笑。她什么都不看，就是笑，诡秘极了。其实，那个神秘的微笑是有对象的，只有我知道，它和我有千丝万缕的联系。我爱极了母亲神秘的微笑。它和遥远的许诺有关。它和临近崩溃的等待有关。每一次见到母亲神秘的微笑，我的小小的心脏都会受不了。那是感人泪下的。无论生活窘困到何等地步，耐心也有它的回报。仓促和绝望绝不可取。

母亲给了我一条长长的滴管。我把它一分为二，我终于有了一把性能卓越、超越时代的弹弓了。当我请一个木匠用桑树的树桠做成自己的弹弓之后，我是耀武的，扬威的。桑树的韧性这时候显示出了它的价值，在我瞄准的时候，我的手指会发力，两边一压，中间只留下小小的空隙——这差不多就是命中率的全部隐秘了。那是夏天，大地在为我的弹弓生长弹药。数不清的楝树果子挂在树梢上，它们大小合适，圆润，碧绿，水分充足，沉甸甸的。在滴管被拉到极限之后，楝树的果子继承了滴管呼啸的反弹力，一出手就呼呼生风。

长大之后我从事过许多体育运动，每一项运动我都注重基本功训练。这和我的父母有关。他们都是乡村教师，他们对我最大的帮助就是重视基本功。重视基本功永远是对的，永远永远是对的。也许我天生就是一个教练，我会辅导自己训练。我把父母的粉笔偷过来，掰成一小段一小段的，做子弹。然后，在黑板上画一个圈。我要求自己每一次都要击中圆圈。这是很好检验的，黑白分明。圆圈越来越小，小到只有一块烧饼那么大的时候，我们村的麻雀开始了它们的噩梦。我不吹牛，我打得准极了。

1984年，美国洛杉矶，第二十四届奥林匹克运动会传来了好消息，一个叫许海峰的安徽人获得了中国奥运历史上的第一个冠军。这个姓许的供销员就是打弹弓出生的。他神奇的瞄准能力就是靠麻雀的尸体堆积起来的。那一年我二十岁，正在享受大学一年级的暑假。就在那个暑假里，“弹弓”，这个不起眼的玩意儿，成了一个关键词。我很平静。我清晰地感受到，一个历史阶段结束了，另一个历史阶段开始了——就在这两个历史阶段的中间，有一个划时代的东西，它是弹弓。我的这个说法不会得到社会学家的认可，但是，在我的个人历史里，事情就是这样。我的历史是从弹弓开始的，现在，为这段历史做总结的，是一把气手枪。新的历史开始了。

我打弹弓打得很欢。可是，一个问题马上暴露出来了，我的身上只有一个口袋，在裤子的右侧。要知道，一个裤兜的楝树果子很快就会被打光的，而且，左侧的口袋也不顺手。我是一个骁勇的战士，却被糟糕的后勤与糟糕的补给拽住了后腿。我多么希望我的衣服上能多几个口袋啊。如果是那样的话，在我出征之前，我会把所有的口袋都装得满满的，我的身躯被子弹撑得鼓鼓囊囊，然后，风撩起我的头发，乌云在天空肆意地翻卷，我微笑着，眯起眼，仰天长望，麻雀在天空来来往往，在天与地之间，我，缓缓地抬起了我的胳膊——这是一个标准的少年英雄梦，一个标准的红色中国的少年英雄梦。如诗如幻。就因为贫穷，我的少年英雄梦寒碜了，少年英雄的身上布满了补丁，却只有一个口袋，嗨，和一个小叫花子也差不多。

我打弹弓打得很欢。

蚕　豆

蚕豆主要种植在中国的南方，即使在南方，蚕豆也不是主食。它最大的用处是做酱。北方人所说的“豆瓣酱”通常指的是大豆酱，但在我的老家一带，“豆瓣酱”指的却是蚕豆酱，偏甜。

蚕豆的另一个用途是做粉丝。喜欢蚕豆粉的人却不多。蚕豆粉偏硬，容易断。相对来说，土豆粉更受欢迎，它的韧性好，可以拉得很长。不要小看了这个长，它对吃的快感至关重要。把土豆粉的一头叼在嘴里，一吸，呼啦一下，你的嘴巴就饱和了，很爽的，痛快无边。

就因为蚕豆不做主食的缘故，它在种植上是不可以被“推广”的。农民不可能用成片的土地去种植它——只有大麦、小麦、水稻等正经八百的“粮食”才能够衣冠齐整地站立在农田里。蚕豆被种在哪里呢？田埂或河岸，那些“边角料”的地方。

麻烦来了。因为产量太低，反过来，蚕豆珍贵了。蚕豆几乎就是奢侈品。人们用它来做菜。著名的“罗汉豆”就是一道上好的菜。为什么叫“罗汉豆”呢？我也不知道。反正孩子们会用针线把煮熟了的蚕豆穿起来，做成串，挂在脖子上。这对拿蚕豆做零嘴是很方便的。在蚕豆上桌的节令，我们的课堂有趣了，所有的男生都像大清朝廷上的文武官员，当然，也像罗汉。但是，乡下人没见过朝廷上的高官，只在庙里头见过泥塑的罗汉，由于这个缘故，我们乡下人把煮熟了的蚕豆叫作“罗汉豆”，想必也就是这么一回事。

对我们来说，蚕豆最好的一种吃法当然是炒。香极了，嘎嘣脆。它唯一的缺点是太硬。可是，孩子们的牙更硬——有了金刚钻就不怕瓷器活。我很自豪，都是快五十岁的人了，还有一口无坚不摧的好牙口，想必是小时候练就了过硬的童子功。但是，我的这句话是不负责任的，我练习童子功的机会并不多，也只是过年的时候操练操练。过年好哇，天天有炒蚕豆吃，想吃多少就吃多少，用东北人的说法，叫“可劲儿造”。渴了，到河边喝水去，喝完了，再接着“造”。

我要写下我和蚕豆的故事，这是我终生都不能忘怀的。

我出生的那个村子叫“杨家”，到我出生的那一年，1964年，父亲的情况有了很大的好转，他可以在我母亲所在的小学做代课教师了。问题也来了，夫妇两个都要上课，午饭就成了一个大问题。父母亲决定请个人过来帮着烧饭，附带着带孩子。

奶奶就这样成了我的奶奶。我和奶奶在一起的时间比和父母在一起的时间还要多。

1969年，我五岁。父母的工作调动了，去了一个叫“陆王”的村子。奶奶没有和我们一起走。直到这个时候我才明白过来，奶奶她不是我的亲奶奶。

一转眼就是1975年了。这一年我十一岁。我的父母要调到很远的地方，一个叫“中堡”的镇子。在今天，沿着高速公路，从中堡镇到杨家村也就是几十分钟的汽车，可我们兴化是水网地区，即使是机板船，七拐八弯需要一天的时间。我们一家人都知道了，我们要去一个“很远很远”的地方了。临行前，我去了一趟奶奶家。奶奶说，她已经“晓得咯”。奶奶格外高兴，她的孙子来了，都“这么高了”，都“懂事”了。那时候奶奶守寡不久，爷爷的遗像已经被挂在墙上，奶奶还高高兴兴地对着遗像说了一大通的话。可无论奶奶怎样高兴，我始终能感觉到她身上的重。她的笑容很重，很吃力。我说不上来，很压抑。奶奶终于和我谈起了爷爷，她很内疚。她对死亡似乎并不在意，“哪个不死呢”，但奶奶不能原谅自己，她没让爷爷在最后的日子“吃好”。奶奶说："家里头没得唉。"

我第一次知道死亡对生者的折磨就是那一天。人永远也不会死的，他会在亲人无边的伤痛中间顽强地活着。奶奶对爷爷的牵挂还是吃。因为是告别，奶奶特地让我做了一次仪式。她让我到锅里头铲了一些锅巴，放在了爷爷的遗像前。这是让我尽孝了，我得给爷爷"上饭"。奶奶望着锅巴，笑了，说："死鬼嚼不动咯。"

我的小妹，也就是奶奶的孙女那时候已经出生了，在我和奶奶说话的时候，小妹一直在她的摇篮里睡觉。小妹后来说，她知道这件事，是奶奶告诉她的。

就在傍晚，奶奶决定让我早点回家了。她在犹豫，在想。她在想着让我带点什么东西走。现在回想起来，奶奶当时真是太难了，穷啊。她的家真的是家徒四壁。她最初的主意一定是鸡蛋，她已经把鸡蛋从坛子里头取出来了。大概是考虑到不好拿，怕路上打碎了，她又把鸡蛋放下了。奶奶后来拿过来一根丫杈，从屋梁上取下一个竹篮，里头是蚕豆。奶奶让我去帮她烧火。我就去烧火。我一边添柴火，一边拉风箱，知道了奶奶最后的决定是炒蚕豆让我带走。多年之后，我聪敏一些了，知道了那些蚕豆是奶奶一颗一颗挑出来的，预备着第二年做种用的——只有做种的蚕豆才会吊到屋梁上去。蚕豆炒好了，她把滚烫的蚕豆盛在簸箕里，用簸箕

奶奶把褂子绕在我的脖子上，两个口袋像两根柱子，立在了我的胸前。奶奶的手在我的头发窝里摸了老半天，说：“你走吧，乖乖。”

簸了好长的一段时间，其实是给蚕豆降温。然后，奶奶让我把褂子脱下来，拿出针线，把两只袖口给缝上了——两只袖管即刻就成了两个大口袋。奶奶把褂子绕在我的脖子上，两个口袋像两根柱子，立在了我的胸前。奶奶的手在我的头发窝里摸了老半天，说："你走吧，乖乖。"

在我的一生当中，这是我第一次拥有这么多的炒蚕豆，都是我的。你可以想象我这一路走得有多欢。蚕豆还是有点烫。我一路走，一路吃，好在我所走的路都是圩子，圩子的一侧就是河流。这就保证了我还可以一路解渴。杨家庄在我的身后远去了，奶奶在我的身后远去了。在后来的岁月里，我不停地回想起这个画面。不幸的是，等我到了一定的年纪，我想起来一次就难受一次。为什么我那一年只有十一岁呢？西谚说，上帝会原谅年轻人。这句话也对。唯一不能原谅年轻人的那个人，一定是长大了的自己。

1986 年，我在扬州读大学。有一天，接到了父亲的来信，说我的姑姑，也就是奶奶唯一的女儿，死了。她服用了农药。我从扬州回到了杨家庄，这时候我已经是一个二十二岁的大小伙子了。我要说实话，我已经十一年没有来看望我的奶奶了。我其实已经把她老人家忘了。我在许多夜里想起她，但天一亮我又忘了。这一点我想起来一次就羞愧一次。十一年之后，当我再一次站在奶奶面前的时候，她老人家一眼就把我认出来了。我从没想到奶奶的个子那么小。她小小的，却坚持要摸我的头，我只有弓下腰来她才能如愿。奶奶看上去没有我想象中的那样悲伤，这让我轻松多了。她只是抱怨了一句：“死丫头她不肯活咯。”

可事实上，奶奶没有多久就下世了。她一定是承受不住了，她的伤痛是可想而知的。但奶奶就是这样，从来不会轻易流露她的伤心与悲痛，尤其在亲人面前——我是从另一个可亲的老人那里理解了我奶奶的。她们时刻愿意承当亲人的痛，但她们永远也不会让自己的亲人分担她们的痛。

1989 年，我的小妹来南京读书了，我去看望她。小妹说：“哥，你的头发很软。”我说：“你怎么知道的？”小妹说：“奶奶告诉我的。奶奶时常唠叨你，到死都是这样。”

小妹的这句话让我很受不了。我知道的，我想念奶奶的时候比奶奶想我要少很多。这就是我和奶奶的关系。

但是，无论是多是少，我每一次想起奶奶总是从那些蚕豆开始的，要不就是从那些蚕豆结束——蚕豆就这样成了我最亲的食物。

我的“亲奶奶”是谁？我不知道，我不可能知道，连我父亲他都不一定知道。这对我已经不重要了，我多么希望我和我的奶奶之间能有血缘上的联系，我希望我的父亲是她亲生的。

草房子

曹文轩有一本书，叫《草房子》。我也很想写一本书，写什么都不重要，书名就叫《草房子》。

曹文轩老师是苏北盐城人，他的家离我的老家兴化只隔了几条河。他写《草房子》一点都不奇怪，这个世界上有《草房子》这本书一点都不奇怪。曹文轩是我的师长，所以《草房子》是他的，不是我的，这就叫命。

离开了庙宇之后，我的童年和我的少年几乎都是在草房子里度过的——请允许我说一句不靠谱的话：什么样的房子里都可以出小说家，但是，最幸运的小说家会来自草房子。

草房子，离大自然最近的家，它是人砌的，同时也是从土地里生长出来的。

最典型的草房子是这样的，土基墙，没有窗户，上面覆盖的麦秸秆。它的建材只有三样东西：泥、草、木头，史前一般原始。

砌墙的理想材料当然是砖头，但是，砖头需要花钱去买。没有钱怎么办？当然有办法。做土基。

做土基的第一步是到河里头去罱泥。河床上的淤泥都是河水积淀下来的，很纯，没有杂质；因为在水里头泡得久了，这就有点黏。对土基来说，黏是一个非常重要的要素。第二步，把淤泥从船舱转移到一个大坑里，让它发酵，这对提高淤泥的黏度是有好处的。到了这个时候，也就是第三步了，往淤泥里头添加一些稻草或者麦秸秆，不要小瞧了这些稻草或麦秸秆，在淤泥的内部，它们就是混凝土内部的“钢筋”，因为它们在内部的支撑，土基的整合度和抗压度都能得到极大地提高。

把调好的淤泥压到模子里去，再打开模子，一块土基就这样做成了。很容易。

但是，千万不要以为容易就没有技术上的难度，事实上，只要是一样东西，就一定存在质量上的差异。土基的质量完全取决于你的耐心，你越是有耐心，土基的质量就越好，反之，土基就脆，不结实。怎么叫有耐心呢？你不能把新土基放到阳光底下去晒，一晒就开裂了。最妥当的做法是用草毡子把土基盖住，让风，让时间，而不是让大太阳带走土基内部的水分。这就叫“阴干”。

土基墙砌成之后还有一道工序，那就是泥墙。这是保护土基的。泥墙用的是很稀的淤泥，用手把它们在土基墙上抹匀了——这还不够。泥毕竟怕水，雨水一淋，泥土会把雨水吸收进去，这样一来泥土就稀松了。最保险的办法是用麦秸秆编成毡子，蓑衣一样，用竹钉钉在墙上，雨水就再也淋不到土基了。

用土基做墙的房子一般都有两个特点。一、比较矮小，土基的承重能力毕竟有限，太高和太大都很危险；二、没有窗户，这个很好理解，窗户的上框土基没有支撑，这在技术上是很难完成的。

盖草房子的草料最好是茅草，因为茅草结实，不易腐烂。次一等的是麦秸秆，麦秸秆是圆的，中空，这对下雨天泄水有极大的帮助。

新草房通常都很漂亮。因为麦秸秆是金黄色的，所以，新盖的草房子金光灿灿，在阳光的照耀下，几乎称得上辉煌。但是，用不了半年，屋顶就成酱黑色的了，看上去很衰。新房子和新娘子通常联系在一起，新房子变得难看的时候，新娘子差不多也就是孩子他妈了。

可无论新草房多么好看，我还是更喜欢老了的草房子。因为是纯天然的，每一座老了的草房子都是妙趣横生的，它们在骨子里都是一座独立的生态园。动物是必不可少的——

燕子。这是当然的。乡下人有一种顽固的传说：燕子能带来财运。这句话我其实不信。在乡下，每一家的大梁上都有燕子窝，可我从来没有见过“有财运”的人。我情愿把这个传说看作是乡下人的善良——你有房子遮风挡雨，燕子来到你的家里，跟着你沾一点福气，似乎也是应该的。

麻雀。和燕子相比，麻雀的确要等而下之。燕子穿的是“燕尾服”，而麻雀穿的是“麻布”，这能一样么？麻雀没有燕子漂亮，它自己是知道的。所以，除了特别大的房子，麻雀一般不进去，它们会很自觉地选择室外，也就是屋檐。

蝙蝠。蝙蝠藏在哪里一直是一个谜，没有人知道它们在哪里。和许许多多的飞行动物不一样，蝙蝠只在夜间飞行。在满月的夜里，蝙蝠们鬼鬼祟祟的，它们在夜空中划拉出怪异的弧线。大人们说，只要你愿意把鞋子脱下来，往天上扔，蝙蝠就会钻到你的鞋子里。我们就往天空扔鞋子，我们臭气熏天的鞋子如同烟花一般升上了天空。我要说的是，我们没有成功过一次。但是，热情和失败无关。一代又一代的孩子们一天又一天、一年又一年重复着这个游戏，鞋子在上天，在入地。是什么东西支撑着这个古老的游戏呢？太匪夷所思了。

蜜蜂。蜜蜂也有窝，这个许多人不知道。它们会用细小的、柔弱的嘴巴在土基墙上掏洞，飞进去之后再把身体转过来。如果你有兴趣，你可以站在洞前和它们对视。它们小小的眼睛会望着你，它们小小的眼睛里也有小小的惊慌。在我的少年时代，捉蜜蜂是一件很惬意的事，你可以拿一个瓶子，把瓶口对准洞口，用一根草进去拨几下，蜜蜂就飞出来了，一头撞进你的瓶子。

蜘蛛。我们一直把蜘蛛叫作“喜喜蛛”。因为占了两个“喜”，蜘蛛在我们的眼里是吉祥的。每一间草房子里头都有大量的喜喜蛛，人们从来不碰它。如果你的运气好，又足够耐心，你能看到喜喜蛛结网的全部过程，那是默无声息的，却也是惊心动魄的。丝线如大便一样，从喜喜蛛的肛门里拉出来了，这才是真正的“拉”。它是天才，它是最伟大的行为艺术家。除了喜喜蛛，天下再也没有一样东西只靠自己的肛门就能保证自己生计的了。

蛐蛐。到了秋后，草房子的墙角少不了蛐蛐，当然也有纺织娘。对孩子们来说，蛐蛐的叫声更具召唤力。我们的耳朵大多专业素养很过硬，会听的。怎样的叫声预示着怎样的战斗力，我们一听就知道。但是蛐蛐特别地机警，你一靠近它就沉默。你要等，蹲在那里，别动。时间久了，蛐蛐就以为你离开了。在它再一次吟唱的时候，我们的耳朵如同GPS，一下子就锁定了它的方位。

油葫芦。油葫芦和蛐蛐很像。它的叫声比蛐蛐还要嘹亮，身躯也比蛐蛐硕健。不同的是，蛐蛐的尾巴是两根须，而油葫芦的尾巴则是三根须。许多人分不清油葫芦和蛐蛐，他们会把油葫芦当作魁梧的蛐蛐，那是很丢人的。

除了鸟类和昆虫，草房子其实也是植物的天堂，尤其是半新的草房子。你会看见伸出檐口的椽子上长出木耳，你还能从屋顶或土基墙上意外地发现一株麦子，像模像样地结出麦穗。当然，油菜花也有。油菜花孤零零地，煞有介事，开放着金黄色的花朵。

最夸张的就是草房子上头长出木本植物，也就是树。它们一般都长不大，但是，你不能拔，一拔就会带下来一大块土。对草房子来说，那是灾难性的。聪明的做法是把它们锯了，光秃秃的，不可思议的树根就那样不可思议地长在我们的头顶上。

草房子意味着贫穷，这句话没有错。可是，伴随着四季，草房子它生机盎然，草房子有草房子的夏荣与秋实，说它像天堂，这么说似乎也不错。

可我想强调一件事，每一座废弃的草房子都是地狱。它们没有屋顶，只有残败的土基墙。残垣断壁是可怕的，它们和家的衰败、生命的死亡紧密相连。本来应该是堂屋或卧房的，却蓬生蒿长了，那些杂生的植物像疯了一样，神经了，格外地茂密，格外地健壮。这茂密和健壮是阴森的，那是老

伴随着四季，草房子它生机盎然，草房子有草房子的夏荣与秋实，说它像天堂，这么说似乎也不错。

鼠、蛇、黄鼠狼出没的地方，也是传说中的鬼、狐狸精和赤脚大仙出没的地方。色彩诡异的蝴蝶在杂草的中间翻飞，风打着旋涡，那是极不吉祥的。在我看来，蒲松龄的出现绝不是空穴来风的一件事，蒲老先生一定见过太多的孤宅和太多的断壁，哪一条断壁的拐弯处没有它自己的狐狸呢？在乱世，意外的死亡是常有的，悲愤的死亡是常有的，那么多的亡魂不可能安稳，所以，狐狸的尾巴会无端地妖冶，那是冤魂的摇曳。

草房子就是这样，新的有多灿烂，破的就有多凄凉。从新到旧，是现实的全部，也是想象的一个零头。

草房子里成长起来的灵魂是波动的，一直会朝着远方荡漾。

家具手电筒

我突然意识到，在这样的语境里说“家具”是一件很可笑的事。我并不知道我们家有多穷，但我们家经常搬家。一搬家，我们家的贫穷就纤毫毕现了。

最早发现我们家秘密的是一个农民，他在码头上。当我们一家五口从船上上岸之后，那个农民望着水里的船，脸上带上了不解的表情，他说：“这个家怎么没什么东西？”

我们家真的“没什么东西”，如果一定要说家具的话，其实就是几床铺板。因为父母都是教师，我们住的都是公房，桌子和凳子这些大件也都是公物。剩下来的，就是几个箱子。对了，还有炉子，还有锅，还有澡桶，还有脸盆，还有油瓶，还有盐罐，还有十几个碗和十几双筷子。我们家的家当就是这些了。无产阶级制度的力量的确起到了伟大的作用，它确保了“百分之九十五以上”的人们都是无产阶级。

我现在要说的是手电筒。严格地说，手电筒不能算是家具，但我要强调的是，手电筒在我们家的确是一件最为要紧的家具。我还要强调，在手电筒这个问题上，我的父亲是慷慨的，偏执的，坏了一个就再买一个——因为眼睛不好，父亲在夜晚离不开他的手电筒。在我的童年与少年，我从来没有离开过手电筒。我在许多小说里描写过手电筒，是它让我的童年与少年变得非同一般。

手电筒最为迷人的地方当然是它的光。依照常识，光和热紧密相连，它们是一码事。可是，手电筒最为了不起的地方就在于，它让光和热分离开来了，手电筒的光没有温度。这是一件极其伟大的事——光居然可以放在手里把玩了。我喜欢把手电筒捂在掌心里，一打开，我的手指头就半透明了，通红通红的。我第一次见到这个景象的时候吓了一大跳，和见了血一样惊悚。可是，一点也不疼。

手电筒的光不仅是光、热分离的，它还有一个特点，是聚集的。在遇到手电筒之前，我见到的都是自然光，它们是分散的：阳光是这样，灯光是这样，炉膛里的火光也是这样。是手电筒让光有了组织性，不是成为光的棍子，就是成为光的喇叭。是的，组织性就是棍子，组织性就是喇叭。当手电筒的光变成一根棍子之后，它笔直笔直的，从村子的这一头一直可以照到村子的那一头。手电筒一关，村子在眨眼之间就回到了先前的幽暗。

我喜欢遐想的习惯就是手电筒带给我的。在漆黑的夜里，用手电筒探照夜空是我最爱干的一件事。这时的光不再是棍子，而是柱子。光柱子顶天立地，它在黑色的夜空里摇晃，你什么都看不见，你反而找不到任何一颗星星。但少年的心就此变得浩瀚。

探照夜空是一件充满了希望的事情，你能够得到的却一定是绝望。你什么都找不到，光也是有局限的，意识到这一点是一件让人很沮丧的事情。

我很快就得到了大人的告诫：手电筒是不能往天空上照的。我问为什么，答案吓了我一跳——浪费电。

为了把这个问题说清楚，告诫我的人用粉笔打了一个比方，他说，你用粉笔在地上画一条线，粉笔的消耗并不大，但是，如果你用粉笔“从我们村一直画到北京”，粉笔很快就被耗光了。

我听懂了。在我们村，“北京”其实不是什么首都，它最真实的意义是远。如果说，一个男人的老婆“在北京”，那么，毫无疑问，这个人就是一个光棍。“在北京”它和“在月亮上”没有任何区别。“北京”在我们想象力的最顶端，一过了“北京”，想象力只能走回头路。

天哪，我手电筒里的光都去了“北京”了，它们在天

在漆黑的夜里，用手电筒探照夜空是我最爱干的一件事。这时的光不再是棍子，而是柱子。

安门的上空熠熠生辉。虽然我没有看见，但这样巨大的消耗哪里是一只小小的手电筒可以承受得了的？我很后悔。作为一个求知欲极强的孩子，我说不出“知识就是力量”这样的话，但是我知道，懂得多总是好的。在愚昧的时代，我用走向愚昧的方式告别愚昧。

愚昧是什么？愚昧是一种特殊的知识。愚昧是一种当时令人绝望而事后让人发笑的知识。所以，老黑格尔说，人类都是“微笑着”和自己的过去告别的。然而，大部分时候，我选择相信爱因斯坦。爱因斯坦说，愚昧不可战胜。

我再也不会用手电筒照耀夜空了。就在知道了“真理”并掌握了“真相”的当天晚上，我灰溜溜地回家了。我做错了事，不敢声张。我不敢把我做错了的事情告诉我的父亲，如果我告诉我的父亲，我的父亲一定会给我解释清楚的。可我胆怯了。现在回想起来，胆怯其实正是愚昧最大的温床。伏尔泰在总结启蒙运动的时候说，启蒙就是“勇敢地使用你的理性”。是的，勇敢地。“使用理性”绝对不是一件容易的事，它需要我们的勇气。理性与勇气从来都是孪生的兄弟，甚至可以说，是一枚硬币的正面与背面。

因为贫穷，我没法像模像样地描述我家的家具，我只能描写我的手电筒。我没有跑题，写下这一章是必要的。

水上行路

说起行，我的故乡顶有特色了。我们的“行”其实就是行船。我的故乡兴化在江苏的中部，所谓里下河地区。它的西边是著名的大运河。因为海拔只有负一米的缘故，一旦大运河决堤，我的故乡在一夜之间就成了汪洋。这样的事曾多次发生过。一次又一次的灾难严重影响了兴化人的文化基因，兴化人不太相信这个世界，兴化人更相信的东西是他自己。兴化人对教育有一种恋爱般的情感，柔软、绵长、坚毅，这一点和犹太人很像——只有装在脑袋里的财富才是真正的财富，恺撒、强盗和洪水都带不走它。

洪水一次又一次地冲刷让兴化的地貌变得很有特色，兴化成了一个水网地区。河流就是我们的路，水也是我们的路。我们兴化人向来是用手走路的，两只脚站在船尾，用篙子撑，用双桨划，用大撸摇。运气好的时候，换句话说，顺

我在六七岁的时候就会撑船了。也没有学，玩着玩着，自己就会了。

风的时候，你就可以扯起风帆了。我的朋友、诗人庞余亮写道：“天空打满了补丁。”诗人总是伤感的，庞余亮还写道：“天很疼，浑身都是膏药。”——无论是补丁还是膏药，庞余亮所描绘的都是我们家乡的风帆。

风帆意味着好运气，你赶上顺风了。也许是兴化人的缘故，在我还很年轻的时候，我对“运气”就有了非常科学的认识，有顺风的人就必然有逆风的人，有顺风的时候就必然有逆风的时候。在一条河里，好运的人和倒霉的人相加，最终是零；在你的一生里，好运的时候和倒霉的时候相加，最终依然是零。零是伟大的、恒久的。零的意义不是它意味着没有，相反，它意味着公平。是天道。都要归零的。

说起来真是不可思议，我在六七岁的时候就会撑船了。也没有学，玩着玩着，自己就会了。我的父亲非常吃惊，他在乡下生活了那么长时间，很想学撑船，每一次都无功而返。其实父亲用不着吃惊，只要牵扯到人的本能，孩子们大多无师自通。说白了，人的一生其实就是无师自通的一生，除了课本，又有几样东西是老师教会的呢？老师不会教我们接吻，只会禁止我们接吻，可我们都会，做得也蛮好的。

不会撑船的人都有一个习惯，一上来就发力。这是人在学习的时候常犯的错误：努力。老师们常常告诫我们，要努力！可努力有时候是最愚蠢的。以我撑船的经验来看，在学习的过程中，尤其是初期，“感受”比“努力”要重要得多。过分的“努力”会阻塞你的“感受”。就说撑船吧，在掌握正确的方法之前，“努力”的结果是什么呢？船在原地打圈圈，你在原地大喘气。好的学习方法是控制力气的，轻轻地，把全身的感受力都调动起来。在人、物合一的感觉出现之后，再全力以赴。

我现在来讲一个撑船的故事。在我很小的时候，我曾经把一条装满了稻谷的水泥船从很远的地方撑回打谷场。以我的身高和体重来说，那条装满了稻谷的水泥船太高了、太大了、太重了，是力所不能及的。可事实上，我并没有费多大的力气。奇迹是怎么发生的呢？水泥船在离岸的时候大人们推了一把，笨重的船体开始在水面上滑行了。这是极其重要的。巨大的东西有两个特征：巨大的阻力和巨大的惯性。这就是为什么泰坦尼克号在停火之后还会撞上冰山的缘故。事实上，在巨大的惯性之中，你只要加上那么一点点的力量，它前行的姿态就保持住了。问题是，你不能停，一停下来你就再也无能为力了。

我经常告诉我的儿子，无论多大的事情，哪怕这件事看上去远远超出了你的能力，你都不要惧怕它。“不可能”时常是一个巍峨的假象。在它启动之后，它一定会产生顽固的、取之不尽的、用之不竭的惯性，你自己就是这个惯性的一部分。只要你不停息，“不可能”只能是“可能”，并最终成为奇迹。

农业文明的特征其实就是植物枯荣的进程，一个字，慢。每一个周期都是三百六十五天，无论你怎样激情澎湃，也无论你怎样“大干快上”，它只能是、必须是三百六十五天。在农业文明面前，时间不是金钱，效益也不是生命。为了呼应这种慢，农业文明的当事人，农民，他们所需要的其实就是耐心。

农民的“行”也是需要耐心的。这就牵扯到农业文明的另一个特征了，它和身体捆绑在一起。工业文明之后，文明与身体才脱离开来，所以，工业文明又被叫作“解放身体”的文明。农业文明不同，它是“身体力行”的——还是回到撑船上来吧，既然是身体力行的，你在使用身体的时候就不能超越身体，这一点和竞技体育有点相似了，它存在一个“体力分配”的问题。

在我刚刚学会撑船的时候，急，恨不得一下子就抵达目的地。它的后果是这样的，五分钟的激情之后我就难以为继了。一位年长的农民告诉我：“一下一下地。”是的，农业文明不是诗朗诵，不是“我要上春晚”，五分钟的激情毫无疑义，五分钟的激情在任何时候都可以忽略不计。

“一下一下地”，这句话像河边的茇茇草一样普通，但是，我决不会因为它像芨芨草一样普通就怀疑它的真理性。“一下一下地”，这五个字包含着农业文明无边的琐碎、无边的耐心、无边的重复和无边的挑战。有时候，我们要在水面上“行”一天的路，换句话说，撑一天的船。如果你失去了耐心，做不到“一下一下地”，那么，你的处境将会像一首儿歌所唱的那样——小船儿随风飘荡。这可不是一个诗情画意的场景，它是狼狈的，凄凉的。这件事在我的身上发生过。

最后说两句：

一、有人问我，如何成为一个作家。我说，坚持写三十年，不要停止；

二、我从没有怀疑过自己的能力，即便如此，我还是要说，我最大的、最可以依赖的才华是耐心。

在水上行路的人都有流水一般的耐心。水从来都不着急，它们手拉着手，从天的尽头一直到另一个尽头。

桑　树

人是由猴子变来的，这个说法很容易得到乡下孩子的认可，道理很简单，乡下的孩子像猴子一样喜欢树。大人们也喜欢树，但是，他们有他们的理由，都是功利性的。大的功利是这样的：“植树造林，绿化祖国”；小的功利则有些好笑，他们在墙上写道：“要想富，少生孩子多养猪；要想富，少生孩子多种树。”——发财多么简单啊，人没了，遍地的树林、满地的猪。

祖国绿不绿、家庭富不富，这些和我们没关系。我们就是喜欢爬树，爬过来爬过去，树不再是树，成了我们的玩具了。有一点我要强调一下，我说树是“我们的玩具”可不是“比喻”，是真的。我们没有变形金刚，没有悠悠球，没有四驱车，不等于我们没有玩具。我们是自然人，只要我们想玩，所有的一切都可以成为玩具，脚丫子都是。脚丫子最多只能开四个叉，可一棵树能开多少个叉？数都数不过来的。

爬树最难克服的还是树干那个部分，它们可不是脚丫，不开叉的，这一来树干就没有“把手”了。我们的办法是“蛙爬”。“蛙爬”这个词是我发明出来的，简单地说，像青蛙“蛙泳”那样往上爬——先趴在树上，胳膊抱紧了，两只脚对称地踩在粗糙的树皮上，用力夹稳，一发力，身躯就蹿上去了，同时，胳膊往上挪，再抱住。以此类推。说到这里你就明白了，从表面上看，爬树考验的是腿部的劲道，其实不是，它考验的还是胳膊的力量。如果胳膊的气力不足，没能死死地铆住树干，你的身躯就滑下来了。这一滑惨了，不是衣服被扯破，就是皮肤被扯破，也可能是衣服、皮肤一起破。当然了，哑巴吃黄连的事也偶有发生，那就是“扯淡”，男孩子都懂的。

村子里到处都是树，但我们也不会不讲究，逮着什么就爬什么，不会那样的。正如商场里的玩具可以标出不同的价格一样，我们眼里的树也是明码标价的。最好的，最贵的，只能是桑树。

我们是这么定价的：

第一，桑树不像槐树、杨树那么高，它矮小，枝杈也茂密，这样一来爬到桑树上去就相对容易、相对安全了，即使掉下来也不会怎么样。但这一条不是最为关键的，楝树也

性，晃悠起来了，颠簸起来了。那是美不胜收的。荡漾不只是美感，也是快感。

当我们爬上桑树，或坐在树枝上，或躺在树枝上，只要轻轻一个发力，我们的身体就得到了自动性，晃悠起来了，颠簸起来了。那是美不胜收的。荡漾不只是美感，也是快感。

不高大，我们几乎不爬它。楝树的木质有一个特性，脆。脆里头有潜在的危险，在它断枝的时候，咔嚓一声屁股就着地了，一点缓冲的机会都没有。这就有了第二。第二，桑树的木质很特别，它柔，它韧，有充足的弹性。即使桑树的枝丫断枝了，那也是藕断丝连的，最后能撕下好大好长的一块树皮——摔不着的。在这里我愿意普及一个小小的常识，做扁担的木料大都是桑树，主要的原因就是桑树的弹性好。弹性可以最大限度地减轻重力对肩膀的冲击——弹性的美妙就在这里，当我们爬上桑树，站在树枝上，或坐在树枝上，或躺在树枝上，只要轻轻一个发力，我们的身体就得到了自动性，晃悠起来了，颠簸起来了。那是美不胜收的。荡漾不只是美感，也是快感。

通常，我们三五一群，像巨大而笨拙的飞鸟栖息到桑树上来了。鸟要"择木而居"，我们也"择木而居"。我们选择了弹性、韧性和荡漾。我实在记不得我们在桑树上度过了多少美妙的时光，那样的时刻大多在傍晚，也可以说，黄昏。很寂寞，很无聊，很空洞。这个空洞可能是心情，但更可能是胃。我们的食物是低蛋白的，一顿午餐绝不可能支撑到晚饭。在饥饿的时候，我非常渴望自己是一只鸟，这不是该死的"文学想象"，是切实的、普通的愿望。我希望我的腋下能长出羽毛来，以轻盈和飞翔的姿态边走边吃。当然了，饿了也没有关系，我们有桑树，桑树的树枝在晃悠。桑树的弹性给我们送来快乐，这快乐似是而非，不停地重复。

重复，我想我终于说到问题的关键了。我们的晃悠在重复，日子也在重复。重复真是寂寞，那些傍晚的寂寞，那些黄昏的寂寞。我都怕了黄昏了，它每天都有哇，一天一个，哪一个都不是省油的灯。

我儿子五六岁的时候，我已经是一个年近四十的中年人了。有一天的傍晚，我和我的儿子在小区的院子里散步，夕阳是酡红色的，极其绵软，很大，漂亮得很。骄傲地，也可以说寥落地斜在楼顶上。利用这个机会，我给儿子讲到了李商隐。现成的嘛，“夕阳无限好”嘛。我万万没有想到的是，小家伙的眼里闪起了泪光，他说他“最不喜欢”这个时候，每天一到了这个时候他就“没有力气”。作为一个小说家，我是骄傲的，我的儿子拥有非凡的感受能力，也许还有非凡的审美能力。但是，作为一个父亲，我突然就想起了那些“遥远的下午”。在乡村的一棵桑树上，突然多了一个摇摇晃晃的孩子，然后，又多了一个摇摇晃晃的孩子。我没有给孩子讲述他爸爸的往事，我不希望我的孩子染上伤感的气息——那是折磨人的。从那一天开始，我每天都要在黄昏时分带着我的孩子踢足球，我得转移他的注意力，我要让他在巨大的体能消耗当中快快乐乐地赶走那些该死的忧伤。差不多是一年之后了，在同样的时刻，同样的地方，我问我的儿子："到了黄昏你还没有力气么？"儿子满头是汗，老气横秋地说："那是小时候。"这个小东西，从小就喜欢把一年之前的时光叫作"小时候"。苏东坡说："世人养子望聪明，我被聪明误一生，但愿此儿愚且鲁，平平安安到公卿。"我不是苏东坡，我的儿子也不会去做什么"公卿"。可无论如何，做父亲的心是一样的。

我要说，乡村有乡村的政治，孩子们也是这样。我们时常要开会。所谓开会，其实就是为做坏事做组织上的、思想上的准备。到哪里偷桃，到哪里摸瓜，这些都需要我们做组织上的安排和分工。我们的会场很别致，就是一棵桑树。这就是桑树"高价"的第三个原因了——世界上还有哪一种玩具可以成为会场的呢？只有桑树。一到庄严的时刻，我们就会依次爬到桑树上去，各自找到自己的枝头，一边颠，一边晃，一边说。那些胆小的家伙，那些速度缓慢的家伙，他们哪里有能力爬到桑树上来？他们当然就没有资格做会议的代表。我们在桑树上开过许许多多的会议，但是，没有一次会议出现过安全问题。我们在树上的时间太长了，我们拥有了本能，树枝的弹性是怎样的，多大的弹性可以匹配我们的体重，我们有数得很，从来都不会出错。你见过摔死的猴子没有？没有。开会早已经把我们开成经验丰富的猴子了——总有那么一天，老猴子会盘坐在地上，对着它的孩子们说，孩子，记住了，猴子是由乡下的孩子们变来的。

既然说到桑树，有一件事情就不该被遗忘，那就是桑树果子。每年到了季节，桑树总是要结果子的。开始是绿色，很硬，然后变成了红色，还是很硬。等红色变成了紫色，那些果子就可以当作高级水果来对待了，它们一下子柔软了，全是液汁——还等什么呢？爬上去呗。一同前来的还有喜鹊和灰喜鹊，它们同样是桑树果子的发烧友。可它们也不想想，它们怎么能是我们的对手？它们怕红色，我们就用红领巾裹住我们的脑袋，坐在树枝上，慢慢地吃，一直到饱。它们只能在半空中捶胸顿足，每一脚都是踩空的。它们气急败坏了，我们就喜气洋洋了。

到了大学一年级我才知道，桑树果子是很别致的一样东西，可以“入诗”。它的学名优雅动人，叫桑葚。“吁嗟女兮，勿食桑葚。士之耽兮，尤可脱也。女之耽兮，不可脱也。”不要摇头晃脑了吧，《诗经》的意思是说，美女啊，不要吃桑树果子，吃多了会上男孩子的当。男孩子上当了可以解脱，女孩子一上当你就玩完了。这是怎么说的，桑树怎么会长出迷魂药来？无论《诗经》多好，它的这个说法我都不能同意。在我看来，在桑葚面前，女孩子不仅要吃，还得多吃。解馋是次要的，关键是能把口红的钱省下来。吃桑葚多魔幻哪，嘴唇乌紫乌紫的，像穿越而来的玄幻女妖。另类，妩媚。男孩子上她们的当才是真的。

所以啊，我要说第四了，桑树也是好吃的玩具。

九月的云

有一种玩具你是不可能拿在手上把玩的，但是，这不妨碍你和它厮守在一起，难舍难分。

那是九月的云朵。这里的九月是公历的九月，如果换算一下的话，其实是农历的八月。在我的老家有一句老话，说，“八月绣巧云”。这句谚语是有语病的，是谁在八月里绣巧云呢？不知道。那就望文生义吧，绣娘的名字就是“八月”。这样说好像也没有什么大问题。

在农历的七月，我的故乡有些过于晴朗，时常万里无云。正如《诗经》里所说的那样：“七月流火。”都流火了，哪里还能有云？如果有，一定是遇上了暴雨，那是乌云密布的，一丁点的缝隙都不留。总之，七月里的天空玩的就是极端。到了八月，天上的情况发生了奇妙的变化，总体上说，一片湛蓝，但是，在局部，常常堆积起一大堆一大堆的白云

到了八月的傍晚，猴子一样的孩子齐刷刷地端坐在桥上、墙头、草垛旁、河边，对着遥远的西方，看，一看就是老半天。

朵来。因为没有风，那些一大堆一大堆的云朵几乎就不动，或者说静中有动。它们孤零零的，漂浮在瓦蓝瓦蓝的背景上。你需要花上很大的耐心才能目睹到它的微妙变化。

孩子都顽皮，没有一个人的屁股可以坐得住，可是，到了八月的傍晚，不一样了，猴子一样的孩子往往会变成幽静的抒情诗人，他们齐刷刷地端坐在桥上、墙头、草垛旁、河边，对着遥远的西方，看，一看就是老半天。

真正让孩子们关注的当然不是云，而是动物。平白无故的，一大堆的白云就成了一匹马了。这匹白马的姿势很随机，有可能站着，也有可能腾空而起。一匹马真的就有那么好看么？当然不是。好看的是变幻。一匹马会变成什么呢？这里头有悬念了，也可以说，有了玄机。

四五分钟的静态足以毁坏一匹马的造型，我们可不急。两三分钟，或四五分钟，一定会有人最先喊出来："看，变成一头猪了。"

在通常的情况下，第一声叫喊大多得不到重视，一匹白马凭什么会变成一头白猪呢？可是，老话是怎么说的？天遂人愿——玄机就在这里。不知不觉，一匹白马真的就幻化为一头白猪了，所有的眼睛都能见证这个遥远的事实。越看越像。最后成真的了，的的确确是猪。

我不知道"苍狗白云"这个词是谁发明的，他一定是一位心性敏感的倒霉蛋，他被人间的变幻与莫测弄晕了头，不知何去，不知何从。就在某一天，当然是“八月”里的一天，他的“天眼”开了，通过天上的云，他看到了苍天的表情，还有眼神。就在一炷香的工夫里，他理解了大地上的人生。他看到了人生的短暂和不确定性，他看到了命运姣好的静，还有命运狰狞的动。他由此成了一个怀疑论者，或者说，相对论者。他一下子就“明白了”，由此获得了生命里的淡定与从容。就像虞姬在临死之前所吟唱的那样，“自古常人不欺我，成败兴衰一刹那（为了押韵，这里念‘nuo’）”。一刹那啊。

当然了，乡下的孩子是简单的，乡下的孩子看天上的云，不是为了“悟道”，更不可能“悟道”。我们只是为了好玩，怀揣的是一颗逛动物园的心。看了骆驼再看马，看了狮子再看熊，这多好哇。要知道，许多动物我们从来都没有见过——因为云朵的漂移，我们认识了。你看看，云和天空所做的工作居然是“科普”与“启蒙”。也还可以这样说，在看云的时候，我们其实在看露天电影，天空成了最大的屏幕，生命在屏幕上递嬗，演变，你中有我，我中有你。“天”和“云”就是这样神奇，难怪我们的先人一遍又一遍地告诉我们：向大自然学习。我们观察大自然，研究大自然，其实都是学习。

如果你的启蒙老师是大自然，你的一生都将幸运。

“神马都是浮云。”这是前些年流行过的网络语言，颓废啊，颓废。哎，现在的孩子就知道浮云的虚幻，他们哪里能知道浮云的妙呢？其实呢，“浮云”要比“神马”神奇得多、有趣得多——全看你有没有那样的造化了。造化在天上，也在你的瞳孔里，也在你的灵魂里。

红蜻蜓

有一件事情我至今还不明白，红蜻蜓是从哪里来的？它为什么会有那么多？

和红蜻蜓比较起来，蜻蜓更常见，我喜欢的也是蜻蜓。蜻蜓的个子要比红蜻蜓大许多，身上的花纹一般以浅绿色为主，灰色的部分也有。蜻蜓诱人的地方就在它的翅膀，半透明的，上面的那一对稍长，下面的那一对稍短。它们的眼睛特别，所谓的脑袋其实就是两只大眼睛，裸露着。很长时间里头我都在为蜻蜓的眼睛担心，没有眼睑的保护，它们飞行在树丛里，万一被什么东西碰到了那可怎么办？我的担心多余了，没有一只蜻蜓会撞伤自己的眼睛。生命与大自然之间微妙的配合，由此可见一斑。

在这里我要交代一件事，蜻蜓的眼睛让我吃足了苦头。我喜欢捉蜻蜓，可是，每当我站在它的身后并蹑手蹑脚靠近它的时候，它都能得到神秘的启示，然后，成功地逃脱。长大了之后我才知道，蜻蜓的视域足足有三百六十度，换句话说，没有死角。上帝是仁慈的，造物主是仁慈的，生命的进化逻辑是仁慈的，无论你多么弱小，你都可以为自己争取到一个活下去的理由，这个理由会生长在身体的内部。

我是多么地愚蠢——蜻蜓一五一十地看着我呢，正含英咀华，而我却认准了蜻蜓什么都看不见，还蹑手蹑脚呢。知道这个常识之后，我得到了一项很好的心理提示，尽可能不要蹑手蹑脚，没用的，白费劲。

我记忆中的蜻蜓永远都是那样优雅，尤其在它们栖息的时候。它轻盈的程度令人吃惊。相对于蜻蜓的身躯，它的腿脚纤细了，只有蚕丝那么粗。可是，正是如此纤细的腿脚，硬是把如此修长、如此巨大的身躯支撑起来了。一片无论多么细小的叶子都可以成为蜻蜓的栖息地，微风轻拂，蜻蜓安安静静，同时也摇摇晃晃——它有体重么？我在童年时代纠结于蜻蜓的体重，长大之后又纠结于芭蕾舞演员的体重，它（他）们的体重哪里去了呢？

我想问一个问题：小荷才露尖尖角，早有什么立上头？答案只有一个，蜻蜓。让我们来看看这句诗吧，“小”“才”“尖”，这是诗人刻意挑选出来的词，很简单，但它们却构成了一个初生的、娇嫩的、排除了力量的、也不需要任何力量的世界，“蜻蜓”似有若无的体重与这个世界构成了绝配。诗歌的“意境”不是别的，是彼此般配的文字在化学反应之后所产生的弥散。事实上，蜻蜓“早”就来了，仿佛一场空前绝后的等待——卡尔维诺如此在意“轻逸”，有他的道理。雄浑的“重”可以抵达一种伟大，鬼精鬼灵的“轻”则可以抵达另一种伟大。

对了，我似乎不该遗忘蜻蜓的飞行，它们一般出没在池塘边，一个有水、有芦苇的地方。我注意到，蜻蜓一般都是单飞，很少成群结队。画家——何多苓还是周春芽说过：“我很自豪，我一直都是一个人。”我觉得这句话说得好极了。这是一个艺术家应有的飞行姿态。一个从事艺术创作的人，无论他有多少朋友，他应当是一个人，必须是一个人。孤独是艺术家的道德。当一个艺术家热衷于“抱团”而无法阻挡他的“饭局”和“应酬”的时候，你对他的创作几乎可以不抱指望了。孤独是一种特殊的能量，它不是玄学。孤独是创作的本质，也是创作的形式。艺术家的生命往往取决于这种孤独的正能量。

蜻蜓是如此卓尔不群——如果你的运气好，碰上了两只蜻蜓同时飞行，那我可以告诉你，其中的一只是公的，另一只一定是母的。它们在求偶。在它们达成协议的时候，母蜻蜓会栖息在一片叶子上，然后，公蜻蜓就“栖息”到母蜻蜓的后背上去了。它们的尾巴连在一起了，无忧无虑。远远地看过去，简直就是两片相依为命的叶子。是的，我从没见过蜻蜓的吃、喝、拉、撒，它们是水边的神仙，也可以说，它们是一种神奇的植物，仅靠光合作用就可以获得生命里的翅膀。

可是，红蜻蜓不一样。它们喧闹。它们最大的喜好就是倾巢行动，一来就是一大片，一来就是大动静。它们真多啊，遮天蔽日。

红蜻蜓的到来通常都是突发性的，一般在盛夏。两到三天的阴雨之后，天空晴朗了。雨后的晴朗可不是一个好东西，空气中积压了大量的水，闷极了，这时的大地是黏稠的，空气是黏稠的，大人们的叹息也是黏稠的。我从小就不喜欢雨水，这和语言有关。大人们虽然不说雨水“坏”，但大人们一律把晴天叫作“好天”。我们这一代人就是在“好和坏”的训导中成长起来的，“好天”是“好人”，雨天只能是“敌人”——我怎么可能喜欢它呢?

太阳出来了，天“好”了。就在黏稠的空气里，村子里突然传来了消息，红蜻蜓来啦！得到消息的孩子们拼命地跑，我们聚集在红蜻蜓的下面，开始欢庆我们的节日。

红蜻蜓真的是红色的，严格地说，绛红色的。当然，翅膀依然是透明的。因为数量的巨大，我们的上空仿佛覆盖了一层彤云。那些透明的翅膀在阳光的底下熠熠生辉。它们密密麻麻，闪闪发光，乱作一团。可是，它们自己却不乱，我从来没有见过两只蜻蜓相撞的场景。孩子们高兴啊，孩子们的内心始终是一条狗，你永远都不知道它在什么时候撒欢。我们在彤云的下面疯跑，同时也开始了我们的杀戮。我们的竹竿或树枝在空中乱舞，它们呼呼生风。许多红蜻蜓被我们拦腰打断了，但是，打断了的红蜻蜓不会即刻死去，它们依然能飞，越飞越低，最终降落在大地上。

但红蜻蜓绝对不是被我们杀绝的，我们不可能杀绝它们。天色暗淡下来了，所有的红蜻蜓一起消失在暮色里。它们无影无踪。哪里去了呢？没有人知道。孩子所能知道的也只有一件事，红蜻蜓并不是每一年都来的，有时候三年一次，有时候五年一次。照这样计算，红蜻蜓给我们送来的节日比中秋珍贵，比春节珍贵。

麦　地

在我的老家那一带，麦地有它的秘密，那就是墒沟。

麦地的秘密来自麦苗的秘密。麦苗需要水，它离不开水。可麦苗也怕水，尤其在麦苗抽穗之后。抽穗之后，土壤里的水过多，会导致麦苗的病灾与虫害，严重的时候甚至可以让麦苗的根须腐烂。

这里就需要补充说明一下我们老家的气候了。我的老家兴化地处长江以北、淮河以南，这里的气候属于“亚热带季风性湿润气候”。湿润是一个不坏的东西，水多嘛。但湿润也有湿润的麻烦，在麦子的成熟阶段，我老家的雨水远远超出了麦子的需要。

不要以为地里头长庄稼是一个“纯天然”的事情，不是。任何一个植物的种类，只要它以“庄稼”的名义生长在大地上，它们的生命里就一定包含着庄稼人惊天的大智慧。

就说我的老家，我的老家并不是麦子的天堂，尤其是小麦。想想吧，麦子成熟了，季风却送来了过量的雨水。你能让老天爷不下雨么？不能。娘嫁人的时候老天爷都可以下雨，麦子抽穗了它就不下雨了？

在农业的内部，一定包含着庄稼人与上天的对话。农业是人与上天对话的结果，农民习惯于妥协，因为农业就是农民对上天的妥协。这妥协是伟大的，它的内部蕴含着农民旺盛的存在欲望，它呈现出来的是勃发的能动性。

在气候面前，我们老家的农民做出了正确的反应——在麦地里挖沟。这个沟就叫“墒沟”。“墒”，《现代汉语词典》是这么解释的：土壤适合种子发芽和作物生长的湿度。不要小看了田垄与田垄之间的那条小沟，它们可不是让你在飞机上看风景的，就因为它们，土壤的湿度“合适”了，尤其在多雨的时候。

水有极强的渗透性。因为墒沟的存在，土壤的“墒”就可以自行调配了：雨太多，好，多出来的水渗进墒沟，淌出去了；天太旱了，反过来，沿着墒沟灌溉，水自己就能“滋”进麦地。庄稼人对土性和水性都是了解的，和了解亲人的脾性差不多。都是顺毛驴，得顺着，哄着。它是要惯的。

在大地所有的形态里，我最喜欢的要数麦地。麦子的生长有一个特点，它隔年，冬天播种，第二年的夏天收割。必须承认，在春节之前，麦地没什么可看的。那时的麦苗还没有长起来，它们稀稀疏疏，在寒风里瑟瑟发抖。它们渴望的是一场雪，最好是大雪。腊月里什么最冷？雪？不是，是峭厉的、尖叫的风。一场大雪来了，它是厚实的、新弹的棉被。棉被挡住了风，麦苗正好在被窝里头蒙头冬眠。第二年的开春，用了一个冬天的棉被自行融化了，一边融化，一遍灌溉。“落红不是无情物，化作春泥更护花。”冬雪就是那个白色的“落红”，今天化一点，灌一点，明天再化一点，再灌一点。什么叫“细水长流”？什么叫“润物细无声”？这才是。对冬麦来说，积雪的消融永远是一个极为慈祥的行为。“瑞雪兆丰年”这句话可不是白说的。“丰年”不敢说，如果真的有一场“瑞雪”，麦子基本上可以得到一个像样的收成，这个绝对没有什么问题。

开春之后也可能下大雪。我的儿子望着摩天大楼四周的雪花，学着农民的样子，说：“‘瑞雪兆丰年’哪。”唉，小东西可爱得很呢。可是他不懂啊。说腊月里的积雪暖和，那是相对于冬天的风，到了春风里头，雪花却太冷了。麦苗正要返青，哪里经得起这样的冻？还有一点也很重要，春雪对躲在泥土里窝冬的害虫是一个好消息，它们得到了积雪的保护，繁殖能力将变得惊人——春雪之年通常伴随着虫灾，原因就在这里。所以，倒春寒的雪不再是“瑞雪”，它们带来的也不可能是“丰年”。

麦子的返青是动人的。如果你亲眼看见过麦子返青，你一定会懂得什么叫“春意盎然”。盎然啊，盎然。大地突然变了，充满了正面的能量，像凌晨的小鸡鸡，勃勃的，土地仿佛要裂开来。麦苗们依然悄无声息——植物的生长又不是放鞭炮，哪能一下子就蹦到天上去。可是，你可以看到一种“势”，叫“长势”。势如破竹的“势”，势大力沉的“势”。喜人了。叶子乌青乌青的，那是营养良好的征候，它们的腰杆子挺了起来，像起跑线上肌肉颤动的健将，都“各就各位”了，就差一声枪响。

我们不该忘记，春天不只是麦子返青，还有万物的复苏。一切生命的迹象都在麦地里呈现出来了。甚至杂草，甚至飞鸟。“春意”是立体的，全方位的。青紫色的河水暖和了，开始有气味，那是从河床的深处拱出来的，带着淤泥腐朽的气息。大地的上空有了鸟鸣，它们在求偶，它们的鸣叫急切而又嘹亮。最迷人的当然是大地上的气味。在这里我要说一件不可思议的事情，许多没有气味的东西夹杂在一起，气味就出现了。阳光没有气味，土地没有气味，河水没有气味，麦苗没有气味。可是，阳光、河水、泥土和麦苗组合在一起，它们的气味诱人了。这气味是如此浩大，至今保留在我的记忆里。

最后我还想做一点补充，水稻是南方大地的儿子，麦子则是南方大地俏丽的儿媳妇。不把墒沟挖好了，人家是不肯来的。人家是嫁过来的。因为宠爱，麦子成了我们南方大地上最骄傲的新娘。她嚣张啊，她有恃无恐。看看她的模样吧，浑身都是芒，闪闪的。那是人家应有的气焰，那是人家当然的风华。麦。大麦。小麦。圆麦。还有荞麦。喊喊她们吧，多好听的名字啊。

稻　田

麦地的风景在阳光下面，稻田的美妙则取决于月光。

月亮起来了。月亮下的世界是黑白的世界，像老电影。因为水稻，大地成了泽国，白花花的，到处都是月亮的反光，也可以说，到处都是水的反光。没有色彩，每一块稻田的中央都有一颗月亮。

在夏天，我们经常要到其他村庄观看露天电影，我们必须穿越水稻田。电影散场了，为了回家，我们还得再一次穿越水稻田。在水稻田的田埂上行夜路可不是说着玩的，它需要童子功，如果你不是光着脚丫子长大的，你寸步难行，你一步都迈不出去。

为了让土地的效益发挥到最大，田埂的宽度也许都不到四十厘米，有些地方甚至只有二十厘米。在大部分时候，田埂是潮湿的，甚至是泥泞的。它很滑。但是，我们的十个脚趾头可不吃素，它们很有力气。它们可以牢牢地“抓住”地面。在我成为一个“城里人”的时候，所有的人都惊讶于我身体的平衡能力和灵活程度，嗨，这有什么。我们还专门选择下雨天到田埂上赛跑呢，乡下长大的孩子哪一个不是动物。动物，知道吗？动物。

稻田静悄悄的，在没有月亮的夜晚，满天都是星星。我说“稻田静悄悄的”只是一个视觉上的说法，实际上，稻田一点也不寂静，它的真实情况有点像福克纳的一个书名，《喧哗与骚动》。谁在喧哗？谁在骚动？青蛙呗。

大家都知道的，辛弃疾说过：“稻花香里说丰年，听取蛙声一片。”这两句好，我喜欢。作为一个诗人，辛弃疾极为克制，“七八颗星天外，两三点雨山前”，扳着指头过家家呢，多散淡啊。可是，闻着稻花的芬芳，一说到丰收，我们的诗人失控了。蛙声四起。它们是夏夜的烟火，黑白的烟火，华美、张扬，铺天盖地。

诗是完美的。如果让我来写，我也会把蛙声和稻花香组合在一块儿，它们是散发性的，有利于诗歌的“起势”。但是，在常识面前，我需要确保最后的那么一点冷静：最纷繁的蛙声可不在“稻花香”的那会儿，要早。“稻花”都“香”了，青蛙已不再年轻，老东西都矜持。

蛙声最为来劲的是水稻抽穗之前的那段日子，近乎恐怖。整个村子都被蛙声包围了，仿佛很远，其实很近。你可以说它在天边，你也可以说它就在枕前，一抓就是一大把。我一直想找到一个合适的词来描绘浩荡的蛙声，想过来想过去，我只能佩服一个人，那就是辛弃疾，他太有才了：他说蛙声是“一片”的。是的，一片，平平整整的，铺满了夜的大地。一点缝隙都没有留下来。

但是，在视觉上，稻田依然静。夏夜无风，水面上没有一丝一毫的波澜。流星滑过，在稻田里留下长长的倒影，这是稻田仅有的动静了。

这寂静依然是假的。骨子里完全不是这样。稻田里的一号主角是青蛙，这个没有异议。二号呢？二号必定是蛇。这是大自然的铁律：肉在哪里，食肉者就在哪里。大自然的铁律是这样的：既生瑜，必生亮。“青蛙要命蛇要饱”，这是我们老家的一句谚语。青蛙要命，对的，蛇要饱，也对。这就是发生在水稻田里血腥的、自然的事情。

“听取蛙声一片”早就暗示了青蛙的数量。但物种就是这样，不可能让你过于嚣张。大自然不是你的，是大伙儿的。青蛙的数量下面必然是蛇的数量，那是寒流的涌动。

如果你细心，耐心，你一定能在水稻田的水面上发现一些异样。那是蛇的头。我们从《动物世界》里已经知道了，蛇的身体只是一个貌似柔软的、骨子里又坚硬的发射器，它要发射的是它的嘴巴。它的嘴巴可以张到130度。换句话说，一旦张开，上颚和下颚几乎就是平行的。10，9，8，7，6，5，4，3，2，1——你还没有来得及看见青蛙，青蛙的身体已经看不见了，你能看到的只是两条健美的腿，它们在蛇的嘴边绷得直直的，脚掌也张开了。蛇的眼睛却在微笑，一副知足常乐的模样。

我想说，在所有的吃相里头，牛的吃相最优雅，贵气。牛喜欢慢嚼，细咽，即使饿疯了，它也不失它的体面。双唇是紧闭的，下颚在缓慢地蠕动，有固定的节奏，仿佛身后有一个家庭小乐队，是四重奏。吃完了，牛喜欢缓缓地反刍，从来不打饱嗝。仅从吃相上看，你会误以为牛在列席皇家的宴会，正享用四方贡品。其实呢，嗨，是草。

而蛇的吃相最狰狞。光是进嘴这个环节就已经很吓人了，更吓人的却还在后头，那就是它的吞咽。蛇的吞咽总是全力以赴的，是不达目的誓不罢休的架势。它能调动起身上的每一块肌肉。它多贪婪啊，"人心不足蛇吞象"。是的，蛇总是能吃比它的身躯粗大好几倍的东西，一点都不剩。这也是奇迹。有两句话最能说明这个世界的血腥："吃人不吐骨头""杀人不见血"。蛇把这两条都占齐了。

但乡下的孩子却不怕蛇，有时候还把蛇提起来，当玩具。乡下人有一个说法，只要把蛇提在手上，慢慢地抖，它的骨头就会被你抖散。实际上，这个行为毫无意义。无论你抖多久，一旦放下来，它也就是打一个愣，随后就拧着麻花跑走了。

乡下的孩子也是不该怕蛇的，水稻田里到处都是蛇，要是怕，你怎么下田呢？不过，话也不能说得太满，我还是怕过一次蛇的。就在某一年的夏天，是一个傍晚，我来到了一条干涸的水渠的旁边，水渠里全是蛇，满满的，整个水渠都蠕动起来了。有人说，那是蛇在开会，也有人说，那是蛇在游行。我至今也不能理解为什么会发生这样的事。它们多得数不过来，一个个痛苦极了，不停地翻拱，挤压，黏滋滋的，闹哄哄地。它们缠作一团，都打结了。想起来我的头皮都会发麻。

但是，秋天一到，水稻收割起来了，所有的青蛙都一起失踪了，所有的蛇也一起失踪了——它们到哪里去了呢？我不愿意接受“冬眠”这么一个无聊的说法。我更愿意相信，这是水稻田里一年一度的谜。这个谜很有趣，也无趣，在秋后，它们自己是谜面，到了第二年的开春，它们再一次变成了谜底。

既然说到了水稻田，有一个东西就不能不提，那就是黄鳝。水稻田里有数不清的青蛙、蛇，也有数不清的黄鳝。秋收之后，大地还是泥泞的，孩子们往往会提着铲锹，来到光秃秃的稻田里。他们要寻找的是稻田里的洞口，只有铜钱那么大。一个洞等于一条黄鳝，当然，也可能等于一条蛇。这完全看运气了。挖黄鳝并不容易，黄鳝又不是树，哪能直挺挺地栽在泥土里呢。黄鳝的洞是拐弯的，如果你不镇定，手太忙，脚太乱，洞口的脉络完全有可能被你自己堵上。一旦堵上了，那条黄鳝就会钻到地球的那一端，它就去了"美国"啦。

在爷爷还活着的时候，他每年的秋收之后都要去耕田。秋后耕田一定会带回来一样东西，黄鳝。奶奶始终是偏心的，如果只有一条，这个黄鳝一定归我——晚饭烧好了，炉膛里的灰烬通红通红的。奶奶提起黄鳝，也不洗，一把扔进了炉膛。整个屋子马上就香了，香啊，丧心病狂的香。用不了多大的工夫，奶奶就会用烧火钳把黄鳝夹出来。这时的黄鳝张大了嘴巴，身躯盘着，像一盘蚊香。凉一会儿，我就会拿过"蚊香"，在门槛上敲几下，然后，用手撕，热气腾腾。最后，鱼头、黄鳝长长的骨架、内脏都会留在地上，猫的盛宴开始了。猫的吃相我也不喜欢，它总是把食物叼起来，迅速地撤退，等到了安全的角落，它才肯动手。明明是风平浪静，却也要如临大敌，很不好。对了，黄鳝头的两侧分别有一块小小的腮帮肉，要抠下来，送到嘴里去。这个不能忘记。

最后，请允许我清理一下我的情绪，我要郑重其事，推出一样东西：风车。稻田和风车的关系是眼睛和眉毛的关系，一旦失去眉毛，眼睛将莫名其妙。

农业文明阶段最伟大的发明是什么？是风车。这是我评选出来的。“风能源”是多么高端、多么现代的一个话题啊，但是，它是古老的，甚至是原始的。我不知道第一个齿轮是谁做出来的，他是无名的牛顿、无名的爱因斯坦、无名的爱迪生或无名的霍金。他解决了一个多么巨大的难题啊——能量的转换和能量的输送。

看看风车吧：风在风帆上做圆周运动，通过齿轮，变成了车轴的自身滚动，再通过齿轮，变成了槽桶的水平运动。就因为这两套齿轮，“水往低处流”不再是铁律，河水像鳗鱼一样，白花花的，游上了稻田。波浪从来没有创造出来的奇迹，人类的想象力一下子就创造出来了。

我喜欢齿轮。多年以前，我在香港机场第一次看到透明的钟表，我站在它的面前，傻子一样盯着它看，差一点误了我的班机。所谓钟表，其实就是齿轮，无数个透明的齿轮在钟表的内部转动，它们像大大小小的太阳。不看不知道，时间真奇妙。在某一个刹那，我差点被自己吓住了，我想我不该偷窥宇宙的秘密。

我在香港机场走神了。我看到了风景，那是故乡的稻田，田埂上有数不清的风车。竖着的、躺着的、斜着的齿轮在飞转，它们转动的目的只有一个，赶紧转过去，把空间挪出来，留给下面的那一个。

我愿意相信发明钟表的那个人在风车的面前伫立过很久。他看到了能量诡异的转换，就在一个齿轮和一个齿轮之间，他终于把时间固定在机械的配件上了。秒针拨动了分针，分针拨动了时针。我们不该忘记那个叫“秒”的瞬间，这是一个根本就不存在的东西，它是假定，是真实的谎言。就那么“咔嚓”一下，时间，这个最玄妙、最空洞的东西，居然成了我们的听觉，居然成了我们的视觉。我们都信了。只有这一次，谎言是真实的。不只是真实，它还抵达了绝对真理的高度，并成为我们全人类的依据和共识。无论如何，这是人类对宇宙的贡献，是人类在宇宙中迈出的最瑰丽的一步。

回到稻田。就在我的童年时代，也许是少年，我时常伫立在风车的前面，风刮在我的脸上，河水在往上爬，一步一个脚印。现实在我的智力以外，我是懵懂的，而我的心却欣欣向荣。

磨　房

我们村的磨房就在一座水泥桥的旁边，但村子里的人从来不说“水泥桥”，而是说“洋桥”。说起来真是不可思议了，我，一个出生于1964年的人，在很长的时间里头都把火柴、柴油和铁钉说成洋火、洋油和洋钉。这就是发生在我身上的事情，想起来和做梦也没有两样。

那一年在巴黎，我告诉欧洲的朋友：“我和你们很不一样，从文化上说，你们的四十岁就是四十年，而我的四十岁则比你们的四十年长出去太多太多了。”这没有什么可以自豪的地方，但我们这一代中国人在文化上的丰富性的确是欧洲人不可想象的。

“洋桥”边上的那个磨房有历史了。只要看一看它的石门槛就可以知道这一点。石门槛的表面很圆润了，那是无数的脚板和屁股的功劳——没事的时候我也坐在石门槛上，一坐就是好半天。我亲眼看见黄豆变成了豆腐，要不然就是变成了百叶。

磨房并不是每天都出豆腐——每天都出，卖给谁呢？再殷实的人家也经不住天天吃豆腐的，那不是败家么。磨房到底几天出一次豆腐呢？这个也说不好。有可能三四天一次，也有可能十天半个月一次。总体上说，家里头要办什么大事了，事先会到磨房里跑一趟，磨房的主人一闭眼，掐一掐手指头，预定豆腐的有四五家了，可以了，他就开工了。

磨豆腐当然先要泡黄豆。黄豆被泡了一夜，浮肿起来了，松软了，体量也要比平时要大出去一倍。看磨豆腐是一件很有意思的事情，磨盘被分成上下两半，上磨盘和下磨盘。上磨盘上有一个洞，黄豆和水都是从这个洞里添加进去的。上磨盘一转，白花花的豆浆就从磨盘的四周溢出来了。在我的小学阶段，我曾在作文里用“像刷牙”去描写出豆浆，我很得意，却受到了老师的质疑。

磨好的豆浆必须过滤一遍。过滤网其实就是一块布，布的四只脚被吊在“十”字形的两根竹片上——网不是静态的，有人拽着它的两只角，在不停地扯。随着被过滤的豆浆越来越多，网兜里的豆腐渣也就越来越多，最后，豆腐渣成了一个很大的球——豆腐渣的黏合性相当差，即使把它们晒干了，那也是一碰就散，所以，当年的总理朱镕基曾经用

“豆腐渣工程”去批评一些建筑物，说明他很了解豆腐的生产过程：先腐败，然后有豆腐渣。

当然了，豆腐渣不能拿过去喂猪，它要喂人。

下面该说烧豆浆了。烧豆浆是一件简单的事，它和烧开水也没有什么两样。但是，如果烧豆浆真的和烧开水一样，我还啰嗦什么呢——乡下人在劳作的过程中时常会创造出一些奇妙的“花式”，如同调酒师在酒吧里所做的那样。烧豆浆也能烧出“花式”。聪明的女人在炉膛里玩花样了，她们不会让炉火处在炉膛的正中央，而是让炉火在炉膛的内部左右摇晃。由于摇晃的节奏把控得恰到好处，豆浆的受热既均匀又不均匀了，形成了规律，这规律传递到锅里的豆浆上，豆浆就开始摇晃。随着温度的提高，摇晃的幅度越晃越大，都能出锅，但始终也不会出锅——这有意思么？这没有意思。可又是有意思的。劳动里头有许多神奇的东西，只有最出色的劳动者才能够发现它。无论劳动是一件多么艰苦的事，天性乐观的劳动者都能从劳动当中寻找到乐趣，比方说，让豆浆在锅里头摇摇晃晃。

烧好的豆浆被盛到一个大水缸里去了。做豆腐的所有秘诀大概就在这个环节。豆浆是不可能凝结的，然而，用石膏水一“点”，豆浆就成豆腐脑了。不要以为这是一个简单的事，豆腐的“嫩”和“老”全在这里。对豆腐，贫苦的乡下人还是讲究的。毛泽东说，中国农民最大的理想就是“菠菜豆腐汤”，理想嘛，当然要严肃认真地对待它。

把豆腐脑盛进事先放好纱布的模型里，用杠杆一压，豆腐就做成了。比较下来，压百叶要吃力得多，还是用杠杆，大人们甚至把自己的体重都用上了。我一直想在磨房里帮点小忙，帮着压一压百叶什么的，可我的体重太轻了，一点也帮不上忙。我只能去干点别的，那也是十分重要的一件事——我去宣布消息。磨房的门前，也就是“洋桥”的边上，立着一根竹篙，竹篙的最顶端还捆着另一根竹篙。只要用绳子一拉，捆着的竹篙就竖立起来了——在两根竹篙的最高处，有一个草把。当那个草把出现在遥远的高空时，所有的人都知道了：出豆腐啦！

草把在高空摇晃，出豆腐了。这是我们村激动人心的一个场景，这个场景时常出现在我的梦里，这算不算“魂牵梦绕”呢？可能算，也可能不算。我个人并不十分喜爱“菠菜豆腐汤”，可是，把我的童年和少年全部算上，我也没有吃过几回。毛泽东就是伟大，他发现并指出了我们的理想。“土豆烧牛肉”算什么东西，哪里有“菠菜豆腐汤”好。

打孩子

孩子在外面做错了事，有人来告状，做父母的动手打孩子，这有什么可说的么？

当然有。

来告状的如果也是孩子，这个不严重，哄几下事情就过去了。

特殊的情况总是会有，来告状的不是孩子，而是对方的父母，尤其是母亲。这一来事态不一样了，当事人需要认真地对待。一个严格的父亲，或者说，一个持家有方的母亲，通常会把自己的孩子拉到天井里来，当着告状的人，厉声呵斥，“骂”，然后打几下。打几下不解气，只能下狠手。在父母亲决定下狠手的紧急关头，告状的人出面了，阻拦。父母亲“挨着”告状人的“情面”，只能作罢，做出很生气的样子，并表示“下一次”会如何如何，最终原谅了自己的孩子。

这是最常见的“场景”。

我来说一说这个“场景”里头的逻辑关系：“骂”其实是父母亲的道歉，“会说话”的父母会利用骂孩子的过程充分表达自己的歉意。“打几下”则是父母亲的试探，可以了么？可以了。孩子犯错了，父母的“态度”极为重要，要打。“下狠手”往往是父母亲做最后的表态。而告状人的“阻拦”呢？体现出来的则是宽厚，是恕道。哪里能真的打呢。事情到此为止，散了。干戈有了，玉帛也有了。一切照旧。

既然有常态，那就必然有异态。

异态一般出现在“下狠手”这个要紧的时刻。有些告状的人心胸狭隘，觉得自己的这一方吃了亏，不肯出面干预。这一来麻烦大了——教育孩子又不是踢足球，怎么可以做“假动作”呢？这等于把对方的父母往绝路上逼。架势都拉开了，只能真的下狠手，真的打。

做父母的永远偏向自己的孩子，所谓“护犊子”就是这么回事。可对方来告状了，又不肯阻拦，只能真打，打过来打过去，做父母的也会心疼，会冤，会恨，又停不下来，怎么办呢？

有些父母亲是这么干的，把孩子从天井里拉到外面，寻求舆论的支援。一边打，一边骂——这个骂带有交代事态的意思，等于在告诉公众，这里发生了什么，我为什么要打孩子。这个骂还有让大伙儿评评理的意思：就为了这么一点事，你（告状的人）还有完没完了？

厉害的角色在任何地方都有。做父亲的当着告状人的面，能把孩子往死里打。告状的人看不下去，只能出面阻拦。母亲呢，则反过来拦住告状的人了，还说风凉话：“打！打死他！打死他这个没见识的东西！打死他这个不知好歹的东西！都给脸了，还不要脸，该打！”做了母亲的女人就是这样，话里头很可能有话的。

事情发展到这里往往变得不可收拾，味道会变得很坏，明明是告状的人有理的，有理的一方反而尴尬——我怎么就这么容不下一个孩子的呢。

有时候就是这样，打的明明是自己的孩子，却也是对方的脸。很不好看。这就叫“杵人”——拿着棍子往对方的胸口戳。

我见过许多打孩子的“场景”，聪明豁达的人最终总是能把“打孩子”变成一种有效的沟通，严肃，也其乐融融。反过来呢？事情被闹得很大，能导致围观，这时候最受伤害的一定是两个人：一、被打的孩子，二、告状的人。事后都没法相处了。

不要小看了“打孩子”这么一个小小的事情，这里头

聪明豁达的人最终总是能把“打孩子”变成一种有效的沟通，严肃，也其乐融融。

最能体现乡野的人文景观了。乡下人的处世智慧、邻里之间的礼仪、人与人之间的收放和进退，都在这里头。因为“约定”，所以“成俗”，都风俗化了。在骨子里，我们的农民是儒家的，他们没有读过《论语》与《孟子》，但是，儒家文化作为一种传统，它存活在农民的肌肤里头。乡下人的简易“儒学”其实就是两样：律己，恕道。

“会”打孩子的技巧正是体现了这两点：律己，恕道，缺一不可。但无论是律己还是恕道，都需要两方面的配合。从这个意义上说，“会”打孩子的人一般也“会”告状，告完了，还能完好无缺地保住双方的脸面。这一点尤为重要，它可以确保我们的生活朝着健康和友善的方向发展。

所谓的风俗，所谓这样的“场景”，不过是传统的又一次演义而已，有时候是正面的，有时候是负面的。但是，无论是正面还是负面，它的评判标准，也就是价值，是恒定的。

池　塘

母亲说，那一天特别特别冷。母亲说，那一天我穿上了新棉袄和新棉裤。

我对新棉袄和新棉裤没有一点记忆，我能记得的是，我去了奶奶家。奶奶的嫡孙叫王继海，我们差不多每天都待在一起。

奶奶家的天井里有一个淘米缸，因为天气太冷的缘故，淘米缸结冰了。淘米缸是圆的，换句话说，缸里的冰也一定是圆的。我们把淘米缸掀翻了，想把圆圆的冰块给取出来。冰块被我们取出来了，但是，碎了。碎了也就碎了吧，我对淘米缸里的冰块很不满意，它不是“冰清玉洁”的那种冰，它很混浊，很丑。

为了得到一块晶亮的、透明的冰块，我和继海来到了池塘边。我们都记得的，池塘里的水无比清澈，比淘米缸里的水不知道要清澈多少倍。既然淘米缸里的冰块如此污浊，那么，池塘里的冰块一定会闪闪发光。一定的。我们挑了一些砖头，往池塘里扔，池塘里的冰很快就被我们砸开了，一块一块的，漂浮在水面上。下面的事情就简单了，趴在池塘边，把它们捞上来呗。

许多细节我都记不起来了，有一个事情我却终生难忘，有一块冰就在我的脚边，我对它的形状很不满意，我想把它踢回到池塘里去。这一脚离奇了，冰没有动，我却滑进了池塘。

那时候我还不会游泳，但是，即便是一个孩子，他的求生本能也能发挥出创造奇迹的力量，我的两条腿不停地打水，居然漂到池塘的对面去了。当然了，有两点我必须补充一下：一、我是躺着滑进池塘的。二、我的身上穿着崭新的棉裤和棉袄。因为这两个原因，我在漂满了冰块的水面上支撑了很久。

我在水面上到底支撑了多久呢？我不知道。我所知道的只是最后的结果。母亲说：“是父亲的学生把我捞上来的。”

我被扒得精光，站在大堂（客厅）里头。母亲一定是被吓坏了，她铆足了力气，一边尖叫一边痛打——这次痛打我的母亲说了一辈子，她老人家动不动就要把这个故事搬出来。

我想补充一点：这一次的危险父母亲是知道的，其实，还有几次比这更危险，父母亲不知道。我怎么敢说呢？不可能说的。就因为调皮，我有好几次让自己陷入了绝境。在生命垂危的最后关头，父亲的学生，要不就是母亲的学生，出现了。这是巧合么？这当然是巧合。遇上其他的人也一定会出手相助的。

可是，为什么总是父母的学生呢？

我迷信。我的父母做了一辈子的好人，所以，我一次又一次逢凶化吉。我告诉我自己，我也要尽我最大的可能做一个好人。好人在我的眼里是简单的：帮别人，不害人，尤其不肯群策群力去害人。

图书在版编目（CIP）数据

池塘：藏汉对照 / 毕飞宇著；卓玛草译 . -- 西宁：青海人民出版社，2019.11
（我们小时候）
ISBN 978-7-225-05919-8

Ⅰ . ①池… Ⅱ . ①毕… ②卓… Ⅲ . ①散文集—中国—当代—藏、汉 Ⅳ . ① I267

中国版本图书馆 CIP 数据核字（2019）第 254578 号

我们小时候

池塘（藏汉对照）

毕飞宇　著

卓玛草　译

出 版 人　樊原成
出版发行　青海人民出版社有限责任公司
西宁市五四西路 71 号　邮政编码：810023　电话：（0971）6143426（总编室）
发行热线　（0971）6143516 / 6137730
网　　址　http://www.qhrmcbs.com
印　　刷　陕西龙山海天艺术印务有限公司
经　　销　新华书店
开　　本　850mm × 1168 mm　1/32
印　　张　6.375
字　　数　100 千
版　　次　2020 年 3 月第 1 版　2020 年 3 月第 1 次印刷
书　　号　ISBN 978-7-225-05919-8
定　　价　34.00 元